껌

껌

글 위기철 일러스트 안미영

펴낸날 2021년 9월 9일 초판1쇄
펴낸이 김남호 | 펴낸곳 현북스
출판등록일 2010년 11월 11일 | 제313-2010-333호
주소 07207 서울시 영등포구 양평로 157, 투웨니퍼스트밸리 801호
전화 02) 3141-7277 | 팩스 02) 3141-7278
홈페이지 http://www.hyunbooks.co.kr | 인스타그램 hyunbooks
ISBN 979-11-5741-255-6 03810

편집 이경희 | 마케팅 송유근 | 영업지원 함지숙

위기철 소설

껌

현북스

껌

항변해봐야 어차피 그들은 이해하지 못할 것이다.

주둥이를 한 번 비틀 때마다 만 원짜리 지폐가 한 장씩 튀어나온다면,

그들도 고개를 끄덕일지 모른다.

그러나 주둥이를 아무리 쥐어짜 봐야 나올 것은 침밖에 없었다.

비가 한차례 지난 뒤 공기가 퍽 쌀쌀해진 10월의 새벽. 서울 북부 변두리의 작은 체육공원에 회색 운동복 차림의 사내가 가벼운 뜀박질을 하며 올라왔다. 그의 손에 들려 있는 손전등 불빛이 발걸음에 맞춰 깜박였다. 그 체육공원은 오랫동안 풍치 지구로 묶여 있던 작은 야산을 닦아 조성한 것인데, 숲이 제법 우거지고 작은 약수터까지 갖춰져 인근 네 개 동의 주민들이 아침 운동을 하러, 또는 저녁 식사를 마친 뒤 아이들을 데리고 바깥바람을 쐬러 즐겨 찾는 곳이었다.

오솔길을 따라 산 중턱쯤 올라가다 보면 철봉이나 평행봉, 윗몸일으키기 기구 따위가 설치되어 있지만, 쇠 부분은 녹슬고 나무 부분은 시꺼멓게 썩어 그것을 이용하는 사람은 아무도 없었다. 철봉 아래쪽 웅덩이에는 시꺼먼 물이 고여 산책로까지 침범하고 있었는데, 날이 아직 어두운 탓에 사내는 그만 웅덩이를 밟고 말았다. 재빨리 발을 뺐지만 이미 운동화는 물론 양말까지 젖어버렸다. 사내는 투덜거리며 곧바로 산꼭대기까지 올라갔다.

그곳에는 배드민턴을 치거나 줄넘기를 할 수 있도록 평평하게 닦아놓은 오륙십 평 남짓한 공터가 있었다. 눈여겨 살펴보아야만 발견할 수 있지만, 공터 입구로부터 약 2미터 되는 지점에 조그만 나무 말뚝이 좌우로 하나씩 꽂혀 있고, 그 지점에서 정확히 9미터 되는 지점의 좌우에도 그런 말뚝들이 꽂혀 있었다. 그 말뚝들은 물론 그가 꽂아놓은 것이었다. 그는 손전등을 비춰 말뚝을 찾아내었다. 그리고 노끈으로 두 말뚝 사이를 이어 선을 만들었다. 이제 그 선은 육상경기의 출발선과 같은 역할을 하게 되는 셈이었다.

그는 선 바깥쪽에서 가볍게 몸을 풀었다. 앉았다 일어났다 하며 다리운동을 하고, 몸을 앞뒤로 젖히며 허리운동을 하고, 머리를 빙글빙글 돌리며 목운동을 하고, 마지막에는 용수철처럼 통통 뛰며 뜀뛰기운동을 했다. 이런 동작을 10분쯤 반복한 다음 숨쉬기운동에 들어갔다.

대략 1초 간격으로 쉰을 셀 때까지 아주 조금씩 숨을 들이켜 허파 깊숙이 새벽 공기를 집어넣었다. 공기가 차가운 계절인 만큼 아주 천천히 숨을 들이켬으로써 허파에 무리가 가지 않도록 주의를 기울였다. 숨을 더 들이켤 수 없을 만큼 허파가 가득 차자, 배꼽 아래 단전을 의식하며 숨을 꾹 눌러 참았고, 그 상태로 또 쉰을 셀 동안 버텼다. 다음은 숨을 내뱉을 차례였다. 숨이 가득 찼기 때문에 날숨은 들숨보다 통제하기 어려웠지만, 그는 얼굴이 새빨개지도록 버티며 날숨을 기어코 쉰 조각으로 나누어 내뱉었다.

그러나 날숨보다 더 어려운 것은 다음 차례의 들숨이었다. 텅 빈 허파는 새로운 산소를 맹렬하게 원했고, 그 요구를 곧이곧대로 들어준다면 호흡 조절 따위는 아무런 의미가 없는 것이다. 그는 이런 호흡 조절 훈련을 벌써 3년째 해왔으므로 한 차례 심호흡을 한 뒤 방정맞게 헉헉거리는 단계는 이미 오래전에 뛰어넘었다. 고삐를 당기면 멎고 박차를 가하면 달리는 말처럼 그의 호흡은 잘 길들여져 있었다.

문제는 호흡 그 자체가 아니었다. 날숨과 들숨을 통해 몸 안팎의 경계를 허무는 일, 거대한 우주 에너지의 흐름에 자신을 내맡기는 일, 닫혀 있던 육신의 통로들을 활짝 열고 우주로부터 공급받은 신선한 기운을 몸속에 고인 더러운 기운과 교체하는 일이었다. 의식을 단전에 집중한 지 얼마 지나지 않아 배꼽 아랫부분이 후끈후끈 달아오르기 시작했고 몸은 깃털처럼 가벼워졌다.

이렇게 준비운동을 하는 동안 하늘이 어슴푸레 밝아져 그를 에워싼 풍경들도 조금씩 제 모습을 드러내기 시작했다. 서둘러야 했다. 날이 완전히 밝으면 동네 사람들이 아침 운동을 하기 위해 삼삼오오 모여들 것이었다. 노인들은 말을 걸고, 아이들은 줄넘기를 하고, 젊은이들은 배드민턴을 치고, 그들이 데리고 온 개들은 코를 킁킁대며 아무 데나 똥을 싸댈 것이다. 그러나 무엇보다 견딜 수 없는 것은 사람들 시선이었다. 그것은 집요하고 성가시다는 점에서 파리 떼와 비슷한 속성을 가지고 있었다. 파리가 다리에 더러운 병균을 묻히고 와 음식을 불결하게 만든다면, 사람들의 시선은 더러운 편견을 가득 담고 그의 훈련을 불결하게 만든다. 힐끔거리는 시선이든, 빤히 쳐다보는 시선이든, 또는 무심함을 가장한 시선이든, 그 시선들이 말하는 바는 한결같았다.

돌았군! 할 일도 더럽게 없나 보군! 세상에는 정말 별의별 사람들이 다 있다니까!

그는 사람들이 어떻게 생각하든 개의치 않았지만, 그렇다고 해서 구태여 편견으로 가득 찬 시선을 느끼며 훈련을 하고 싶지는 않았다. 이 훈련에는 고도의 집중이 필요하니까.

준비운동을 마치자, 그는 곧 운동복 바지 주머니에서 껌을

꺼내 씹었다. 껌의 단맛은 체육공원까지 뛰어오느라, 또 준비
운동을 하느라 칼칼해진 입안을 상쾌하게 만들어주곤 했다.
그러나 이날은 껌의 단맛이 신경을 자극했다. 단물이 침에 섞
여 입안 가득 퍼질 때는 화학조미료를 퍼먹은 것처럼 느끼한
기분이 들었고, 단물이 어느 정도 빠진 뒤에는 마치 엿 묻은
손가락처럼 입천장이 온통 진득거리는 느낌이었다. 껌 맛이
고약하게 느껴지다니. 좋지 않은 조짐이었다.

　그는 이빨과 입천장 사이에서 혀를 요리조리 굴려 껌을 반
죽했다. 이 또한 세심하게 주의를 기울여 할 작업이었다. 침을
너무 많이 섞으면 물렁해지고, 침을 너무 적게 섞으면 뻑뻑해
진다. 또 단물을 조금 빼면 무거워지고, 단물을 많이 빼면 가
벼워진다. 알맞은 묽기와 알맞은 무게로 만드는 것이 무엇보
다 중요하며, 그래야 껌 모양도 제대로 빚어낼 수 있었다. 입
이 이렇게 분주하게 움직이는 동안, 그는 9미터 지점에 있는
말뚝의 위치를 다시 확인하기도 하고, 공터 언저리에 돋은 잡
초를 뽑기도 하고, 사람들이 함부로 버리고 간 담배꽁초 따위
를 줍기도 했다.

　확실히 컨디션이 좋지 않은 날이었다. 살아가는 동안 문득,

자신의 모습이 마치 구경꾼의 눈을 통해 보는 것처럼 낯설게 느껴질 때가 있다. 늦은 밤 모두 퇴근한 사무실에서 밀린 장부를 정리하며 사발면 가닥을 후루룩후루룩 입에 말아 넣고 있을 때, 하찮기 짝이 없는 업무를 누군가에게 장황하게 설명하고 있을 때, 강단 앞에 서서 스스로조차 확신할 수 없는 주장들을 다른 사람들한테 확신시키고 있을 때…… 자신을 이탈한 자신의 시선이 그 모습을 바라보며 딱하다는 듯이 속삭이는 것이다. 이봐, 대체 무슨 우스꽝스러운 짓을 하고 있는 거야? 그는 새벽 공터에서 담배꽁초를 줍는 자신의 뒷모습이 너무나도 생생하게 느껴져 기분이 울적해졌다. 이 또한 좋지 않은 조짐이었다.

"이건 내가 좋아서 하는 일이야!"

그는 결의를 다지듯 중얼거렸다.

모든 준비가 끝나자, 그는 출발선에 두 발을 가지런히 모으고 섰다. 그는 눈을 지그시 감고 얼굴에 부딪히는 바람의 방향을 확인했다. 바람은 그리 심하지 않았다. 고작 나뭇잎이나 흔들 수 있을 정도의 미풍이었다. 그가 서 있는 방향은 동남쪽이었고 바람은 10시 방향에서 불어오고 있었다. 그러나 이런 약한 바람은 워낙 변덕이 심하여 언제 어느 쪽으로 바뀔지 알 수 없는 노릇이었다. 그는 바람의 방향이 바로 등 뒤, 그러니까 북서쪽에서 불어올 때까지 참을성 있게 기다렸다.

입술을 약간 벌린 상태로 심호흡을 하자 찬 공기가 쏟아져 들어와 미리 혀로 동그랗게 빚어놓은 껌이 딱딱하게 굳었다. 그는 껌이 알맞게 응고될 때까지 심호흡을 계속하며 맞은편에 시꺼먼 짐승처럼 도사리고 있는 어둠을 노려보았다.

마침내 바람의 방향이 바뀌었다. 바로 이 순간이다. 그는 사격 직전의 동작처럼 숨을 크게 들이마신 뒤 호흡을 딱 멈추었다. 그리고 허리를 살짝 뒤로 젖힌 다음 그 반동을 이용해 있는 힘을 다해 입안에 든 껌을 발사했다.

퉤!

껌을 발사한 순간 그는 그만 호흡을 놓쳤다는 느낌을 받았다. 뭔가 어긋났다는 느낌, 그건 거의 본능적으로 알아차릴 수 있었다. 바람의 방향, 호흡의 깊이, 혀의 각도, 주둥이의 길이, 허리의 탄력, 껌을 발사하는 순간의 추진력……. 이런 것들 가운데 무엇인가 하나가 조화를 이루지 못한 것이다.

그는 손전등을 켜고 껌이 날아가 떨어진 위치를 확인하였다. 아니나 다를까 껌은 9미터 라인에 한참 못 미친 곳에 떨어져 있었다. 눈어림으로 7미터 30센티미터쯤 되는 지점이었다. 구태여 줄자로 재어볼 가치도 없는 기록이었다. 그는 껌을 새로 꺼내 씹으며 실패 원인을 곰곰이 따져보았다.

역시 문제는 껌을 내뱉을 때 허리의 탄력을 받지 못한 데에 있지 않나 싶었다. 바람 방향에 신경을 쓰다 보니 그만 호흡이 반 박자쯤 늦어진 것이다. 껌의 무게와 날아가는 속도로 미루어보면 지금 부는 정도의 바람은 사실상 거의 영향을 주지 않는다고 보아도 좋았다. 그는 다음번에는 바람을 무시해야겠다고 마음먹었다.

그의 최고 기록은 8미터 61센티미터였고, 이제 그는 9미터 벽에 도전하고 있었다. 훈련을 처음 시작했을 때의 최고 기록은 고작 5미터 35에 지나지 않았으니 지금은 무려 3미터 26이나 기록을 늘린 셈이었다. 3미터 26! 그것은 길이보다는 시간을 나타내는 수치라는 편이 옳았다. 6미터 벽을 넘는 데 3개월이 걸렸고, 7미터 벽을 넘는 데는 10개월이 걸렸으며, 8미터 벽을 허무는 데는 장장 2년 8개월이 걸렸다. 그리고 그는 이제 9미터의 장벽 앞에서 벌써 4년 5개월째 머물고 있었다. 이것은 1미터 단위로 따진 것이지만 실제 훈련에서는 1센티미터가 아쉬웠다. 손가락 한 마디의 길이만큼도 못 되는 1센티미터의 기록을 늘리려면 다각적인 연구와 오랜 훈련이 필요했다.

입술 근육을 단련하고 혀의 추진력을 강화하는 훈련이 한계에 부딪혀 더 이상 기록 진전이 보이지 않게 되었을 무렵, 그는 총알의 발사 원리 쪽에 눈을 돌렸다. 총을 발명한 이래 인류는 총알을 멀리 보내는 문제로 오랫동안 고심해왔다. 총을 발명한 자가 총알을 탁구공처럼 주거니 받거니 하며 사이 좋게 놀려고 만들지는 않았을 것이다. 남의 살, 그것도 되도록 치명적인 부위에, 되도록 정확히, 되도록 고통스럽게 박히게끔 하는 것! 바로 그것이 총알을 만들어낸 동기이자 필요이자 목적이었다. 그러나 '사냥감'이라 명명된 짐승이든 '적'이라 명명된 사람이든 살상 무기가 발달할수록 더 깊이 더 멀리 숨기 마련이어서 사람들은 총알을 되도록 정확하고 멀리 쏘아 보내는 방법을 연구하게 되었다. 그것은 다음과 같은 몇 가지로 정리할 수 있다.

첫째는 총알 모양이었다. 공기의 저항을 덜 받도록 하려면 총알 모양은 날렵한 유선형일 필요가 있었다.

둘째는 총신의 구조와 길이였다. 총알이 곧고 힘차게 나가게 하려면 총강銃腔에 나선형 홈rifle을 파 회전력을 줄 필요가 있었다. 그리고 그 회전력을 충분히 받게 하려면 총신의 길이 또한 충분히 길어야 했다.

셋째는 역시 총알 내부 장약의 폭발력이었다.

그는 이 세 가지 방법을 모두 응용하였다. 입을 우물거려 껌을 유선형으로 날렵하게 만드는 것은 그리 어려운 일이 아니었다. 이 정도의 개선만으로도 그는 무려 20센티미터나 기록을 증진시킬 수 있었다. 물론 여기에는 껌의 묽기와 무게에 대한 정밀한 검증도 필요했다.

그러나 껌이 회전력을 받게끔 하는 데에는 오랜 훈련이 필요했다. 구강에 나선형 홈을 팔 수는 없는 노릇이니(가능하기만 했다면 그는 서슴지 않고 했을 것이다), 혀 모양을 나선형으로 꼬는 도리밖에 없었다. 그는 혀를 최대한 꼬아 껌이 입에서 발사되는 순간 탁 풀어 회전력을 주는 훈련을 시작했는데, 불과 사흘 만에 혀가 퉁퉁 부어 먹지도 말하지도 못하는 처지가 되고 말았다.

음식을 못 삼키는 건 혼자 이겨낼 문제였지만, 말을 할 수 없다는 것은 거의 치명적이었다. 그는 신탁회사의 투자 상담원이었다. 상담원이라고 해서 꼭 말을 많이 해야 할 필요는 없지만, 그렇다고 거액의 재산을 맡기러 오는 고객 앞에서 우거지상을 하고 앉아 '어버버'거리고 있을 수는 없는 노릇이었다. 부은 혀가 완전히 가라앉아 또박또박 말을 할 수 있게 될 때까지 일주일 동안 그는 창구 뒤쪽으로 밀려나 장부 정리 따위의 업무나 맡아야 했다. 동료들한테는 '갑자기 편도선이 부어 말을 할 수 없게 됐다'고 둘러댔고, 그들도 '그런가 보다' 하고 받아들였다. 그러나 만일 그들이 조금만 더 용의주도했다면 그가 목이 부었는지 혀가 부었는지 쉽사리 눈치채었으리라. 목이 부었을 때 내는 소리와 혀가 부었을 때 내는 소리는 엄연히 다른 법이니까.

그는 말 그대로 '피나는 훈련'을 거듭하여 6개월쯤 뒤에는 마침내 혀를 꼬아 껌에 회전력을 주는 데 성공했다. 그리고 훈련은 곧바로 성과를 가져왔다. 바람이 뒤편에서 알맞게 불어주기는 했지만, 그는 혀를 꼬는 훈련을 통해 7미터 벽을 넘어선 것이다. 비록 아무도 알아주지 않는 기록이지만, 그건 아무래도 좋았다. 중요한 것은 인간 능력의 한계를 조금씩 넓

혀가는 성취감이며, 그 일을 바로 자신이 해내고 있다는 사실
이었다. 그는 곧바로 8미터에 도전했다.

혀를 이용한 회전력을 좀 더 오래 지속시키려면 주둥이를
최대한 뾰쪽하게 내밀 필요가 있었다. 그것은 회전력을 주는
총신이 길수록 총알이 멀리 나가는 것과 마찬가지 이치였다.
물론 그저 주둥이를 뾰쪽하게 내미는 것만으로는 기대한 효
과를 낼 수 없었다. 중요한 것은 뾰쪽하게 내밀되 주둥이를
비트는 각도와 혀가 꼬이는 각도를 정확하게 일치시켜야 한
다. 이 각도가 어긋나면 주둥이를 뾰쪽하게 내밀수록 도리어
껌의 추진력에 저항만 주게 될 뿐이었다.

그는 집에서건 직장에서건 거리에서건 틈만 나면 주둥이를
잡아당겨 비틀어댔다. 입 둘레 근육을 껌 발사에 알맞게끔
발달시키려면 다른 도리가 없었다. 주변 사람들은 그가 왜 자
기 주둥이를 마구 쥐어뜯고 비틀어대는지 납득하지 못했다.
그들은 어디선가 주워들은 말들로 나름대로 진단을 내렸다.
과도한 스트레스에 따른 히스테리성 장애라는 둥, 애정결핍
증상이라는 둥, 리비도의 비정상적 발달로 인한 구순기口脣期
적 집착이라는 둥……. 그러나 그는 구태여 항변하지 않았다.

항변해봐야 어차피 그들은 이해하지 못할 것이다. 주둥이를 한 번 비틀 때마다 만 원짜리 지폐가 한 장씩 튀어나온다면, 그들도 고개를 끄덕일지 모른다. 그러나 주둥이를 아무리 쥐어짜 봐야 나올 것은 침밖에 없었다.

자나 깨나 주둥이를 비틀어댄 결과 입 둘레 근육은 조금씩 단단해졌고 그와 더불어 입술 두께도 점점 두툼해졌다. 조금만 주의 깊게 들여다보면 그의 입술 주름이 나선형으로 꼬여 있음을 쉽게 알아차릴 수 있었겠지만, 남의 입술 주름에 관심을 기울일 사람은 아무도 없었다. 주둥이 비틀기 훈련을 시작한 지 꼬박 2년 6개월 만에 그는 마침내 8미터 벽을 깰 수 있었다. 아마 그는 그날의 감격을 평생 잊지 못할 것이다. 8미터 라인을 살짝 넘어 떨어져 있는 껌을 보고 그는 그 자리에 무릎을 꿇고 앉아 크흐흐흑, 울음을 터뜨렸다. 물론 그 껌은 유리 상자에 담겨 그의 집 거실 장식장 안에 곱게 보관되어 있다. 8미터를 넘긴 껌!

이제 그는 9미터 장벽에 도전하고 있었다. 이 벽을 넘기 위해서는 가장 기본적인 문제가 해결되어야 했다. 사실 총강 구조와 총신 길이의 개선도 장약의 폭발력이 뒷받침해 줘야 제대로 효과를 낼 수 있는 것이다. 껌 속에 화약을 집어넣을 수는 없는 노릇이니, 폭발력은 결국 기관지를 통해 뿜어낼 수 있는 공기 양에 의존할 수밖에 없었다. 그러나 단순히 폐활량을 늘리는 것만으로는 문제가 해결되지 않았다. 어차피 껌 발사에 필요한 힘은 순간적으로 내뿜는 공기 양에 의존할 뿐, 폐활량 전체에 의존하는 것은 아니기 때문이다. 허파 속의 공기를 어떻게 압축하여 어떻게 순간적인 폭발력으로 바꿀 수 있을까. 그는 바로 이 과제를 놓고 고민하는 중이었다. 이 과제만 해결된다면 바야흐로 9미터 장벽을 넘어설 수 있을 것이었다.

그는 다시 운동화 코 부분을 출발선에 가지런히 대고 섰다. 이번에는 바람의 움직임에 신경을 쓰지 않을 작정이었다. 그는 혀끝으로 껌의 묽기를 재차 확인해보았다. 껌이 너무 가벼우면 공기의 저항을 받게 되며, 반대로 너무 무거우면 중력의 저항을 받게 된다. 이것 말고도 신경을 써야 할 사항은 한두 가지가 아니었다. 이를테면 껌에서 단물을 얼마큼 빨아내야하는지, 어느 회사의 어떤 상표의 껌이 가장 다루기 좋은지, 포물체의 낙하운동을 고려할 때 어느 각도로 껌을 쏘아 올려야 가장 효율적인 궤도를 그리며 날아가는지, 허리와 머리의 각도와 탄력은 어느 정도여야 하는지, 껌을 발사하는 순간 입에서 튀어나오는 발음은 '투에'여야 하는지 '투애'여야 하는지······. 그 밖에도 200가지쯤은 더 꼽을 수 있을 것이다. 만일 인공위성을 높이 쏘아 올리는 일과 껌을 멀리 쏘아 보내는 일 가운데 어느 쪽이 더 어렵냐고 누가 묻는다면, 그는 단연코 '껌 쪽이 어렵다'를 택할 것이었다.

입에 든 껌이 딱딱하게 응고되기를 기다리는 동안 가벼운 안면 운동으로 껌 발사에 지장이 없게끔 입 둘레의 근육을 부드럽게 풀어주었다. 모든 준비가 완료되자, 그는 눈을 지그시 감고 약 30초쯤 정신 집중을 하였다. 왠지 이번에는 잘될 것 같았다. 한 차례 크게 심호흡을 한 뒤, 그는 과감하게 껌을 내뱉었다.

퉤!

거의 나무랄 데 없는 동작이었다. 허리의 탄력, 주둥이의 길이, 혀의 꼬임과 풀림, 입술의 모양, 턱의 각도, 허파에서 뿜어 나온 공기의 폭발력 등등 모든 것이 완벽한 조화를 이루었다. 만일 체조경기처럼 심사위원들이 점수 판정을 했다면 평

균 9.8 정도는 나올 만한 동작이었다. 동작뿐만 아니라 껌이 날아간 방향과 궤도 또한 완벽했다. 야구중계 아나운서의 표현대로 '빨랫줄처럼 쭉쭉 뻗어' 날아가는 느낌이었다.

됐다! 그는 짜릿한 전율감을 느끼며 껌이 낙하된 지점으로 재빨리 달려갔다. 아니나 다를까 껌은 먼젓번에 떨어졌던 지점에서 거의 어른 키만큼 더 멀리 나가 떨어져 있었다. 그는 가슴이 설렜다. 새로운 기록을 세울 때마다 느끼는 점이지만, 1센티 앞의 세계와 1센티 뒤의 세계는 완전히 다른 세계였다. 이를테면 8미터 61의 세계는 그가 발을 디뎌본 세계이지만 8미터 62의 세계는 그가 아직 발을 디뎌보지 못한 세계인 것이다. 발을 디뎌보지 못한 세계에 첫발을 들여놓는다는 사실! 감격은 바로 그런데서 오는 것이었다.

"팔 미터 칠십은 족히 되겠군!"

그는 월척을 낚아 올린 낚시꾼처럼 흥분했다.

그러나 줄자로 정확히 재어보니 8미터 54센티미터였다. 종전 기록에서 7센티미터나 부족했다. 잘못 잰 게 아닌가 싶어 세 번이나 다시 재어보았지만 줄자는 고작 3밀리미터만큼의 오차밖에는 더 관용을 베풀지 않았다. 그는 온몸에 힘이 쫙

빠지는 기분이었다. 특히 이렇게 완벽한 동작을 연출했을 때 기록이 제대로 나오지 않으면 더욱 맥이 빠졌다. 그러나 기록은 거짓말을 하지 않는다. 뭔가 7센티미터만큼의 허점이 있었던 게 분명했다. 무엇 때문이었을까? 그는 곰곰이 원인 분석을 해보았으나, 도무지 짐작 가는 대목이 없었다.

그는 주머니에서 새 껌을 꺼내 씹었다. 요즘 들어서 껌의 단맛이 무척 신경에 거슬렸다. 10년 동안 껌 뱉기 훈련을 해왔지만 껌의 단맛에서 거부감을 느낀 적은 한 번도 없었다. 단맛에 대한 거부감이 기록 침체와 어떤 연관이 있지는 않을까, 그는 그 점이 염려스러웠다. 어쩌면 그는 조금씩 지쳐가고 있는지도 몰랐다. 이건 어디까지나 내가 좋아서 하는 일이야! 그는 자주 되뇌곤 했다. 그러나 따지고 보면, 이런 되뇜의 빈도가 늘어가는 것도 어쩌면 점점 지쳐가고 있음을 반증하는 것은 아닐까.

그가 훈련을 처음 시작한 것은 30대 나이로 접어들 무렵이었다. 회사 동료들과 등산을 갔다 돌아오는 길이었다. 정류장에서 버스를 기다리다 동료 한 명이 3미터쯤 떨어져 있는 쓰레기통을 겨냥해 입에 든 껌을 뱉었다. 껌은 쓰레기통에서 한참 못 미친 곳에 떨어졌다. 그것을 보고 다른 동료들도 시도해보았으나, 성공한 사람은 아무도 없었다. 그도 다른 동료들과 마찬가지로 그저 장난삼아 했을 뿐이었다. 그러나 그가 뱉은 껌은 정확하게 쓰레기통으로 들어갔다. 다들 감탄하기는 했지만, 그가 남다른 재주가 있어 성공시켰으리라 믿는 사람은 아무도 없었다. 그는 우쭐한 마음에 다시 한 번 시도해보았는데, 어찌된 영문인지 두 번째에도 성공했다. 세 번째, 네 번째 껌까지 정확하게 쓰레기통으로 들어가자, 동료들의 표정이 굳어졌다. 잠깐 동안 침묵이 흐른 뒤, 누군가가 어이없다는 듯이 외쳤다. 아예 타고났구먼, 타고났어!

그렇다. 그는 타고난 것이다. 음감을 타고난 사람도 있고, 미감을 타고난 사람도 있고, 수영에 유리한 신체를 타고난 사람도 있고, 빼어난 미모를 타고난 사람도 있고, 수리 계산에 뛰어난 두뇌를 타고난 사람도 있듯이, 그는 껌 뱉기에 남다른 재능을 타고난 것이다. 다른 재능들과 차이가 있다면, 그저 돈벌이에 보탬이 되지 않는 재능이며, 따라서 남들의 호감을 살 수 없는 재능이란 점뿐.

누구에게나 자기 재능을 인정받고, 힘들 때는 격려받고 싶은 욕구가 있기 마련이다. 그러나 그는 이런 욕구를 일찌감치 포기할 수밖에 없었다. 그는 언젠가 텔레비전에서 귀에 철사를 매달아 트럭을 끄는 노인을 본 적이 있었다. 노인의 귀는 오랜 세월에 걸친 혹독한 훈련으로 인해 주걱처럼 크고 투박해졌지만, 그것을 바라보는 사람들은 한결같이 입가에 웃음을 머금고 있었다. 그 웃음이 무엇을 뜻하는지 그는 잘 알고 있었다. 환전될 수 없는 노력을 향해 던져지는, 그런 웃음.

그는 그런 웃음에 굴하고 싶지 않았다. 따지고 보면, 막대기로 공을 때려 조그만 구멍에 집어넣으려 애쓰는 골프 시합 또한 우스꽝스럽기는 마찬가지이다. 야구는 어떤가? 또 축구는? 만일 수백만 달러의 상금과 수천만 달러의 광고 스폰서가 보장된다면, 껌 뱉기 훈련을 바라보는 사람들의 표정도 달라질 것이다. 그러나 세상에는 환전될 수 없는 가치도 있는 법. 그 가치를 진정으로 알아주는 단 몇 사람이 그리운 것은 사실이지만, 인정받지 못하는 일이 곧 가치 없는 일은 아닌 것이다. 그는 자신의 재능을 조금씩 완성해가는 과정에 기쁨을 느끼고 있으며, 오직 순수하게 자신을 위해 노력하고 있다는 사실이 무엇보다 좋았다. 돈을 위해서도, 주목받기 위해서도 아닌, 온전히 자기완성만을 위해 혼신의 힘을 쏟는 일!

그는 두 발을 가지런히 모으고 출발선 위에 섰다. 때로는 힘들고, 지치고, 뭐 하러 이따위 우스꽝스러운 짓에 몰두하고 있는지 어이없게 느껴질 때도 많지만, 따지고 보면 그건 무슨 일을 해도 마찬가지인 것이다. 고객의 돈을 열심히 세고 있을 때, 채권이 더 유리한지 주식이 더 유리한지 열심히 설명하고 있을 때, 지금이 매도 시점인지 매수 시점인지 눈이 침침해지도록 꺾은선그래프를 들여다보고 있을 때, 내키지도 않는 회식 자리에 끼어 뻔한 농담들을 주고받고 있을 때, 나를 이탈한 내가 등 뒤에 서서 웃음을 실실 흘리고 있지 않던가. 이봐, 대체 무슨 우스꽝스러운 짓을 하고 있는 거야!

그는 심호흡을 계속해 입안에 든 껌을 알맞은 굳기로 만들었다. 해 뜨는 시간이 가까워지자 하늘은 완연히 푸른색을 띠었고, 이제 9미터 지점을 표시한 노끈도 또렷이 보였다. 언제 넘을지 알 수 없는 선이지만, 그는 결코 포기하지 않을 것이다. 저 선 너머에는 아직 그 누구도 밟아보지 못한 세계가 펼쳐져 있음을 그는 분명히 알고 있었다. 먼 훗날 9미터의 세계로 들어온 누군가가 앞서 지나간 그의 발자국을 보게 될지도 모른다. 그러나 못 본다 해도 상관없었다. 그는 분명 희열에 찬 걸음으로 그 세계를 밟고 지나갔으므로.

그는 20초쯤 눈을 지그시 감고 마음을 가다듬었다. 아무도 알아주지 않아도 좋다. 껌이 날아간 길이만큼 나의 존재 영역은 확장될 것이며, 그곳은 그 누구도 아닌 내 자신이 개척한 세계이다. 저 너머로 또 다른 나를 찾으러 가자! 그는 허리의 탄력을 최대한 이용해 힘차게 껌을 뱉었다.

퉤!

(2004)

잊음이 쉬운 머리를 위하여

그래, 나는 죽고 싶어 하지 않는 사람이 죽는 모습을 봤어.

물론 아주 오래전 일이야. 그래서 사람들은 모조리 잊어버렸지.

사람들은 자기가 기억하기 싫은 것은 빨리 잊어버리는 편리한 두뇌를 가졌거든.

켄싱턴 가든의 잔디가 가랑비에 젖고 있다. 어제 새벽 런던에 도착하여 창밖으로 백조들이 떠다니는 호수가 내려다보이는 호텔 방에 짐을 풀었다. 런던에 머무는 동안 이곳을 숙소로 삼을 예정이다. 입학 수속을 알아보고 그곳에 숙소를 정하는 따위의 자잘한 문제들이 쌓여 있지만 먼저 너에게 편지를 쓴다. 반원형 거울이 달려 있는 화장대 테이블. 거울 앞에 앉아 편지를 쓴다는 게 어쩐지 우스꽝스럽게 느껴진다.

비행기가 착륙 준비를 할 때 런던 상공에서 가장 먼저 눈에 띄는 풍경은 빨간 지붕을 가진 건물늘이다. 서울 상공에서 내려다보는 회색 풍경과 런던 상공에서 내려다보는 알록달록한 풍경은 흑백TV와 컬러TV의 차이만큼이나 다르다. 그렇다. 꼭 그런 느낌이었다. 흑백에서 컬러의 세계로, 무채색 꿈에서 유채색 현실로 돌아온 듯한 그런 느낌. 밤새도록 가위눌리게 한 어두컴컴한 악몽에서 깨어났을 때의 멍한 기분. 런던의 빨간 지붕들을 보는 순간, 서울의 어두운 기억들이 머릿속에서 가무스름 사그라졌다. 잊으려고 그리 많은 노력을 기울인 것도 아니건만. 프로이트가 그랬던가. 불리했던 사건들은 기억에서 더 빨리 사라진다고. 그러고 보면, 잊음이 쉬운 머리 또한 생존에 유리한 조건 가운데 하나일지도 모르지.

그러나 런던의 첫날 밤, 나는 서울에서처럼 밤새 악몽에 시달렸다. 꿈에서 나는 여전히 서울에 머물러 있었고, 그 당혹감에 허우적거리고 있었다. 그래봐야 벗어날 수 없을걸, 하고 누군가 속삭인 것 같다. 새벽녘 잠을 깨자 나는 얼른 창문 커튼부터 열어젖혀야 했다. 운동복 차림의 금발 여인이 산책로를 뛰어가고 털북숭이 개 한 마리가 그 뒤를 쫓고 있었다. 나는 분명 런던에 있었다. 이미 흔적 없이 아물어버린 손목 상처가 아직도 욱신욱신 쑤시는 까닭은 무엇일까.

런던의 비는 몹시 질척질척하다. 이제 나는 피커딜리 광장 부근, 작은 피자 가게에 앉아 있다. 손님은 나뿐이다. 초록색 앞치마를 두른 아가씨가 계산대에 앉아 골똘히 책을 읽고 있다. 그녀가 조금 전 내 앞에 놓고 간 피자는 향긋한 치즈 냄새를 뿜고 있으나, 네가 나를 위해 사 온 피자는 냉장고 안에서 차갑게 식어 있겠지.

나는 아무도 기다리지 않는다. 이곳에서 기다릴 누가 있겠는가. 그저 질척거리고 끈적거리는 런던의 비를 피해 들어왔을 뿐. 비 때문일까. 손목이 쓰려온다. 간간이 쑤셔대는 통증이 내 기억을 자꾸 서울로 끌고 가려 한다. 나는 거의 5분 간격으로 머리를 흔들어댄다. 나는 아무 책임도 없다고. 내가 책임져야 할 일은 아무것도 없다고.

이런 낯선 거리에 앉아 네게 편지를 쓰는 까닭은 한마디 작별 인사조차 없이 훌쩍 떠나 미안하다는 사연 따위를 늘어놓기 위해서가 아니다. 우린 작별 절차를 일일이 거치고 헤어질 만한 그런 사이가 아니지 않느냐. 나는 그저 우리 형에 관한 이야기를 마저 하고 싶을 뿐이다. 그래야 공평하지 않느냐.

우리는, 어떻게 해서든 형을 우리 가정으로부터 격리시키려 애썼다. 우리는 정상이었고, 형은 미쳤으므로. 아버지가 형을 격리시키는 방법은 한마디 부르짖음이었다.

– 미친놈!

아버지는 그렇게 말했다. 대개는 형이 듣지 않는 데서였지만, 도저히 참을 수 없을 만큼 분통이 치밀어 오를 때는 형 면전에 대놓고 말했다. 그럴 때면 형은 덥수룩한 머리칼 속으로 자신의 눈길을 슬그머니 숨겨버렸다. 마치 그렇게 하면 아버지의 분노를 피할 수 있는 것처럼. 형의 얼굴은 미치광이답게 창백했고, 그 창백한 얼굴은 때때로 징그러운 느낌을 주었다. 정말 징그러워 견딜 수 없다는 듯 아버지는 형과 길게 얘기하려 들지 않았다. 미친 자와는 대화가 통하지 않는 법이므로. 그래서 아버지는 형에게 하는 말이 아닌, 스스로에게 다짐하는 말처럼 아주 낮고 음침한 목소리로 부르짖곤 했다.

— 미친놈!

어머니가 형을 격리시키는 방법은 끈끈한 감시였다. 형으로서는 아버지의 노골적인 무시보다 어머니의 끈끈한 감시가 더욱 견디기 어려웠을지도 모를 일이다.

— 밖에 나가지 않나 단단히 살펴보아야 해.

잠깐 외출을 할 때면 어머니는 나나 누나에게 이렇게 당부하곤 했다. 형이 대문을 나선다는 것은 곧 뭔가 사건이 일어난다는 것을 뜻했다. 형은 미쳤으므로. 그리고 우리는 미친자가 아무렇게나 행동하도록 그냥 내버려 둘 수는 없었으므로. 형이 자신의 어두컴컴한 골방에서 나오는 일은 거의 없었다. 어쩌다 잠깐 마당에라도 나오는 일이 있으면 어머니 눈길은 금세 형에게 달려들었다. 마치 끈끈이에 달라붙은 파리처럼 형은 어머니 눈길에 달라붙어 있었다. 아마 아버지라면 이렇게 말했을 것이다.

 – 미친 짓 하지 말고 당장 네 방으로 돌아가!

그러나 어머니는 형에게 명령하는 법은 없었다. 그저 쳐다볼 뿐이었다. 시각과 청각과 심지어는 촉각까지 곤두세워 어머니는 형을 쳐다보고 있었다. 그래서 형이 대문 가까이에만 가도 어머니는 금세 형 곁으로 달려와 이렇게 말했다.

 – 어디 가니? 바람 쐬고 싶으면 나랑 같이 가자꾸나.

형의 발길을 돌려놓는 데는 같이 가자는 말 한마디로 충분했다. 형은 어머니를 잠시 쳐다보고는 날개 꺾인 새처럼 어깨를 움츠리고 다시 제 방으로 들어가 버리기 마련이었다.

누나가 형을 격리시키는 방법은 쌀쌀함과 무심함이 반반씩 섞인 눈길이었다. 형의 광기가 시작된 다음부터 누나는 징그러운 벌레를 보듯 슬금슬금 형을 피했다. 그토록 뻔질나게 집에 데려오던 친구들도 더 이상 데려오지 않았다. 어쩌다 형이 상처투성이 얼굴로 돌아올 때는, 창피해서 죽겠어, 하는 표정으로 진저리를 치며 제 방으로 들어가 버리는 것이었다. 오빠를 왜 정신병원에 보내지 않는 거죠, 때때로 그렇게 항변하기도 했다. 물론 형을 정신병원에 보내지 않은 것은 아니다. 그러나 그때마다 형은 입원 치료를 받을 만큼 상태가 심하지 않다는 판정을 받고 집으로 돌아왔던 것이다. 누나는 그것이 속상했다.

내가 형을 격리시키는 방법이 어떤 것이었는지 나는 알지 못한다. 누구나 자신의 행동을 객관화시키는 데는 어려움이 있는 법이다. 구태여 말한다면 나는 형을 격리시키기보다는 나 자신이 가족으로부터 격리되기를 원했던 쪽이 아니었을까. 나는 우리 식구 누구와도 말을 하지 않았고 학교에서 돌아오면 내 방에 틀어박힌 채 일절 밖에 나가질 않았다.

부모는 어째서 자식들에게 기대를 거는지 나는 알지 못한다. 그러나 나는 안다. 나를 향한 아버지와 어머니의 기대를 한때는 형이 받고 있었음을. 형은 수재였고 형의 앞날에 대해 누구도 의심하지 않았다. 그런 형이 어느 날 갑자기 미쳐버린 것이다. 그러자 우리 집안은 하늘개가 해를 먹어버린 듯 어둠 속에 잠겨버린 것이다.

그래, 격리였다. 형은 원래부터 미친 것이 아니었다. 격리됨으로써 미친 것인지도 모른다. 아버지의 그, 미친놈! 소리에 감염되어 우리 식구 모두 형을 진짜 미치광이로 단정했고, 어 떤 식으로든 형을 끊임없이 격리시켰던 것이다.

오늘 나는 하루 종일 런던 거리를 떠돌며 격리를 생각했다. 격리……. 나는 지금 조그만 섬처럼 격리되어 있다.

며칠 동안 분주하게 움직인 덕에 이제 입학 수속도 그럭저 럭 끝났다. 대학 근처에 숙소를 잡는 문제도 그리 어렵지 않 게 처리되리라. 어쩌면 기숙사를 이용할 수도 있을 것이다. 오 늘은 호텔 로비에서 서울로 전화를 했다. 차분히 가라앉은 어 머니 목소리가 무척 낯설게 느껴졌다. 나는 입학 수속 문제 와 앞으로 대략 얼마의 돈이 필요한지 간략히 설명했고, 어머 니는 알았다고 대답했다. 우리는 약속이라도 한 듯 형 얘기는 한마디도 꺼내지 않았다. 날짜를 따져보건대 오늘은 형의 사 십구재였고, 어머니는 오늘 낮 혼자서 절에 다녀왔으리라. 나 는 알고 있다. 어머니 목소리에 담긴 우울함은 바로 그 때문 임을.

지금은 새벽 2시. 앉아 있기도 힘들 정도로 피곤하지만 잠을 이룰 수 없다. 몸은 런던에 있건만 꿈은 어째서 늘 서울을 맴돌고 있는가. 더구나 오늘은 형의 사십구재. 파란 불꽃을 내뿜으며 번뜩거리는 형의 눈동자, 깜깜한 구덩이 속에서 들려오는 듯한 음험한 목소리, 끊임없이 입 둘레를 핥고 있는 새빨간 혀……. 이것이 내 악몽의 소재들인 것이다.

내가 책임져야 할 일이 있던가? 없다. 아무리 따져봐도 없다. 나는 아무 죄도 저지르지 않았고, 내가 책임져야 할 일은 아무것도 없다. 그건 너무나 분명한 일이다. 그럼에도 불구하고 알 수 없는 일이다. 나는 대체 무엇으로부터 벗어나려고, 달아나려고 이토록 몸부림을 치고 있단 말인가. 나는 아마 저주를 받은 모양이다.

그날 너는 쫓기고 있었던가. 네가 무엇에 쫓기고 있었는지 나는 모른다. 우리는 누구나 제 스스로 만든 강박관념에 쫓기고 있는 것이다. 너도 스스로 만든 강박관념에 쫓기고 있었을 테지.

─도와주세요. 쫓기고 있어요.

너는 비에 흠뻑 젖은 머리칼로 내 자동차 창문을 두드렸다. 네가 앞좌석에 앉자마자 마치 기다리고 있었던 듯 나는 뒤도

돌아보지 않고 차를 출발시켜 허겁지겁 병원 주차장을 벗어
났다. 자동차 와이퍼가 쉑쉑 바삐 움직이던, 장대비 퍼붓던
날. 쫓기고 있었던 것은 너만이 아니었으므로.

자동차가 도심을 벗어나 외곽으로 접어들었을 때야 나는
너무 오래, 그리고 너무 멀리 왔음을 깨달았다. 나 또한 어디
론가 무작정 달아나고 싶었던 모양이다. 곁눈질로 너를 잠깐
쳐다보았다. 너는 자동차 시트에 머리를 기댄 채 눈을 감고 있
었다.

- 더 가요. 더 가고 싶어요.

내 시선을 느꼈는지 너는 눈을 뜨고 그렇게 말했다. 차는
구리시와 미금시를 지나 경춘가도로 접어들었고, 비는 양동
이로 퍼붓듯이 쏟아졌다. 이렇게 한없이 갈 수는 없다는 생
각에 나는 경춘가도의 어느 샛길로 빠져 국도 변에 차를 세웠
다. 거리에는 차 한 대, 사람 한 명 보이지 않았다. 빗방울을
걷어내는 자동차 와이퍼 소리만 들릴 뿐 모든 것이 빗속에 깊
이 잠겨 있었다. 멀리 검정색 판초를 뒤집어쓴 사내가 자전거
페달을 부지런히 밟아 다가오고 있었던가. 나는 마른 수건을
꺼내 네 앞에 내밀었다.

－ 누구에게 쫓기고 있었죠?

나는 뒤늦게야 그렇게 물었고, 너는 수건으로 얼굴을 닦으며 아무렇게나 대답했다.

－ 경찰이요. 경찰에게 쫓기고 있었어요.

－ 무슨 죄를 지었죠?

너는 창밖으로 눈길을 돌린 채 한참 만에야 어렵사리 입을 열었다.

－ 아이가 죽었어요. 제 아이예요. 하지만 제가 죽인 게 아니에요. 저는 바라보기만 했어요. 그냥 우두커니 바라보기만 했어요. 하지만…….

너는 한숨을 쉬며 나를 쳐다보았다.

－ 역시 그것도 죄가 될 테죠?

나는 그때 처음으로 네 눈을 똑바로 마주 보았고, 검고 깊은 눈동자에서 일렁이는 두려움을 읽었다. 나의 것과 똑같은. 때로는 공포도 인연이 되는구나.

형 이야기를 계속하마.

형이 진짜 미쳤는지 어쨌는지는 알 수가 없다. 우리는 아버지 말을 액면 그대로 믿었을 따름이다. 내가 고등학교에 올라가던 그해 겨울밤, 아버지는 경찰서에서 온 전화를 받게 되었다. 형이 경찰서 유치장에 있으니 와서 데려가라는 연락이었다. 그때 형은 군복무를 마치고 복학을 준비하고 있던 참이었다. 아버지가 아무 말도 하지 않았으므로 나는 형에게 무슨 일이 생겼는지 알지 못했다. 어깨를 잔뜩 움츠린 채 아버지 뒤를 따라 들어온 형의 얼굴은 긁히고 터진 상처투성이였다. 나는 다음 날 신문을 보고야 형이 무슨 짓을 했는지 알 수 있었다. 형은 한강철교에 올라가 자살 소동을 벌였던 것이다.

형은 며칠 동안 제 방에 틀어박혀 밖으로 나오시 않았다. 10여 년에 걸친 형의 광기는 바로 그때부터 시작되었다. 아니, 그것을 광기라고 한다면 형의 광기는 훨씬 이전, 형이 대학교에 입학한 바로 그해부터 시작되었을 것이다. 이 나라에는, 오직 빨리 잊어버리는 편리한 두뇌를 가진 자들만이 미치지 않고 살아갈 수 있는 그런 시절이 있었다. 이 나라에 그런 시절이 있었던 것은 내 책임이 아니다. 나는 그때 고작 초등학교 4학년이었을 뿐이다. 초등학교 4학년짜리가 대체 무엇을 책임져야 한단 말인가.

— 재석아, 넌 사람이 얼마나 쉽게 죽을 수 있는지 아니?

형은 징그럽게 웃으며 이렇게 말하곤 했다.

– 생각해보면 사람이 죽지 않고 살아 있는 게 오히려 더 신기한 일이지. 사람들은 자기 살가죽이 꽤 두껍다고 믿고 살아가지만 그건 착각이야. 수박 껍질보다도 얇은 살갗 밑에 심장을 감추고 있거든. 칼로 찌르기만 한다면 수박을 자르는 것보다도 더 간단히 사람을 죽일 수 있지.

나는 얼굴을 찌푸리며 되물었다.

– 형, 왜 자꾸 그런 말을 내게 하는 거지?

– 별 뜻은 없어. 나는 단지 우리가 단단하다고 믿는 것이 실은 단단하지 못하다는 것을 말해주려는 거야. 정말 그뿐이야. 절대로 단단하다고 믿으면 안 돼. 무엇이든…….

그해, 형은 그토록 기대에 부풀어 들어간 대학을 한 학기만에 휴학하고 입대해버렸다. 형은 미치광이가 아니었다. 그의 말은 정상인보다 더 체계적이었고, 더 풍부한 감정을 담고 있었다. 다만 문제라면 유별나게 발달한 기억력을 가졌던 게 문제랄까.

광기가 시작된 후 10년 동안, 형의 얼굴은 거의 성할 날이 없었다. 집 밖으로 나가기만 하면 반드시 말썽을 일으키고 돌아왔다. 어떤 때는 혼자 돌아오기도 했고 어떤 때는 경찰서에서 연락이 오기도 했지만, 반드시 누군가와 한바탕 싸우고 돌아오는 것이었다. 아니, 더 정확히 말하면 맞고 돌아왔다.

한번은 형을 데리러 내가 경찰서에 간 적이 있었다. 그때 형의 얼굴은 엉망진창이었고 형과 싸운 사내의 얼굴은 말끔했다. 그는 세상의 거친 물살을 잘도 견뎌냈을 법하게 반질반질하고 단단한 표정을 가진 사내였다. 나 참, 하고 그는 담당 형사와 나를 번갈아 쳐다보며 하소연을 했다.

─ 시비는 저놈이 먼저 걸었단 말이에요! 나는 그저 친구와 얘기를 나누고 있었을 뿐인데, 저놈이 갑자기 우리 얘기에 끼어들더니 시비를 놓더란 말입니다.

그러나 누가 먼저 시비를 걸었느냐가 법적으로 문제 되는 것은 아니었다. 피해자는 분명 형이었고, 그래서 형을 쉽게 데리고 나올 수 있었다.

─ 왜 늘 얻어맞기만 해? 같이 때려주지 그랬어.

자동차 안에서 내가 묻자, 형은 풀 죽은 목소리로 중얼거렸다.

─ 죽일까 봐……. 사람은 뜻밖에 쉽게 죽거든.

나는 화가 나서 쏘아붙였다.

— 그러면 뭐 하러 먼저 시비를 걸어?

형은 입을 다물고 더 이상 아무 말도 하지 않았다.

아, 창문에 날이 밝아오고 있다. 이제 악몽 없는 잠을 한숨
잘 수 있으려나.

런던에서 보내는 닷새째 밤이다. 오늘은 비가 그치고 잠시
햇볕까지 드리웠다. 런던에서 햇빛을 보기는 매우 드문 일이
다. 나는 오늘도 별다른 일을 하지 않은 채 템스강 가를 거닐
었다. 나는 내일이면 런던을 떠날 것이다. 런던에서 자동차로
두 시간 남짓 거리에 있는 아담한 대학 타운으로 갈 것이다.
사실은 며칠 전부터 일찌감치 그곳에 가서 숙소를 정하는 편
이 나았다. 공연히 런던에서 미적거렸던 까닭은 상념의 짐을
풀기 위해서라 말해두자. 정직하게 실토하자. 나는 서울로 되
돌아가고 싶었던 것인지도 모른다. 아니, 나는 서울로 되돌아
가고 싶다. 네 곁으로. 그러나 자신이 없다.

형의 장례가 끝나자마자 아버지는 내게 출국을 재촉했다.
서울에 단 하루라도 더 머무를 필요가 없다는 듯 아버지는

나를 보기만 하면 출국 수속 상황을 점검하곤 했다. 그 의도
는 말할 나위 없이 형의 기억으로부터 나를 격리시키려는 것
이리라. 그리하여 나는 자의 반 타의 반으로 집에서 달아나듯
이, 혹은 쫓겨나듯이 런던으로 오게 된 것이다. 네게는 떠난
다는 말조차 한마디 않고. 하기는 그런 이별의 절차가 필요할
만큼 우리가 각별한 사이였던가.

　- 집이 어디죠? 이제 어디로 가야 하죠?
나는 서울로 되돌아가며 네게 물었다.
　- 청담동…… 아니 보문동이에요.
딱한 일이었다. 청담동과 보문동은 반대 방향이었다. 청담
동이라면 외곽순환고속도로로 접어들어야 했고, 보문동이라
면 망우리 쪽 국도로 접어들어야 했다.
　- 어느 쪽이죠? 청담동, 아니면 보문동?
너는 머뭇거렸다.
　- 청담동…….
나는 좌회전 차선으로 끼어들며 속도계 옆에 달린 시계를

보았다. 2시를 약간 넘기고 있었다. 나는 한숨을 내쉬었다. 너 때문이 아니었다.

– 미안해요.

나는 대답하지 않았다.

– 아까, 거리에서 쓰러질 것만 같았고, 갑자기 두려웠어요.

나는 기어를 중립 위치에 놓고 브레이크 페달에서 발을 떼었다. 피로가 밀려왔던 것이다.

– 쫓기고 있단 말, 거짓말이었지요?

– 아니에요. 누군가 분명 저를 쫓아오고 있었어요.

– 경찰은 아니었을 테죠?

너는 고개를 끄덕였다. 네 말을 믿을 수 있다. 아마 너는 너 자신에게 쫓기고 있었을 것이다.

– 아까 병원에서 저를 보았죠?

너는 또 고개를 끄덕였다. 사실은 병원 대기실에서 나도 너를 보았다. 나는 자판기에서 커피를 뽑아 마시고 있었고, 너는 커다란 눈에 두려움을 가득 담은 채 서성거리고 있었다. 우리는 그때 잠깐 눈길이 마주쳤다. 그 짧은 순간에 우리는 서로의 눈에 담긴 두려움을 교감했는지도 모른다. 그래, 그게 분명하다. 같은 종족임을 확인한 두 마리 짐승처럼 서로를 탐색하며 우리는 여러 번 눈길이 마주쳤던 것이다.

– 병원에서 아이가 죽었나요?

너는 대답 대신 손으로 입을 막고 쿡, 울음을 터뜨렸다. 나는 더 묻지 않았다. 좌회전 신호가 떨어지자 나는 기어를 바꾸었다.

발인 날이었다. 형이 영안실에 누워 있던 2박 3일 내내 억수 같은 장대비가 내렸다. 너는 절대로 올 생각 하지 마. 집에서 푹 쉬어. 어머니는 일부러 집에 전화까지 섬어 그렇게 당부했다. 누나 또한 가끔 전화를 걸어 공연히 이것저것 묻고는 끊었다. 격리. 그들은 형의 장례식으로부터 나를 격리시키려 그렇게 전화를 하는 것이었다. 그러나 발인 날이 되자 나는 형의 혼령에 이끌린 듯 대학 병원 영안실로 차를 몰았다. 그러나 차마 형의 빈소로 가지 못한 채 대기실에서 서성거리고 있었던 것이다. 그때 내 손목에는 하얀 붕대가 감겨 있었다. 형이 내게 남긴 상처였다.

비가 마구 퍼붓는 고속도로를 달리며 나는 불길한 생각에 사로잡혔다. 형의 혼령이 느닷없이 내 손목을 잡아당겨 나는 핸들을 놓치고 내 차는 곤두박질치고 만다. 어쩌면 혼령은 뒤에서 내 목을 조를지도 모르는 일이다. 나는 죽음에 대해 두려워하고 있었던 것일까. 형의 시체가 화장터 연기로 말끔히 사라져 버렸을 그 시간. 내 눈앞에는 허공을 향해 부릅뜬 형의 눈동자가 너무나도 선명하게 떠올랐다. 나는 비상등 깜빡이를 켠 채 고속도로 갓길에 차를 세웠다. 파랗게 질린 내 얼굴을 보고 네가 물었다.

－무슨 일이죠?

나는 숨을 헐떡이며 말했다.

－형이, 우리 형이 죽었어요. 바로 내 눈앞에서요. 나는 형이 죽어가는 모습을 똑똑히 봤어요. 이 띠, 이 안전띠 좀 풀어주세요.

너는 재빨리 손을 뻗어 안전띠를 풀어주었다. 그러나 나를 묶고 있는 건 안전띠가 아니었다.

－나는 꼼짝도 할 수 없었어요. 내 잘못이 아니에요. 형이 나를 그렇게 만든 거예요.

때로는 일이 잘못되어가는 광경을 아무 대책 없이 지켜봐야 하는 경우도 있는 법이다. 그리고 그것은 당신 잘못이 아니다. 나는 네게서 그 말을 듣고 싶었다. 그러나 너는 그저 내 손을 꼭 잡아줬을 뿐 아무 말도 하지 않았다.

청담동 네 집 빌라 앞에 왔을 때, 너는 차에서 내리지 않고 한숨을 쉬었다.

– 집에 들어가기가 무서워요. 오늘은 밤새도록 비가 오고, 어쩌면 천둥이 칠지도 몰라요.

나는 네 말뜻을 알아들었다. 그건 네가 내 차 창문을 두드렸을 때부터 의도한 바가 아니었을까. 물론 나는 네가 느껴야 할 그 공포를, 그 가위눌림을 충분히 이해할 수 있었다. 나 또한 형이 죽어 나간 집에서 이틀 동안 헛소리와 가위눌림의 열병을 앓았던 것이다.

그날 밤, 너는 술에 취해 네 아들 이야기를 주절주절 늘어놓기 시작했다.

– 어제 산소호흡기를 떼었다는 얘기를 들었어요. 물론 아이 아버지한테 직접 들은 얘기는 아니에요. 담당 간호사한테 들었어요. 아이는 영안실에 있다고 하더군요. 나는 그곳에 갈 수가 없었어요. 알겠어요? 갈 수가 없었다구요. 하지만 나는 그 아이의 아픔을 생생하게 느낄 수 있었어요. 어느 순간

숨이 턱 막히는 느낌이 들었어요. 그 순간 그 애와 나를 잇고 있던 끈이 끊어져 버린 거예요. 나는 그걸 알아요. 듣고 있어요? 나는 안다구요.

나는 술잔을 비우며 네 말을 듣고만 있었고, 너는 손가락으로 머리카락을 쥐어뜯으며 네 아들 얘기만 자꾸자꾸 늘어놓았다.

─그 아이는, 내가 제 엄마라는 사실을 모르는 채 죽었어요. 나는 그게 억울해요. 알겠어요? 그 아이는 죽어버렸고…… 나는 끝내 그 아이의 엄마도 뭣도 아닌 채 혼자 남았어요. 나는 그게, 그 아이의 행복을 위하는 길이라고 생각했어요. 아냐. 거짓말이야. 나는 그 아이의 행복 따위는 생각하지 않았어요. 누구나 그런 변명을 하지. 사실은 내 행복이 더 중요했던 거야. 단지 나는…… 뭐든, 그냥 뭐든, 다 잘될 거라고만 생각했어요. 하지만 그렇게 허망하게 죽어버릴 줄 알았다면…… 나는 병실 문을 박차고 뛰어들었을 거예요. 아니, 그래도 그렇게 할 수 없었을 거야. 내가 그 아이한테 뭘 해줬다고! 나는 내 아이를 책임지지 못했어. 알겠어요? 나는…….

네 얘기는 조리가 없었고, 수챗구멍으로 흘러들어 가는 물처럼 어떤 대목은 빙글빙글 제자리를 맴돌며 반복되었다. 그러나 네 말을 듣고 있노라면 이상하게도 내 마음이 편해졌다.

생각해보면 참으로 괴이하고 별스러운 동거였다. 아침에 너는 어디론가 출근을 했고, 저녁 무렵에 찬거리를 잔뜩 사가지고 집으로 돌아왔다. 나는 그동안 집안을 말끔히 정돈해놓고 너를 기다렸다. 저녁을 먹은 뒤 술을 마시며 너는 또 죽은 아들 이야기를 한없이 늘어놓고, 나는 가만히 듣기만 하고……. 그러다 네가 엉망으로 취하면 나는 너를 안방 침대 위에 눕혀 잠자리를 돌봐주고는 거실로 나와 소파 위에서 잠을 자는 것이다. 네 집 소파 위에서 잠을 자는 동안 나는 단 한 번도 악몽을 꾸지 않았다. 그건 너도 마찬가지였다지? 나는 지금 너를 그리워한다. 네 집 소파 위에서의 그 편안했던 잠을. 지금 잠들면 또 악몽을 꿀 테지?

내일은 날이 밝는 대로 런던을 떠날 예정이다. 나는 호텔 옷장에 아무렇게나 처박아 둔 옷가지들을 꺼내 짐 가방에 말끔히 정리하여 넣고 네게 편지를 쓴다.

젊은 남녀가 한집에 기거하며 잠자리 한번 같이하지 않았다면 믿을 사람이 있을까. 그러나 우리가 서로 의존해야 했던 문제는 현실에 있지 않고 꿈에 있었던 까닭에, 우리는 한집에 사는 오누이처럼 잠자리를 구분하였지. 그래봐야 한 달 남짓이나 될까. 그동안 나는 형에 관한 이야기를 한 번도 하지 않았다. 그저 네 얘기를 듣기만 했다. 내가 너의 빌라를 찾는 까닭은 오직 네 집 거실 소파 위에서의 편안한 잠 때문이었다. 어쩌다 집에서 잠을 자게 되는 날이면 어김없이 형의 혼령이 꿈속에 찾아들었다. 그런 까닭에 나는 식구들에게 갖은 핑계를 다 꾸며 집을 나와 너의 빌라로 찾아갔던 것이다. 내가 집에서 자고 온 날이면 너 또한 창백한 얼굴로 간밤에 아이가 찾아왔다는 얘기를 늘어놓곤 했지.

이제 네게 한 번도 하지 않았던 형의 죽음에 관한 이야기, 그 이야기를 해야겠다. 내일이면 런던을 떠날 터이고, 나는 되도록 형의 혼령을 이곳에 부려놓고 떠나고 싶다.

그날 잠에서 깨어났을 때 나는 가위눌린 듯 꼼짝도 할 수 없었다. 어둠 속에서 누군가 바스락거리는 소리가 들렸다. 나는 몸을 뒤척여 보았다. 그제야 내 손목이 등 뒤로 묶여 있음을 깨달을 수 있었다. 발목 또한 비닐 빨랫줄 같은 끈으로 단단히 묶여 있었고, 입은 두껍고 점착력이 강한 테이프로 봉해져 있었다. 나는 음음, 콧소리를 내뱉으며 굼벵이처럼 몸을 꿈틀거렸다.

얼마 뒤 방에 불이 켜지고, 나는 방 한가운데 서 있는 창백한 얼굴의 사내를 발견할 수 있었다. 바로 형이었다. 형의 눈알은 불안하게 쉴 새 없이 굴러다녔고 흥분했을 때는 파란색 불꽃 같은 것이 번쩍이기도 했다. 형은 새빨간 혓바닥으로 입 둘레를 핥았다. 아아, 그 모습은 정말이지 뭐라 설명할 수 없을 정도로 섬뜩했다.

– 너, 깨어났구나, 깨어났어!

아마 나는 아늑하고 편안한 잠에 빠져 있었겠지. 어쩌면 달콤하고 몽롱한 꿈도 꾸고 있었겠지. 그동안 손발은 묶이고, 입은 테이프로 봉해지고……. 단잠을 깨고 보니 악몽 속이었다. 형은 춤을 추는 듯한 동작으로 팔을 크게 벌리며 내 뺨을 쓰다듬었다. 뱀 몸뚱이처럼 차갑고 매끄러운 손길이었다.

– 밖에는 지금 비가 내리고 있어. 나는 내 방 창문으로 그 비를 바라보다가 갑자기 좋은 생각이 떠올랐던 거야. 내가 지

금 몇 살이지? 그래, 입을 막아놓았으니 대답을 할 수 없겠구나. 하지만 어쩔 수 없어.

형은 고개를 저었다.

－식구들을 깨우면 곤란하니까. 참아라, 참아. 잠깐이면 돼. 따지고 보면 입으로 말하는 건 시시한 일이야. 눈으로 말하렴. 말해봐. 내가 지금 몇 살이지? 옳지, 맞았어. 서른넷이야. 만사에 싫증을 느낄 만한 나이지. 뭐든 서른네 해 동안이나 계속한다면 싫증이 나지 않겠어? 이를테면 똑같은 장난감을 서른네 해 동안이나 가지고 논다고 생각해봐. 너라면 지겹지 않겠니? 그건 지겨운 일이야.

형은 어릿광대 같은 표정으로 이죽거리며 생각나는 대로 지껄였다. 나는 형이 무슨 짓을 하려는 것인지 도무지 짐작조차 할 수 없었다.

형, 나를 풀어줘. 답답해 죽겠어.

형과 나는 눈길이 마주쳤다. 형은 한쪽 눈을 찡긋 감아 보이고는 고개를 흔들었다.

－진짜 답답한 것은 아무것도 모르는 거지. 나는 단지 네게 가르쳐주고 싶은 거야.

뭘, 뭘 말이야?

– 언젠가 말한 적이 있잖니? 사람이 얼마나 쉽게 죽는지 말이야. 정말 허망하게 죽더라구. 나는 그걸 똑똑히 내 눈으로 보았지. 곤봉을 머리 위에 이렇게 내려치니까, 그만 맥없이 픽 쓰러지고 말대.

형은 내 머리를 곤봉으로 내리치는 시늉을 해 보이고는 히 힛, 웃었다.

그럼, 나를 죽이겠다는 거야?

– 아니야, 내가 어떻게 동생을 죽이겠어. 니도 잘 알잖니? 나는 바퀴벌레 한 마리 죽이지 못하는 성격이야. 하지만 사람은 바퀴벌레 목숨만도 못해. 너는 사람이 죽는 걸 한 번도 본 적이 없지? 나는 똑똑히 봤어. 그것도 한두 사람이 아니라 수십 명이 죽는 걸 봤어. 물론 사람은 그리 오래 살 필요는 없다고 생각해. 하지만 오래 살건 말건 그건 자기가 선택할 문제지 남이 간섭할 문제는 아니야.

지금 무슨 소릴 하고 있는 거야?

– 별것 아니야. 나는 내가 사람들이 죽는 걸 봤다는 얘기를 하고 있는 거야. 그들은 스스로 죽음을 선택하지는 않았

어. 그런데도 죽은 거야. 죽고 싶어 하지 않는 사람을 죽이는 건 옳은 일이 아니야. 너도 그걸 알잖니? 그래, 나는 죽고 싶어 하지 않는 사람이 죽는 모습을 봤어. 물론 아주 오래전 일이야. 그래서 사람들은 모조리 잊어버렸지. 사람들은 자기가 기억하기 싫은 것은 빨리 잊어버리는 편리한 두뇌를 가졌거든. 너는 내가 미쳤다고 생각하니?

아니, 형은 미치지 않았어. 다만 지나치게 복잡하게 생각해. 그게 문제야.

형은 한참 동안 뭔가 골똘히 생각하더니 히히, 웃었다.

─ 넌 거짓말을 하고 있어. 나는 미쳤어. 나는 오랫동안 미친 건 내가 아니라 다른 사람들 모두라고 생각해왔어. 하지만 그건 억지일 뿐이야. 따지고 보면 미친 사람은 없는 거야. 그저 다수의 사람들이 소수의 사람들을 미쳤다고 지적하면, 그게 사실로 통해버리는 거야. 나는 다른 사람들이 가지지 못한 유별난 기억력을 가졌어. 그래서 나는 미친 것이지. 하지만 내가 미쳤으니 어쨌다는 거야? 내가 그들에게 피해를 주었나? 내가 누구를 때린 일 있니? 천만에! 나는 그저 얻어맞기만 했어. 피해자는 늘 나였어!

그렇게 말하는 형의 눈에서 파란 불꽃이 일렁였다. 형은 히
힛, 웃고는 새빨간 혓바닥으로 입 둘레를 핥았다. 노끈에 묶
인 손목이 욱신욱신 아렸다.

나도 알아. 하지만 지금 이게 뭐야. 형은 나를 묶어놓고 어
쩌려는 거야? 나는 형한테 피해를 입고 있다구!

─ 미안해. 하지만 나는 너를 해치지 않아. 다만 사람이 얼
마나 쉽게 죽는지 네게 꼭 알려주고 싶어.

형은 노끈을 들어 자기 목에 감았다. 그리고 다른 쪽 끝을
걸 만한 장소를 찾았다. 나는 그제야 형이 무슨 짓을 하려는
지 알아차릴 수 있었다.

안 돼, 그러지 마! 그건 바보 같은 짓이야.

그러나 형은 내 눈을 보고 있지 않았으므로 내 의사는 전
달되지 않았다.

─ 네 방에는 끈을 걸 만한 데가 정말 없구나. 하지만 그건
중요한 게 아니야. 나는 내 손으로 목을 졸라서라도 죽을 수
있어. 몇 분만 참으면 되지. 하지만 사람이 살려는 의지는 뜻
밖에도 강하기 때문에 그 몇 분조차 참지 못하는 거야. 그래
서 발이 땅에 닿지 않게끔 높은 곳에 끈을 매는 거지.

형은 방 벽에 걸어놓은 액자를 떼어내고 그 자리에 박힌 콘크리트못을 흔들어보았다.

– 제법 단단히 박혀 있구나. 하지만 몸무게 전체를 싣는다면 이내 부러지고 말 거야. 그래서 나는 몸무게 전체를 싣지는 않을 거야.

형은 그곳에 끈의 한쪽 끝을 걸고 벽에 등을 기대어 섰다.

– 잘 봐. 사람은 이렇게 죽는 거야.

형과 나는 눈길이 마주쳤다. 짜릿한 흥분에 도취된 눈과 두려움에 사로잡힌 눈, 마주쳤으나 섞이지는 않았다.

제발 그만둬, 형! 난 일생 동안 괴로움에 시달리게 될 거야.

형은 주둥이를 뾰쪽하게 내밀고 눈을 동그랗게 떴다.

– 천만에! 너도 금방 잊어버리게 될 거야. 나는 틈만 나면 사람들한테 시비를 걸었어. 그들의 기억을 일깨우려고 말이야. 하지만 단 한 새끼도 기억하지 못했어.

뭘, 뭘 말이야?

형은 천천히 자기 목에 건 올가미를 죄었다.

– 사람들이 엄청나게 죽었어. 누구나 그 광경을 똑똑히 봤어. 그것도 아주 가까운 거리에서. 그리고 잊어버렸어. 기억상

실증 환자들처럼. 그러고는 도리어 나더러 미쳤다는 거야.

난 못 봤어. 그리고 아무도 죽지 않았어.

─개새끼! 너도 똑같은 놈이야. 그러니까 지금 보란 말이야. 누가 죽었는지 말이야.

그건 미친 짓이야! 형이 무슨 짓을 하든 형 의도대로 되지 않을 거야. 나는 잊어버릴 거야. 금방 잊어버릴 거라구.

─나는 아무 잘못도 저지르지 않았어! 말리고 싶었지만 손가락 하나 까딱할 수 없었고, 소리치고 싶었지만 입조차 벙긋할 수 없었어. 보이시 않는 맛줄로, 나도 지금 너처럼 꽁꽁 뮤여 있었던 거야. 그런 상황에서 대체 내가 무엇을 할 수 있겠어! 단지 그때 그 자리에 있었다는 이유만으로 나는 저주를 받았던 거야. 마치 우연히 악마들의 무도회를 훔쳐본 것만으로 저주를 받듯이!

나는 형이 무슨 소리를 하는지 모르겠어.

형은 찌르기라도 할 듯 나를 향해 손가락을 뻗었다.

─그게 바로 너와 나의 차이야. 나는 네놈을 볼 때마다 늘 질투심을 느꼈어. 아침마다 내 방 창문으로 네가 학교에 가는 모습을 보곤 했지. 나는 참을 수가 없었어. 쳇! 하지만 이

제 너도 더 이상 너한텐 아무런 책임도 없다는 말은 하지 못할걸!

형은 갑자기 두려움에 가득 찬 눈으로 허공을 올려다보았다.

– 재석아, 나는 정말이지 죽고 싶지 않아. 똑같은 장난감을 앞으로 50년 동안 더 가지고 놀라고 해도 죽는 것보다는 낫다고 생각해.

형은 슬프게 중얼거렸다. 그 목소리에는 진심이 담겨 있었고, 마치 영혼 속에 들어와 있는 악령이 방심한 틈을 타서 몰래 내뱉은 소리처럼 억양마저 딴판이었다. 그러나 이내 악령의 목소리가 다시 표면에 떠올랐다. 형은 히힛, 웃었다.

– 니 맘대루 해!

형은 무릎을 풀썩 꺾었다. 노끈이 형의 목을 조르기 시작했고, 형의 얼굴은 이내 새빨갛게 충혈되기 시작했다. 그러나 형은 줄을 늦추지 않았다.

– 나, 난, 주, 주, 죽고 싶지 않아…….

안 돼, 형! 일어서! 일어서란 말이야.

나는 손목을 묶은 노끈을 풀기 위해 필사적으로 몸부림을 쳤다. 그러나 도대체 어떻게 묶어놓은 것인지 몸부림을 치면

칠수록 노끈은 더욱 거세게 내 손목을 죄어버리는 거였다. 나는 식구 중 누군가 잠을 깨기를 바라며 벽에 머리를 쿵쿵 찧었으나, 방문 밖에선 아무 기척도 들리지 않았다. 형은 얼굴이 검푸르게 변하며 죽어갔다. 바로 내 눈앞에서. 그건 내 책임이 아니었다. 나는 꼼짝할 수 없었다. 형이, 형이 나를 그렇게 만든 거였다.

오늘 아침 호텔 식당에서 산난한 식사를 하며 네게 쓴 편지들을 다시금 찬찬히 읽어보았고, 다 읽은 다음 찢어버렸다. 애당초 부칠 생각이 없는 편지였다. 나는 호텔을 떠나며 마지막으로 편지를 쓰고 있다. 물론 이 편지 또한 쓰고 또 찢을 것이다. 문득 네가 서울에서 내가 알고 있는 유일한 사람이라는 생각이 든다. 그건 아마 어느 정도 사실일 것이다.

서울을 떠나기 바로 전날 밤, 너는 무엇인가 예감한 사람처럼 우리 집으로 전화를 걸었다. 네가 우리 집에 전화를 한 건 그때가 처음이었다.

— 어젯밤 꿈에 아이가 찾아왔어요.

너는 그렇게 말했고, 그 말이 무슨 뜻인지 나는 알고 있었다. 그때 나는 사흘째 너의 빌라에 가지 않고 있었으니까.

 - 나를 아줌마라고 불렀어요. 그리고 울었어요.

나는 내일 서울을 떠난다는 말을 할까 말까 망설였으나 하지 않는 쪽을 택했다.

 - 우선, 거실에 걸려 있는 아이 사진을 떼어내 치워버려요. 그리고 이젠 잊어버려요. 아이가 죽은 건······

나는 잠깐 숨을 멈춘 뒤 분명하게 잘라 말했다.

 - 당신 잘못이 아니에요.

너는 한참 동안 대답을 하지 않았다. 전화가 끊긴 게 아닐까 의심이 들 만큼 시간이 지난 뒤, 너는 다시 말했다.

 - 당신이 좋아하는 피자를 사 왔어요. 저 혼자 먹기엔 너무 많아요.

 - 반을 남겨두었다가 내일 아침에 레인지에 데워 먹어요.

 - 아침 안 먹고 출근하는 거, 알잖아요.

 - 그럼 저녁때 먹어요.

 - 알겠어요. 그렇게 할게요.

하고는, 너는 물었다.

– 내게 화났어요?

– 아뇨.

전화 수화기로도 들릴 만큼 너는 한숨을 깊이 내뱉었다.

– 어쨌든 당신 몫의 피자는 남겨놓을게요. 언제든지 들러서 전자레인지에 데워 드세요.

우리는 전화를 끊었다. 그것이 너와의 마지막 대화였다.

내 몫의 피자는 아직까지 거기 남아 있을지 모르지만, 나는 그것을 영원히 먹지 못할 것이다. 우리는 다만 악몽 속의 동반자였을 따름. 호텔 로비, 내 맞은편 소파 위에서 백인 노파가 지팡이에 손을 얹은 채 꾸벅꾸벅 졸고 있다. 몇 년 뒤 내가 저 노파를 기억하지 못하듯, 모든 것이 내 기억의 뒤편으로 사라질 것이다. 어쩌면 너에 대한 기억마저도 뜻밖에 빨리 사라질지도 모르지. 형은 악몽 속에서 끝내 깨어나지 못했으나, 나는 쉽사리 깨어날 수 있을 것이다.

내겐, 형의 죽음에 대한, 아무런 책임도 없으므로.

그럼, 안녕히. 악몽 속의 동반자여. 동반자들이여.

(1995)

돌

그제야 양건욱은 사내가 느끼는 두려움의 정체를 어렴풋하게나마

이해할 수 있을 것 같았다. 진짜 두려운 것은 상실이 아니라 망각이다.

잊어버린 것에는 회한이라도 남지만, 잊어버린 것에는 아무것도 남지 않으므로.

－그들은 다 어디 있느냐? 너의 죄를 묻던 사람은 아무도 없느냐?

(요한복음 8:10)

김수엽은 국문과 후배들과 술을 마시고 있었다. 10년 넘게
터울이 나는 90년대 학번들이었으니 후배라기보다는 차라리
제자에 가까웠다. 실제로 그들 가운데 몇은 그가 시간강사 시
절에 교양 국어를 가르쳤던 학생들이기도 했다. 그는 3년 전
국문과 박사과정을 마쳤고, 지금은 지방 대학에 전임강사 자
리를 맡으려고 서류를 제출해둔 상태였다. 술자리 분위기가
무르익으면서 그는 80년대 문학 분위기를 장황하게 설명하기
시작했다. '90년대 후일담 문학에 대한 성찰, 90년대는 80년
대를 어떻게 보는가.' 그것은 그가 최근에 쓰고 있는 논문 주
제이기도 했다. 그는 80년대 초반의 상처와 중반의 격동과 후
반의 모색을 일목요연하게 정리한 뒤, 90년대 문학이 왜 그토
록 80년대에 집착할 수밖에 없는가를 설명했다. 학생들은 무
슨 조선시대 당파 싸움을 다룬 사극이라도 시청하는 표정으
로 때로는 고개를 끄덕이기도 하고 때로는 얼굴을 찌푸리기
도 했다.

김수엽은 화장실에 다녀오는 길에 그들 테이블 뒤편에 앉아
혼자 술을 마시고 있는 사내를 보았다. 그는 90년대의 밝고
요란스러운 대학가 술집 분위기와는 전혀 어울리지 않는 어

두컴컴하고 음습한 냉기를 품고 있었다. 아주 짧은 순간이었지만 김수엽은 사내를 예전에 이런 장소에서 이런 식으로 만난 적이 있었던 듯한 기분이 들었다. 혹시 아는 사람이 아닐까 유심히 살펴보았으나, 역시 모르는 얼굴이었다. 사내는 고개를 약간 숙인 채 술잔만 뚫어져라 바라보고 있었는데, 초점을 잃은 듯한 눈이었음에도 매우 날카롭게 느껴졌다. 김수엽은 뭔가 불길한 예감이 들었으나 크게 개의할 바는 아니었다.

술자리는 11시쯤에야 끝났고 그로부터 30분 뒤 그는 택시에서 내려 집으로 가는 언덕길을 오르고 있었다. 그의 집까지 가는 데 꼭 거쳐 가도록 되어 있는 공터를 지날 무렵이었다. 어둠 속에서 누군가 그를 불렀다.

"김수엽!"

감색 점퍼를 입은 사내가 건축자재들을 쌓아둔 곳에 서 있었는데, 외등 불빛 아래로 걸어 나온 사내의 얼굴을 보고 그는 아, 하고 짧은 탄식을 내뱉었다. 사내의 눈빛은 바로 술집에서 본 그 번득거리는 눈빛이었던 것이다. 그는 또 한 번 불길한 예감에 사로잡혀 주위를 둘러보았다. 평소에도 인적이 드문 곳이어서 지나다니는 사람은 아무도 없었다. 그는 공터에서 가장 가까운 주택가까지의 거리를 재어보았으나 그리로 뛰어야 할지 선뜻 결단을 내리지 못했다.

"누구십니까?"

그는 되도록 사내와 거리를 좁히지 않으려고 몇 걸음 주춤 물러섰으나 감색 점퍼 차림의 사내는 성큼성큼 그의 앞으로 다가왔다.

"개새끼!"

사내의 주먹이 허공에서 크게 원을 그리며 그의 배에 꽂혔다. 김수엽은 이이쿠, 신음을 내뱉으며 허리를 꺾었다. 사내의 주먹은 계속해서 날아들었고 그가 배를 싸쥐고 주저앉자 이번에는 발길질이 퍼부어졌다. 왜 이러십니까, 항변할 틈조차 없었다. 그는 몇 시간 동안이나 구타당한 느낌이 들었지만, 실제로 그건 아주 잠깐 사이에 일어난 일이었다. 땅바닥에 뒹굴며 정신 차릴 수 없을 지경이 되었을 때에야 사내는 발길질을 멈추고, 퉤, 침을 뱉었다.

"너는 버러지야!"

목구멍에서 가래 끓는 쉰 목소리였다.

"네놈 얘기를 곁에서 다 듣고 있었어. 네놈이 문학평론이

랍시고 쓴 쓰레기들도 낱낱이 읽어보았지. 네놈이 감히 80년
대를 논할 자격이 있다고 생각하니? 뭐? 상실? 도대체 네놈
이 뭘 잃었다는 거야? 좌절? 네놈이 도대체 뭘 했기에 좌절
을 해? 개새끼! 나는 네놈이 보낸 80년대를 밑구멍까지 알고
있는 사람이야. 네놈은 프락치였어! 정훈장교로 근무하던 시
절에 관계를 맺게 된 보안사 요원들한테 정기적으로 학원 동
태를 보고하고 있었지. 나는 네놈이 그들을 만난 날짜와 시간
과 장소까지 알고 있어. 그리고 네놈 때문에 끌려간 후배들도
한두 명이 아니었어. 그런데 이제 와서 네놈은 후배들 앞에서
80년대는 열정과 좌절의 시대입네 어쩝네 떠들고 있는 거야.
나는 너 같은 쥐새끼들이 80년대에 대해 주둥이를 나불대는
걸 용서할 수 없어. 한 번만 더 80년대에 대해 떠들면 내가 가
만두지 않을 거야. 개새끼!"

　사내는 다시 한번 그의 얼굴을 향해 침을 뱉고 돌아섰다.
김수엽은 사내가 더 구타할 뜻이 없음을 확인하자 그제야 고
개를 들어 더듬더듬 물었다.

　"당신은, 당신은 대체 누구요?"

　사내는 고개를 돌려 그를 쏘아보았다. 섬뜩한 눈이었다.

"너 같은 쓰레기는 몰라도 돼!"

김수엽은 언덕길을 내려가는 사내의 뒷모습을 바라보며 간신히 몸을 일으켰다. 코와 입술에서 흘러나온 피로 입 둘레와 턱은 온통 찐득찐득했고, 사내의 발길에 채인 왼쪽 어깨가 욱신욱신 쑤셨다. 아닌 밤중에 날벼락을 맞은 셈이었다. 그는 절뚝절뚝 집으로 올라가다가 너무나 억울한 느낌이 들어 그만 쿡, 울음을 터뜨렸다.

경찰들은 다 어디 간 거야, 무고한 시민이 길을 가다 이렇게 곤죽이 되도록 얻어맞아도 되는 거야?

그는 갑자기 세상이 두려워졌다.

그 일이 있은 며칠 뒤, 소설가 조동우는 어떤 사내로부터 온 전화를 받게 되었다. 그 사내는, 자신은 그의 소설을 한 편도 빠짐없이 읽은 독자인데 그 작품들에 대해 할 말이 있으니 꼭 한 번만 만나달라고 했다. 조동우는 잠시 망설이다가 집에서 가까운 찻집으로 약속 장소를 정했다.

전화를 끊고 그는 불끈 짜증이 솟구쳤다. 방금 떠오른 구상을 타이핑하고 있던 중이었는데 그것이 중단되는 게 싫어서 였다. 그는 사내가 자기 소설을 한 편도 빠짐없이 다 읽었다 는 대목에서 거절을 못 했던 것인데, 자신이 독자들의 반응에 너무 신경을 쓰고 있지 않은가 싶은 생각도 들었다. 그러나 이 내 마음을 고쳐먹고 진지한 독자라면 그 평을 경청하는 것이 작업에 도움이 되리라 생각하며 약속 장소로 나갔다.

전화를 건 사내는 감색 점퍼를 입고 열대어 어항 옆에 앉아 있다가 손을 들어 보였다.

"조동우 씹니까?"

"그렇습니다."

사내는 커피를 주문했다. 그는 사내의 눈초리가 칼을 세워 놓은 듯 날카로운 것을 보고 저런 눈초리를 가진 사람은 남 을 심문하는 직업, 이를테면 경찰이나 조사관 따위의 직업에 종사하고 있으리란 생각을 했다. 그는 사내의 눈초리를 슬그 머니 피하며 탁자 위에 놓인 생수를 한 모금 마셨다.

"실은 작품을 쓰고 있던 참이라서 오래 시간을 내지는 못 하겠군요. 제게 하실 말씀이……."

"단도직입적으로 말하지요. 저는 선생이 쓴 〈젊음의 늪〉이라는 소설과 〈들꽃의 미소〉라는 소설을 읽었습니다."

"둘 다 단편이군요."

조동우는 의례적인 태도로 고개를 끄덕였다. 그런데 사내의 입에서 뜻밖의 말이 튀어나왔다.

"제가 하고 싶은 말은, 그따위 소설은 이제 쓰지 말라는 것이지요."

그렇게 말하는 사내의 목소리가 너무 담담하여 조동우는 그 말을 농담으로 받아들여야 할지 진담으로 받아들여야 할지 잠시 어리둥절해졌다.

"제 소설에 불만이 있으신 모양이군요."

"지금 서른일곱이신가요?"

"여덟입니다."

"팔십 년대에 민주화 운동에 관여한 바가 전혀 없으시지요?"

조동우는 조롱당하는 느낌이 들기도 하고 심문당하는 느낌이 들기도 하여 난감하기 짝이 없었다. 그는 이맛살을 찌푸리며 탁자 쪽으로 눈길을 내렸다.

"경찰이십니까?"

"아닙니다."

"그렇다면 그런 것을 제게 묻는 이유는 뭡니까?"

"그 소설이 팔십 년대를 다루고 있기 때문입니다."

"잘못 보셨군요. 그 소설들은 구십 년대가 배경입니다."

그렇게 말하면서 조동우는 사내에게 뿐만 아니라 스스로에게도 화가 났다. 문제는 소설이 아니라 그가 지금 모욕당하고 있다는 사실이었다. 소설의 배경이 언제인지는 따질 바가 아니었다. 사내는 흐흐흐, 하고 음산하게 웃었다.

"알고 있습니다. 저는 바로 그 점을 따지고 있는 것입니다. 선생은 팔십 년대에는 팔십 년대를 진단하지 않다가 왜 이제 와서야 갑자기 팔십 년대를 진단하고 있습니까? 이제 함부로 농락해도 좋을 만큼 팔십 년대가 만만해졌다고 생각하는 겁니까?"

조동우는 더 이상 조롱만 당하고 있을 수 없다고 생각했다.

"말씀을 너무 함부로 하시는군요. 만일 비평을 하고 싶다면 어떤 점이 어떻게 잘못되었다고 구체적으로 지적하십시오."

"좋습니다. 선생 소설의 주인공들은, 그러니까 선생 말대로 구십 년대의 주인공들이지요. 그들은 한결같이 상실감과 좌절감에 빠져 있습니다. 그리고 그 탓을 죄다 팔십 년대로 돌리고 있습니다. 동구권의 변화, 페레스트로이카, 사회주의권의 붕괴, 사람들의 기회주의적인 변신…… 이제는 듣기에도 지긋지긋한 그 탓으로 말입니다. 그렇게 함으로써 선생의 소설들은 팔십 년대를 모욕하고 있습니다."

조동우는 허, 하고 웃었다.

"운동권인 모양이군요."

사내는 웃지 않고 그를 쏘아보았다.

"천만에요. 저는 오히려 운동권 놈들을 경멸하는 사람이지요."

"어쨌든 좋습니다. 제가 미숙하여 그렇게밖에는 표현하지 못했는지 몰라도, 어쨌거나 그것은 사실 아닙니까?"

"선생한테는 사실이 아니지요."

"억지스럽게 들리는군요. 모두에게 사실인 것이 어째서 저한테만 사실이 아닙니까?"

"선생은 팔십 년대로 인해 좌절할 만한 아무런 일도 하지 않았기 때문입니다. 선생의 신상 기록은 백지처럼 말끔합니다. 그 흔해빠진 연행조차 당해본 적이 없었습니다. 유월 명동 집회 때 참석은 했겠지만 빌딩 밑에 서서 그저 구경만 했습니다. 선생의 소설에서는 그걸 무슨 대단한 운동 경력처럼 묘사해놓았더군요."

조동우는 모욕감에 가슴이 벌벌 떨려왔다.

"이것 보시오, 소설은 어디까지나 소설이요! 나는 마음만 먹으면 마르크스, 레닌까지도 내 소설의 주인공으로 삼을 수 있소."

사내는 흐흐흐, 웃었다.

"그러지 못할걸요. 선생의 눈동자는 늘 좌우익을 동시에 살피느라 맴맴 돌고 있잖습니까."

사내는 얼굴 근육이 마비된 사람처럼 내내 무표정했고, 어쩌다 웃을 때조차 표정을 바꾸지 않은 채 흐흐흐, 하고 웃는 건지 우는 건지 구분이 안 되는 묘한 소리를 내었다. 한마디로 불쾌하기 짝이 없는 사내였다.

"대체 당신이 하고 싶은 말이 뭐요? 그따위 실없는 말이 용건이라면 나는 그만 가겠소."

"내가 하고 싶은 말은 팔십 년대를 모욕하지 말라는 것뿐입니다. 당신의 좌절감은 그저 당신의 흐리멍덩한 자의식에서 비롯된 것일 뿐, 팔십 년대 탓이 아니란 말입니다. 한마디로 말해 당신은 가짜란 말이요."

허, 하고 외치며 조동우는 천장을 올려다보는 척했다.

"그러는 당신은 진짜요?"

사내의 눈초리가 다시 예리하게 곤두섰다.

"나는 진짜요. 누구보다 열렬하게 팔십 년대를 살았소."

"흥, 역시 운동권 나부랭이였군······."

비웃음을 띠며 막 이렇게 말하는 순간, 그의 얼굴에 찬물
이 끼얹어졌다. 사내가 일어서며 생수를 끼얹은 것이다. 사내
는 당장 주먹질이라도 할 듯 이글거리는 눈으로 그를 쏘아보
았고, 조동우는 얼결에 팔뚝으로 얼굴을 가렸다.

"끝까지 말귀를 못 알아듣고 감히 나까지 모욕을 해? 경고
해두겠는데, 두 번 다시 팔십 년대를 모욕하지 마. 팔십 년대
는 너 따위 기회주의자들이 만든 게 아니야. 나한테 모욕감
을 느끼면 달려들어서 싸워봐! 나는 네놈같이 뒷구멍에 숨어
있다가 사방이 조용해지면 튀어나와 떠들어대는 놈들이 제일
싫어! 버러지 같은 새끼!"

사내는 탁자 위에 찻값을 던져놓고는 나가버렸다. 조동우는
얼굴에서 흘러내리는 물을 닦지도 않고 멀거니 앞만 쳐다보고

앉아 있었다. 살다 보니 이런 해괴한 봉변도 다 당하는구나.

그의 머릿속에는 불현듯 좋은 구상 하나가 떠올랐다. 산속에 숨어 마지막 발악을 하는 80년대 운동권의 마지막 파르티잔······.

그 일이 있은 또 며칠 뒤 밤이었다.

윤명섭은 오피스텔 문 앞에서 애를 먹고 있었다. 그의 오피스텔 현관문에는 자물쇠가 아래위 두 개 달려 있는데, 그는 평소에 둘 모두를 잠그고 다녔지만 어쩌다 깜빡 잊고 한 개만 잠그고 나왔을 때는 그만 헷갈리게 되었다. 열쇠를 어느 방향으로 돌려야 할지 몰라 큐빅게임을 하듯 이쪽으로도 돌려보고 저쪽으로도 돌려보고 하여 간신히 맞추는 것이었다. 그는 그날도 한참 동안 자물쇠와 실랑이를 벌이다가 간신히 문을 열고 들어섰다.

그는 집 안에 불이 켜져 있는 것을 보고 깜짝 놀랐다. 그러고 보니 현관문은 원래 열려 있는 상태였던 모양이었다. 그런데 그가 놀란 것은 단지 집 안에 불이 켜져 있다는 사실 때문만은 아니었다. 감색 점퍼를 입은 사내가 창문가에 등을 기댄 채 그를 물끄러미 바라보고 서 있었기 때문이었다.

"다, 당신, 누구요?"

그는 너무 놀란 나머지 하마터면 자리에 주저앉을 뻔했다. 그러나 침입자는 마네킹처럼 미동도 않은 채 입만 달싹여 말했다.

"윤명섭 씨, 놀라지 말고 들어오시오."

마치 초대받아 온 손님처럼 그 목소리는 차분했고, 그래서 윤명섭은 소리를 쳐야 할지 말아야 할지 갈피를 잡을 수 없어 잠시 현관문 앞에서 멈칫거렸다. 복도를 사이에 두고 오피스텔 방들이 빼곡히 늘어서 있어 문밖은 어둠침침했다. 그는 더 듬더듬 물었다.

"당신 대체 누구요? 무, 문이 열려 있었소?"

사내는 고개를 저었다.

"내가 따고 들어왔소. 그쯤은 내겐 일거리도 아니오. 어쨌든 문을 닫고 안에 들어와서 얘기합시다. 내가 당신을 해칠 사람이라면 이렇게 기다리고 있었을 리가 없잖소."

맞는 말이었다.

"당신, 기관에서 보낸 사람이야?"

그는 국회의원 보좌관이었다. 그래서 언뜻 정적政敵들을 떠올렸던 것이다.

"누가 보내서 온 게 아니라 나 스스로 찾아왔소. 몇 마디 얘기만 하고 가겠소. 그러니 염려 말고 들어오시오."

사내는 만사에 의욕을 잃어버린 사람처럼 차분하다 못해 침울하게까지 느껴지는 목소리로 말했다. 윤명섭은 그 목소리에 어느 정도 경계심을 늦추었으나 낯선 사내가 허락도 없이 자기 방에 들어와 있다는 사실이 여간 불쾌하게 느껴지는 게 아니었다. 그러나 그 방은 그의 방이었고 불청객을 내쫓아야 할 사람도 그였다. 그는 만일의 사태를 대비해 문을 반쯤 열어둔 채 안으로 들어섰다. 그는 서류 가방을 침대 위에 던졌다.

"당신이 누구인지 신분부터 밝히시오."

사내는 시선을 바닥에 내리깔고 있었고, 윤명섭은 그제야 사내가 구두를 신은 채 들어왔음을 알아차렸다. 뭔가 한마디 해주려는 참에 사내가 음울한 목소리로 말했다.

"내 신분에 대해서는 당신이 알 바 없고, 용건만 간단히 말하리다. 당신은 요즘 만나는 사람한테마다 경력을 떠벌리고 있소. 팔십 년대의 운동 경력 말이오. 나는 그러지 말라고 충고하고 싶소."

윤명섭은 목을 답답하게 죄고 있던 넥타이를 거칠게 잡아당겨 풀어 바닥에 던졌다.

"나는 내 경력을 떠벌린 적도 없거니와, 설사 떠벌렸다 하더라도 당신이 간섭할 문제는 아니잖소?"

"나는 팔십 년대가 모욕받는 걸 싫어하는 사람이오."

사내는 그제야 윤명섭을 정면으로 바라보았는데, 그 눈빛이 너무 날카로워 윤명섭은 흠칫 놀랐다. 그는 직업상 각계각층의 사람들을 상대했지만 사내처럼 무시무시한 눈빛을 가진 사람은 여태껏 한 번도 본 적이 없었다. 굳이 있다면 정신병자의 눈빛이 꼭 저러하리란 생각이 들었다.

"팔십 년대? 그러니까, 내가 팔십 년대를 모욕했단 말이요?"

"그렇소. 따지고 보면 팔십 년대에 당신이 했던 운동 경력이야 보잘것없는 것 아니겠소? 겨우 시시껄렁한 유인물 사건으로 감옥에 갔다 온 게 고작이고, 그 뒤에는 줄곧 출판사와 잡지사를 전전하며 지냈단 말이오. 그런데도 당신은 감옥에 갔다 온 것을 무슨 대단한 훈장처럼 내세우며 떠벌리고 있소. 당신은 감옥에서 고작 육 개월 보내고 특사를 받아 출옥했는데, 마치 형기를 다 채워 이 년 꼬박 감옥 생활을 했던 것처럼 말하더군."

사내는 공소장이라도 읽듯이 아무런 감정도 섞이지 않은 목소리로 말을 이었다.

"그때 당신이 맡은 일이라곤 고작 유인물을 복사하는 일이었소. 그나마도 어설프게 처리해서 서클 멤버들이 줄줄이 엮여 드는 사태를 빚었지. 유인물 작성자인 당신 선배는 엄청나게 고문을 당했고 말이오. 그런데도 당신은 이제 염치없게 마치 당신이 그 사건의 주모자나 되는 듯이 사람들 앞에 떠벌리고 다닌단 말이오. 나는 당신에 관한 일은 손바닥 들여다보듯 낱낱이 알고 있소. 심지어 당신이 그때 쓴 자술서 내용까지도 알고 있지."

사내는 흐흐흐, 웃었다. 윤명섭은 무엇인가 찾는 척 열어놓고 있던 소형 냉장고의 문을 쾅 닫았다.

"이봐, 당신 어느 기관 사람이야? 무슨 의도로 내 뒷조사를 한 거야? 당신 소속 기관에 엄중히 따져야겠어."

윤명섭은 흥분하여 소리쳤지만 사내는 어조 하나 바꾸지 않았다.

"아까도 말했다시피 나는 팔십 년대가 모욕당하는 것을 싫어하는 사람일 뿐이오. 당신 같은 사람이 팔십 년대를 주도했다고 사람들이 믿게 되는 것은 나로서는 참을 수 없는 일이오."

"당신, 지금 무슨 헛소리를 하고 있는 거야!"

사내는 창틀 위에 얹혀 있던 강아지 인형을 손으로 툭 쳤다. 강아지 인형은 바닥에 부딪히며 삑, 소리를 내었다. 윤명섭은 강아지 인형을 힐끗 쳐다보았다.

"내 용건은 끝났으니 이제 가리다. 팔십 년대에 대해 함부로 떠들지 마시오. 앞으로 또 허튼소리를 지껄이고 다닐 때에는 국회 출입구 게시판에다 당신이 그때 쓴 자술서를 붙여놓겠소. 그 속에 얼마나 비굴한 말들이 담겨 있는지 당신도 기억하겠지?"

사내는 그렇게 말하고는 문을 나섰다. 윤명섭은 그의 뒤통수를 향해 버럭 소리를 질렀다.

"얌마! 도대체 너 누구야?"

사내는 휙 돌아섰다.

"너를 버러지로 생각하는 사람이지."

현관문이 쾅 닫혔다. 윤명섭은 화가 가라앉지 않아 수화기를 들었다. 나, 박의원 보좌관 윤이오. 방금 어떤 새끼가 찾아와서 나를 협박하고 갔는데, 그쪽에서 보냈소? 아니라구? 잡아떼는 거 아냐? 씨팔, 그럼 그 새끼는 대체 누구야? 윤명섭은 홧김에 몇 군데 더 전화를 했으나 모두 딱 잡아떼기만 하는 것이었다. 그는 수화기를 던져놓고 침대에 벌렁 드러누웠다. 그리고 자신의 80년대에 대해 곰곰이 생각해보았다.

그 며칠 뒤 오후 2시 무렵, 양건욱은 장화를 갈아 신고 미꾸라지들을 살펴보러 양식장으로 갔다. 그의 살림집과 양식장은 30도 경사의 언덕을 사이에 두고 아래 위 쪽에 나란히 세워져 있었다. 거리는 얼마 되지 않았지만, 경사가 워낙 가팔라 그로서는 여간 불편한 게 아니었다. 그는 다리를 심하게 절기 때문이었다. 양식장은 원래 오이를 재배하는 비닐하우스 터였는데, 그가 이곳에 오면서 미꾸라지 양식장으로 개조했던 것이다. 오이 재배지를 미꾸라지 양식장으로 바꾸는 데는 별문제가 없었지만 트럭이 들어올 만한 길이 없다는 게 가장 골칫거리였다. 오이야 도로까지 손수레로 나르든 지게로 나르든 상관이 없었지만, 살아 있는 미꾸라지에겐 물이 필요하였으니 그럴 수도 없는 노릇이었다. 그래서 그는 이곳에 정착하기 위해 큰길에서 양식장까지 길부터 닦아야 했다.

그가 양식장에 쪼그리고 앉아 미꾸라지들이 꼬물거리는 모습을 지켜보고 있을 때, 감색 점퍼를 입은 사내가 그림자처럼 소리 없이 나타나 날카로운 눈초리로 그의 뒷모습을 쏘아보고 있었다.

"미꾸라지를 손으로 잡아본 적이 있소?"

양건욱은 뒤를 돌아보지도 않고 말했다. 사내는 흥, 하고 코웃음을 던지며 말했다.

"시골에서 자란 놈치고 도랑에서 미꾸라지 잡아본 추억 하나 없는 놈이 어디 있습니까?"

"그럼 지금 한번 만져보시려오?"

그는 뜰망으로 휘휘 물을 저어 미꾸라지들을 건져 올렸다. 뜰망 위에 얹힌 미꾸라지들은 미친 듯이 퍼덕거렸고 몇 마리는 다시 물속으로 날쌔게 달아났다. 그는 손으로 미꾸라지를 한 움큼 쥐었으나 모조리 손아귀에서 빠져나가 버렸다. 물을 움켜쥐었을 때와 마찬가지였다.

"나는 어릴 때부터 이 감촉이 좋았다오. 그래서 미꾸라지 양식을 하게 되었는지도 모르지."

사내는 점퍼 주머니에서 은단갑을 꺼내 몇 알 입에 털어 넣고는 오물오물 씹었다.

"쥐는 법이 서투르군요. 미꾸라지는 손바닥으로 쥐는 게 아닙니다."

양건욱은 다시 손을 뻗어 뜰망 속의 미꾸라지를 한 움큼 쥐었다. 그러나 이번에는 손가락 사이에 대여섯 마리가 쥐어 있었다. 그렇게 많은 미꾸라지를 한꺼번에 쥐는 것은 아무나 할 수 있는 일이 아니었다.

"미꾸라지는 이렇게 쥐는 거란 말이지요?"

사내는 놀랍다는 뜻으로 어깨를 들썩하고는 이내 흥, 하며 입꼬리에 비웃음을 담았다.

"이제 많이 능숙해졌군요."

양건욱은 손아귀에 든 미꾸라지들을 물속에 던져주었다. 그놈들은 호리호리 몸을 비틀며 무리들 틈에 섞여버렸다.

"아니오, 나는 어릴 적부터 미꾸라지 쥐는 일에는 남다른 재능을 가지고 있었다오. 마을 친구들과 미꾸라지를 잡으러 가서는 내기를 하곤 했지. 한꺼번에 가장 많이 손아귀에 움켜쥘 수 있는 사람이 그날 잡은 미꾸라지들을 다 갖기로 말이오. 나는 그때마다 이겼고 미꾸라지들은 몽땅 내 차지가 되었다오. 나중에 친구들은 도저히 못 이기겠다고 생각했던지 다시는 내기를 하지 않으려 듭디다. 하하."

그는 그제야 고개를 돌려 사내 얼굴을 똑바로 바라보았다.

"어떻소? 우리 어린 시절로 돌아가서 한번 내기를 해보지 않겠소?"

양건욱이 쳐다보자, 사내는 얼굴을 찌푸리며 양식장 쪽으로 눈길을 돌려버렸다.

"그만두겠습니다. 어차피 내가 질 테니까요."

양건욱은 몸을 일으키며 허리를 쭉 폈다.

"이제는 이놈들이 손가락 사이로 쏙쏙 빠져나가 버릴 때의 감촉을 더 사랑한다오. 미꾸라지를 움켜쥐려면 손가락 사이의 근육과 신경을 있는 대로 곤두세워야 하거든."

그건 사내를 겨냥한 말이 분명했다. 양건욱은 날카롭게 쏘아보는 사내의 눈길을 외면하며 지나가는 말투처럼 무심히 물었다.

"그래, 이번에는 또 누구를 괴롭히고 왔소?"

사내의 입가에 음흉한 웃음이 떠올랐다.

"윤명섭이라고, 국회의원 보좌관을 하는 놈이지요."

"그자는 또 왜 형씨의 심사를 뒤틀리게 했소?"

"팔십 년대를 훈장처럼 달고 다니는 놈이지요. 나는 그런 놈들을 보면 속이 뒤집어집디다."

"대단하오. 형씨한테 그를 비난할 자격이 있다고 생각하오?"

사내는 또 흥, 콧방귀를 뀌며 비아냥거렸다.

"너희 중에 죄 없는 사람이 저 여자를 돌로 쳐라?"

양건욱은 물 위에 떠 있는 죽은 미꾸라지들을 뜰망으로 건져냈다. 썩은 놈들을 내버려 두면 미생물들이 번식하여 물이 탁해진다오. 언젠가 사내에게 그렇게 말한 적이 있었다. 그때 사내가 뭐라고 대꾸했는지는 기억나지 않았다. 양건욱은 사내가 듣지 못할 만큼 작게 한숨을 내쉬었다.

"그럼 왜 나는 돌로 치지 않는 거요?"

"양 선생은 팔십 년대를 모욕하지 않았으니까요."

사내는 잠시 머뭇거리고는 덧붙였다.

"나와 마찬가지로 팔십 년대를 열렬한 열정을 가지고 살았으니까요."

그 말에 양건욱은 허허허, 웃음을 터뜨렸다. 사내는 모욕감을 느꼈는지 시커먼 얼굴임에도 붉은빛이 역력히 드러났다. 양건욱은 한참 만에야 웃음을 거두었다.

"그럼 되었소. 이제 나를 찾아오지 마시오."

양건욱은 곁에서 코를 박고 킁킁거리고 있던 누렁개에게 건져낸 미꾸라지들을 던져 주었다. 누렁개는 미꾸라지가 떨어지는 자리를 정확히 포착하여 한입에 날름 받아먹었다. 재빠르고 날렵한 동작이었다. 사내를 조롱하기로 작정을 한 듯 양건욱은 죽은 미꾸라지를 일부러 한 마리씩 천천히 누렁개 앞으로 던졌다. 사내는 점퍼 주머니에 넣고 있던 손을 꺼내 불끈 주먹을 쥐었다. 주먹이 파르르 떨리고 있었다.

"나는 당신이 이렇게 미꾸라지나 돌보며 한가하게 지내는 꼴이 참을 수 없이 역겹단 말입니다!"

"그럼 저 돌로 나를 치시오. 시대와 간음한 죄를 짓긴 나도 마찬가지요."

양건욱은 양식장 모퉁이에 놓여 있는 커다란 돌멩이를 가리켰다. 사내는 이글거리는 눈매로 돌멩이를 힐끗 쳐다보았다. 그의 등짝을 진짜 돌로 찍어버리고 싶다는 듯이. 사내는 한숨이 나오는 것을 억지로 참는 듯 숨을 조금씩 흐윽, 흐윽, 토해냈다.

"팔십 년대 대부분의 운동 조직이 양 선생 손으로 꾸려졌고, 어떤 조직이든 배후를 캐보면 늘 양선생이 거기 있었소. 오 년 동안 수배를 받으면서도 흔적조차 남기지 않았고……. 그래서 현상금 액수도 양 선생을 따라갈 자가 없을 정도였소."

저자는 자화자찬을 늘어놓고 싶은 모양이군, 양건욱은 얼굴을 찌푸렸다.

"그래서? 그래서 그게 어쨌단 말이오?"

"선생 발가락에 낀 때만도 못한 새끼들도, 심지어는 프락치 노릇을 한 새끼들마저도, 팔십 년대를 훈장처럼 내세우며 떠벌리고 있습니다. 그런데 정작 선생은 고작 미꾸라지나 쥐었다 놨다 하며 지내고 있단 말입니다. 흐윽."

사내의 목소리에 신음 소리가 담겨 있어 양건욱은 사내를 돌아보았다. 사내의 시꺼먼 얼굴이 창백해져 있었다.

"팔십 년대는 지났소. 내가 미꾸라지나 키우고 있는 게 형씨 보기엔 한심하게 여겨질진 몰라도 이건 팔십 년대 내내 내가 꿈꾸던 삶이었다오. 나는 미꾸라지가 내 손아귀에서 매끄럽게 빠져나가는 감촉을 사랑하고, 이 삶을 사랑하고 있소. 그러니 나를 내버려 두시오."

"나는 양 선생처럼 태연할 수 없단 말이오. 나는 괴롭고, 두렵고…… 외롭단 말이오."

사내는 심하게 몸을 떨고 있었다.

"팔십 년대를 흔적 없이 지나간 사람은 아무도 없소. 누구는 죄를 지었고, 누구는 상처를 입었소. 쓸데없이 사람들을 괴롭히며 더 이상 죄를 짓지 마시오."

사내는 흐흐흐, 표정 없이 웃었다.

"천만에요! 양 선생이 나를 응징하지 않는 이상 나는 계속해서 팔십 년대의 버러지들을 응징하고 다니겠소. 죄 없는 자만이 돌을 들 수 있는 것은 아니라는 사실을 보여주겠소."

"마음대로 하시오. 그러나 형씨가 무엇 때문에 그렇게 해야 하는지 나로서는 이해할 수 없소."

사내는 자기 가슴을 주먹으로 쿵 소리가 나게 때리며 외쳤다.

"양 선생이 팔십 년대를 열정과 신념으로 살았듯, 나도 열정과 신념으로 팔십 년대를 산 사람이오. 양 선생이 그게 옳다고 믿고 운동을 했듯이, 나 역시 그게 옳다고 믿고 프락치 노릇을 한 거요."

양건욱은 '프락치'라는 말에 지하 밀실에서의 전기 충격이 고스란히 되살아나는 느낌이 들어 저도 모르게 오싹 소름이 돋았다. 벌거벗은 몸뚱이를 전깃줄 삼아 흐르던 고압의 전류. 그는 다리를 못 쓰게 될 정도로 모진 고문을 받으면서도 오직 사내가 무사히 빠져나간 것만을 감사하게 여겼다. 그는 사내를 누구보다 신뢰했고, 사내는 그림자처럼 그의 곁에 붙어 다녔다. 사내마저 잡혔더라면 서로 입을 맞추기가 더욱 복잡해졌을 거야, 그는 그런 어이없는 생각을 하고 있었다. 그러나 그에게 가해진 지독한 고문은, 결국 사내가 보고한 정보들을 자신의 입으로 직접 실토하게끔 하는 확인 절차에 지나지 않았다. 그가 출옥한 몇 해 뒤, 사내가 찾아와 그를 밀고한 사람이 바로 자신이라고 밝혔을 때, 그는 이루 말할 수 없는 충격을 받았다. 하지만 이제 와서 뭘 어쩌란 말인가. 그때 양건욱은 사내가 왜 그 말을 털어놓는지, 원하는 게 도대체 무엇인지조차 알 수 없었다. 그러나 사내가 두려움에 떨고 있다는 사실 하나만은 분명히 알 수 있었다.

"그런데 나를 심판해야 할 사람들은 하나씩 떠나버리고 아무도 입조차 열려고 하지 않는단 말이오. 심지어 양 선생마저도 말입니다."

왜, 당신의 그 개 같은 상관들이 있잖소! 그들에게 가서 당신이 얼마나 훌륭한 일을 했는지 심판받으시오!

처음엔 양건욱도 그렇게 호통을 쳤다. 그때 사내는 쓸쓸한 표정을 지으며 말했다.

그들도 가버렸소. 이제 아무도 남지 않았소.

……나이 많은 사람부터 하나하나 가버리고 마침내 예수 앞에는 그 한가운데 서 있던 여자만이 남아 있었다. 예수께서 고개를 드시고 그 여자에게 "그들은 다 어디 있느냐? 너의 죄를 묻던 사람은 아무도 없느냐?" 하고 물으셨다. "아무도 없습니다, 주님." ……

아무도 남지 않았다. 심판해야 할 자도, 심판받아야 할 자도. 그제야 양건욱은 사내가 느끼는 두려움의 정체를 어렴풋하게나마 이해할 수 있을 것 같았다. 진짜 두려운 것은 상실이 아니라 망각이다. 잃어버린 것에는 회한이라도 남지만, 잊어버린 것에는 아무것도 남지 않으므로. 그러면 왜 살았지? 무엇 때문에 그토록 열심히 살았지? 그 쓸쓸함이 양건욱에겐 비애로 다가왔지만 사내에게는 공포로 다가왔던 모양이었다. 양건욱은 고개를 저었다.

"율법이 사라졌으니 죄도 상처도 자신의 몫이오. 형씨가 심판할 수 있는 유일한 사람도, 형씨를 심판할 수 있는 유일한 사람도 형씨 자신뿐이오."

그는 그렇게 말하다가 흠칫 놀랐다. 사내의 날카로운 눈에서 눈물이 흐르고 있는 것을 보았기 때문이었다. 그 눈물은 시꺼먼 뺨을 타고 밑으로 주르르 흘러내렸다.

"다시 한번 부탁드리겠습니다. 제발 나를 돌로 쳐주시오. 그럴 수 있는 사람은 양 선생밖에 없습니다."

양건욱은 냉정하게 고개를 돌렸다.

"나는 죄가 많아 그리 못 하겠소."

"그러면 양 선생은 내가 한 짓을 죄다 용서했단 말이오?"

양건욱은 누렁개 머리를 쓰다듬으며 "용서……." 하고 중얼거렸다. 그리고 쓰디쓰게 웃었다.

"그런 말은 정치가들이나 써먹는 말일 뿐이지. 내가 형씨를 용서한다 한들 대체 무엇을 척도로 용서한단 말이요? 우리가 다투던 율법은 오래전에 사라졌으니 형씨는 형씨의 율법대로 사시오. 그걸 요즘 말로 개성이라고 한다더군."

사내는 흐르는 눈물을 닦을 생각도 않은 채 흐흐흐, 웃었다.

"잔인하군요. 그게 선생이 내리는 형벌이라면 달게 받아들이지요."

사내는 목구멍에 그륵그륵 가래 끓는 소리를 내더니 땅에 투, 하고 끈끈한 침을 뱉었다.

"모쪼록 잘 지내시오. 내 두 번 다시 찾아오지 않으리다."

양식장 입구까지 걸어갔을 때 사내는 갑자기 뒤돌아서서 큰 소리로 외쳤다.

"나는 아직 내 죄가 뭔지도 모르고 내가 잘못했다고 생각하지도 않소. 아무도 나를 심판하지 않았으니까. 아무도! 나는 죄가 없으니 죄 있는 자들을 모조리 돌로 치겠소! 그 뒤엔 양 선생 당신도 돌로 쳐주지. 기대하시오!"

사내는 갑자기 기분이 좋아진 듯 껄껄껄 웃으며 되돌아섰다.

양건욱은 양식장 입구까지 나와 자신이 닦아놓은 소로를 따라 걸어가고 있는 사내의 뒷모습을 물끄러미 바라보다가 미꾸라지 사료를 줄 시간이 되지 않았나 손목시계를 들여다보았다. 생각보다 시간이 많이 지나 있지는 않았다.

그는 사내가 돌을 들고 찾아갈 다음 상대가 누구일지 짐작해보았다. 그래서 지금이라도 사내를 소리쳐 불러 만류하고 싶은 생각이 들었지만, 이내 고개를 저었다. 그리고 비록 자신과 정반대의 열정과 신념이기는 했으나 사내의 열정과 신념에도 진심으로 동감해주었다.

그러나 이제 그에겐 사내를 향해 돌을 치켜들 만한 열정도 신념도 남아 있지 않았다. 또다시 누군가를 응징하러 떠나는 사내의 뒷모습을 바라보며, 양건욱은 그의 열정에 대해, 그의 신념에 대해 심한 부끄러움을 느꼈다. 사내가 돌로 칠 다음번 상대가 누구인지, 갑자기 너무나 또렷하게 떠올랐기 때문이었다.

양건욱은 죽은 미꾸라지를 이번에는 아주 멀리까지 힘껏 던졌다. 누렁개는 신바람을 내며 달려갔다.

며칠 뒤, 서울 북쪽 근교 야산에서 나무에 목을 맨 주검 한 구가 발견되었다. 감색 점퍼를 입은 사내의 눈은 벌겋게 충혈된 채 툭 튀어나와 이제 날카로워 보이기는커녕 물고기 눈처럼 흐리멍덩해 보이기까지 했다. 나뭇가지가 바람에 출렁일 때마다 밧줄에 매달린 주검 또한 천천히 제자리를 맴돌았고, 초점 잃은 사내의 눈길이 바닥을 물끄러미 내려다보고 있었다.

(1995)

봄나들이

우리는 혁명을 위해 혁명을 하지는 않는다. 삶이 있고, 삶에 가해지는 폭력이 있고,

그 폭력을 제거하여 즐거운 삶을 살기 위해 혁명을 한다.

……혁명은 봄나들이 가듯 잠시 머물다 떠나는

젊은 날의 아유회가 아닌 것이다.

간밤에 봄비가 몹시 내리더니, 아침이 되자 언제 그랬냐는 듯이 하늘이 맑았다. 따뜻한 봄볕이 밤새 젖은 땅을 말끔하게 말려주어 공원의 풀과 나무들은 무척 고왔다. 그 따사로운 햇볕이 몸뚱이에 녹녹히 스며들자 온몸이 젖은 휴지처럼 나른해졌다. 밤새 한잠도 못 잔 완호는 입을 벌리지 않으려 애쓰며 아아웅 하품을 했다. 하품을 하는 게 무심한 태도로 비치지 않을까 신경이 쓰였던 것이다. 개운치 않은 하품이었지만 찔끔 눈물이 나왔다.

완호와 향미는 고급 진 병원을 나와 어린이내공원 담을 따라 걷는 중이었다. 완호는 옷가지가 든 하얀색 테니스 가방을 옆구리에 낀 채였고, 향미는 돌돌 말은 분홍색 손수건을 손에 꼬옥 쥐고 있다가 가끔씩 입 둘레를 닦았다. 완호가 물었다.

"힘들지 않아?"

말간 봄볕에 드러난 향미의 얼굴은 소금에 푹 절여놓은 듯이 해쓱했다. 향미는 도리도리 고개를 저었다.

"의사 선생님이 푹 쉬어야 한다고 말했어."

"괜찮아. 방에 들어가면 답답할 것 같아."

"아직 바람이 차가운데……."

완호는 말을 더 잇지 않았다. 습기로 눅눅한 지하실 방이 향미의 기분을 더욱 울적하게 만들지도 모르는 일이었다. 땅을 바라보며 걷던 향미가 문득 완호의 운동화 끈이 풀어진 걸 발견하였다.

"형, 신발 끈이 풀어졌어."

"어? 그래?"

완호는 허리를 굽혀 운동화 끈을 고쳐 매었다. 그동안 향미는 손수건을 입에 댄 채 공원 안 풍경을 바라보고 있었다. 개나리, 철쭉, 벚꽃 따위가 활짝 피어 있는 봄 공원은 눈이 부시도록 아름다웠다. 완호가 운동화 끈을 묶고 허리를 폈을 때, 오랫동안 감지 못해 새끼줄처럼 꼬인 향미의 머리카락이 눈에 띄었다. 콧등이 싸 하니 쓰려오는 바람에 완호는 얼른 눈길을 돌려 초록색 철망 너머 공원 풍경을 바라보는 척했다. 완호가 중얼거렸다.

"평일이라서 그런가, 되게 조용하네."

부석부석한 입술을 꼭 다문 채 공원 안을 바라보고 있던 향미가 문득 완호의 팔을 잡았다.

"형, 우리 저기 들어가서 놀다 가자, 응?"

"안 돼, 의사 선생님이⋯⋯."

며칠 동안 움직이지 말고 푹 쉬어야 한댔어, 하고 말하려다가 완호는 입을 다물었다. 향미의 표정이 금세 시무룩해졌기 때문이었다.

"꼭 그러고 싶어?"

향미는 고개를 끄덕였다.

"그래, 들어가 보자."

완호는 조그맣게 한숨을 쉬었다. 완호와 향미는 버스정류장을 지나쳐 공원 매표소 쪽으로 걸음을 옮겼다. 향미와 보폭을 맞추느라 완호는 자꾸 발걸음이 엇갈렸다. 매표소 앞 광장에는 코끼리, 토끼, 다람쥐, 기린, 호랑이, 물개, 바둑이 표지판이 있었다. 다람쥐 표지판 밑에 노란 옷을 입은 꼬마들이 옹기종기 모여 있었다. 유치원 봄나들이인 모양이었다. 곁에 있는 동무 손을 꼬옥 잡아요, 분홍색 티셔츠를 입은 선생님이 앞에서 소리를 쳤다. 넓은 챙이 달린 하얀 모자를 쓴 선생님이 암탉이 병아리를 세듯 꼬마들의 숫자를 하나하나 세어나갔다. 꼬마들의 노란 비닐 가방이 햇빛을 받아 유난히 반짝였다. 남자아이 하나가 입안을 커다랗게 드러내고 아앙 울고 있었고 여자아이가 남자아이를 달래주고 있었다. 완호는 힐끔 향미 눈치를 살폈다. 아니나 다를까, 향미는 쓸쓸한 눈 빛으로 유치원 꼬마들을 물끄러미 바라보고 있었다. 쯧쯧, 하필이면 어린이대공원이람. 노란 꼬마들로부터 한시바삐 향미의 눈길을 떼어놓으려는 듯, 완호는 허둥지둥 입장권을 끊었다. 잔돈을 주머니에 집어넣다가 은전 한 닢이 떨어져 데구루루 아스팔트에 굴렀다. 완호는 그놈을 주워 다시 청바지 주머니 속에 집어넣었다. 완호의 주머니에는 온갖 잡동사니가 다 들어 있어 항상 불룩해 보였다.

공원 안은 무척이나 한산했다. 향미는 말없이 앞만 바라보며 걸었고, 뭔가 애깃거리를 찾아 기분을 풀어줘야 한다는 조갈증 때문에 완호는 애가 탔다. 그러나 딱히 할 말이 떠오르지 않았다.

"저어, 사진 한 장 찍어주시겠어요?"

그때 양복 차림의 사내가 완호 앞에 사진기를 들이밀었다.

"자동이니까 셔터만 누르면 돼요."

남자와 여자는 벚나무 아래서 어깨동무를 하며 활짝 웃었다. 여자는 밝게 웃고 있었지만 중매결혼한 신부처럼 남자를 여전히 낯설어하고 있었고, 남자는 연회색 양복에 빨간 줄무 늬 넥타이를 매고 있었는데 체구가 작아서인지 양복이 어째 헐렁한 느낌이 들었다. 완호는 그들의 모습이 시골 읍내 사진 관에 진열해놓은 사진 같다고 생각하며 하얀 벚꽃이 되도록 많이 나오도록 구도를 잡아 셔터를 눌렀다. 사내에게 사진기 를 돌려주고 완호는 향미를 향해 어색하게 웃어 보였다.

"우리도 사진기를 가져왔으면 좋았을 텐데."

"피, 이런 몰골을 하고 사진을 찍어?"

아닌 게 아니라, 향미의 검정 바지와 회색 털 스웨터는 봄 나들이 차림과는 거리가 멀었다. 그 스웨터는 대학 선배에게 얻은 옷이었다. 언젠가 향미가 그 선배에게서 옷을 한 보따리 얻어 와 여자 동료들과 킬킬거리며 나누어 가졌는데, 그 모습 을 바라보며 완호는 왠지 미안한 생각이 들었다. 병원에 가져 다줄 옷가지를 챙기다가 완호는 향미가 입을 만한 봄옷이 너 무 없어 새삼 놀랐다. 학교 다닐 때부터 늘 청바지에 티셔츠 하나 걸치고 다니던 향미였다. 그러나 입을 수 있는데 안 입 는 것과 진짜 없어서 못 입는 것과는 차이가 있는 법이다. 완 호는 향미의 초라한 옷차림과 며칠 동안 못 감아서 부석부석한 머리카락 때문에 가슴이 아팠다. 그런 건 중요한 게 아니야…… 완호는 큼큼 헛기침을 했다.

"이상하다."

완호가 불현듯 중얼거렸고, 향미가 고개를 돌리며 물었다.

"뭐가?"

"거기 좀 봐. 다들 팔짱끼고 걷는데, 우린 왜 따로 걷고 있지?"

입가에 웃음을 띨락 말락 하다가 향미는 완호의 팔에 자기 팔을 걸었다. 향미 젖가슴의 뭉클한 감촉이 완호 팔뚝에 전해졌다. 완호는 늘 그 감촉을 좋아했지만 지금은 슬펐다.

"팔짱은 왜 꼭 여자 쪽에서 끼는 거지? 꼭 대롱대롱 매달려 가는 것처럼 말이야."

"당연하지. 여자는 원래 남자 갈비뼈에 매달려 있었잖니."

뭐라 항변을 할 줄 알았는데, 향미는 그저 힘없이 완호 어깨에 머리를 기댄 채 걸었다. 향미가 대꾸를 않자 농담도 시들해졌다. 동물원 근처에 다다랐다. 바로 눈앞에서 비둘기 떼가 별안간 후드득 날아오르는 바람에 두 사람은 깜짝 놀랐다. 비둘기 떼는 젊은 남녀가 새 모이를 뿌리고 있는 쪽으로 날아가 대가리를 앞뒤로 흔들며 종종걸음을 치고 있었다.

"배신자!"

완호가 중얼거렸다.

"뭐?"

"저 비둘기들 말이야. 모이를 뿌리는 쪽으로 죄다 가버렸잖
아. 우리도 새 모이를 사서 뿌릴까?"

"우리 먹을 돈도 없으면서."

"하긴 그래."

향미는 비둘기 떼를 물끄러미 바라보았다.

"지저분해."

"뭐가?"

"비둘기 말이야. 평화를 상징한다는 새가 기껏 공원에서 남
이 던져주는 찌꺼기나 받아먹고 살잖아?"

"그러니까 평화를 상징하지. 지배계급들이 말하는 평화란
결국 순종이잖아? 그러니까 비둘기가 평화를 상징하기에 딱
어울린다는 말이야."

완호는 자신의 말이 마치 녹음기에서 흘러나오는 남의 말처
럼 낯설게 느껴졌다. 지배계급과 피지배계급……. 우리는 어

째서 무엇이든 꼭 사회문제와 연관을 찾아야만 직성이 풀리는 걸까? 왜 비둘기를 그냥 비둘기로 못 보는 걸까? 더구나 오늘 같은 날.

"그럼 형 말대로 하면 진짜 평화를 상징하는 동물은 호랑이가 돼야겠네."

"호랑이? 호랑이가 어때서?"

"늠름하게 잘 싸우잖아."

짜식, 그래도 농담할 기운은 아직 남아 있구나. 완호는 픽 웃으며 향미의 어깨를 살며시 끌어안았다. 우리 속을 거니는 사슴들의 걸음걸이가 무척이나 한가로워 보였다.

"나, 다리 아파."

얼마쯤 걷다가 향미가 말했다. 향미의 얼굴은 정말 창백했다.

"그래, 저기 좀 앉았다가 가자."

둘은 작은 연못 곁에 있는 의자에 나란히 걸터앉았다. 완호는 주머니에서 담배를 꺼내 물었다.

"많이 힘들어? 무리하는 거 아냐?"

"아니야, 괜찮아. 공기가 맑아서 참 좋아."

"이렇게 둘이만 한가하게 데이트하는 거, 참 오랜만이다,

그치?"

데이트? 거참 슬픈 농담이로구나. 완호는 한숨을 담배 연기
에 섞어 몰래 내뿜었다.

"왜, 야유회는 자주 갔었잖아."

"우리만 간 건 아니었잖아."

"그것도 재미있었어."

그래, 그때는 정말 재미있었지. 완호가 노동조합 간부직을
맡게 되면서부터는 둘만의 시간을 갖기가 무척 어려워졌다.
피차 너무 바빴기 때문이었다. 할 일도 많았고 일을 한 만큼
의 성취감도 있었다. 그러나 언제부터인가 잘나가던 활동에
제동이 걸리기 시작했다. 완호네 노조는 깨졌고, 향미가 나가
던 노동 상담소는 문을 닫았다. 그리고 조직원들은 감옥에 가
거나 뿔뿔이 흩어졌다.

"돈 많이 들었어?"

향미가 조그만 목소리로 물었다.

"돈? 무슨 돈?"

"병원비 말이야."

"아냐, 괜찮아."

뭐가 괜찮다는 건지, 완호는 제 말이 어색하게 느껴졌다.

"우리 통장에 얼마 남았지?"

"그런 건 신경 쓰지 마."

"그래두……."

향미는 말꼬리를 삼켰다. 통장 잔고는 이미 바닥난 지 오래였다. 병원비는 공무원인 큰형한테 빌린 거였다. 결혼할 무렵, 완호와 향미는 무슨 일이 있어도 가족들한테 손을 벌리지 말아야 한다고 다짐했었다. 그러나 잘 지켜지지 않았다. 꿈은 돈이 안 들지만, 현실은 돈이 많이 드니까. 그리고 신혼살림을 차린 두 평짜리 지하실 방은 그들이 20년 넘게 살아온 현실과 너무 거리가 멀었다.

"뭘 그렇게 뚫어져라 보고 있니?"

완호는 향미가 눈길을 주고 있는 쪽을 바라보며 물었다. 멀리 놀이동산에서 현란한 색깔의 놀이 기구들이 꼬물꼬물 움직이고 있었다.

"저기, 기차……."

"기차?"

"응."

"왜? 타고 싶어?"

향미가 고개를 끄덕였다.

"좋아, 타러 가자!"

담배꽁초를 손가락으로 튕겨 날리며 완호가 자리에서 일어섰다.

"그만둬. 타봐야 괜히 돈만 아깝지, 뭐."

"얌마, 명색이 남편이 마누라한테 저까짓 장난감 기차 하나 못 태워주겠니?"

완호는 그게 향미의 기분을 풀어주는 한 방법이기도 하겠다 싶었다. 평일이어서 놀이동산에는 손님이 많지 않았다. 완호는 이왕에 들어온 거 기분 내자는 마음으로 간이매점에서 분홍빛 솜사탕도 두 개 샀다. 완호와 향미는 솜사탕을 들고 알록달록한 장난감 기차에 올랐다. 기차는 아주 천천히 움직였다. 일곱 난장이들이 방글방글 웃고 서 있는 터널을 지나고, 백설공주가 꽃사슴들과 어울려 놀고 있는 건널목을 지날 때까지 향미는 아무 말도 없었다.

"무슨 생각 하니?"

한참 만에 완호가 물었다.

"우리 아기……."

이제는 새삼스러운 일도 아니건만 완호는 느닷없이 바늘에라도 찔린 듯 흠칫 놀랐다.

"얼마나 아팠을까?"

"그런 생각 하지 마."

"미안해."

"이건……."

우리만의 비극이 아니야, 하고 말하려다가 완호는 입을 다물었다. 그런 원칙적인 말보다 당장 가슴속에 복받치는 슬픔과 분노가 너무 컸다.

"그저…… 이다음에 우리 아기랑 같이 이 기차를 타러 오면 좋겠다는 생각이 들었어."

향미는 변명하듯 덧붙였다. 기차는 조그맣게 칙칙폭폭거리며 아주 천천히 앞으로 나아갔다. 기차는 종종 전진하는 혁명에 비유되기도 한다. 그건 아마 러시아 혁명가들이 시베리아 횡단철도를 중심으로 활약했기 때문일 것이다. 그러나 놀이동산을 한 바퀴 빙 에돌도록 만들어진 장난감 기차에서 전진하는 혁명을 느낄 수는 없었다. 따뜻하기도 하고 차갑기도 한 봄바람이 완호의 뺨에 스쳤다.

"기회는 앞으로도 얼마든지 있어."

"무슨 기회?"

"우린 아직 젊잖아?"

"하지만 똑같은 아기는 아니잖아."

향미의 목소리는 촉촉하게 젖어 있었지만 울고 있는 것은 아니었다. 둘은 또 한참 동안 말이 없었다. 기차는 아기 사슴들이 뛰노는 그림이 그려진 터널을 지났다.

"나, 참 못된 엄마라는 생각을 했어."

"네 잘못이 아니야."

"아니야, 나는 내 배 속에 있는 아기가 얼마나 소중한지도 몰랐어. 활동을 계속할 수 없게 될까 봐 그것만 걱정했어. 나한테 다른 사람을 비난할 자격이 있을까?"

향미는 가운뎃손가락으로 눈언저리를 살짝 찍어 눌렀다. 생각지도 못한 임신이었다. 향미는 어느 날 생리가 멈춘 걸 알고 당황했다. 그리고 병원에 가서 임신 초기 진단을 받았다. 향미는 낙태 수술을 원했고, 완호도 선뜻 결정을 내릴 수 없었다. 둘이 먹고살기도 버거운 지하실 셋방 생활에 새로운 식구가 생긴다는 게 두려웠다. 피차 결정을 내리지 못한 가운데 향미의 배는 자꾸 불러갔고, 향미는 신경이 날카로워져 완호와 자주 말다툼을 벌이곤 했다. 이제 향미는 그게 죄스러운 모양이었다.

"그건 문제의 본질이 달라."

완호가 한참 만에 중얼거렸다. 문제의 본질? 입에 배어버린 운동권 말투가 갑자기 우습게 느껴졌다. 향미가 대뜸 물었다.

"어떻게?"

"그건 너도 잘 알잖니."

기차가 놀이동산을 한 바퀴 에돌아 다시 출발점으로 되돌아왔다. 완호와 향미 손에는 솜사탕이 그대로 들려 있었다. 역시 아까운 돈만 버렸다 싶었다. 완호는 분홍빛 솜사탕을 쓰레기통에 그대로 쑤셔 박았다. 향미는 좀 망설이다가 억지로 몇 입 더 뜯어 먹고는 완호를 따라 했다.

놀이동산을 나온 둘은 언덕길을 따라 나란히 걸었다. 완호는 점퍼를 벗어 향미의 어깨에 걸쳐주었다. 향미가 입은 털스웨터가 어쩐지 추워 보였기 때문이었다. 사실은 이마에 식은땀을 흘리고 있었지만 향미는 완호의 점퍼를 꼭 여미었다.

"형, 복직될 가망 있어?"

"아니."

향미는 조그만 목소리로 물었고 완호는 시큰둥하게 대답했다. 공연히 뻔한 질문을 한다 싶었다. 위원장이 구속된 뒤 치러진 선거에서 기존 집행부는 패배하고 새로운 집행부가 들어섰다. 완호를 비롯한 몇몇 조합 간부들이 대학생 출신의 위장 취업자라는 사실이 이미 공공연하게 밝혀진 상태였다. 선거에서 패배하자 완호의 복직 투쟁도 거기서 끝나고 말았다. 해고 무효 소송을 걸어둔 상태이기는 했지만, 법률의 판결 따위가 문제는 아니었다.

그때 향미가 갑자기 허리를 꺾으며 얼굴을 잔뜩 찌푸렸다.

"왜 그래?"

"배가, 배가 아파."

"많이 아파?"

향미가 고개를 끄덕였다. 얼굴이 몹시 창백했다.

"그것 봐. 내가 무리하지 말라고 했지? 저기 의자에 가서 앉자."

"걸을 수가 없어."

"그 정도야?"

완호는 바짝 긴장했다. 언제 어디서 터질지 모르는 크고 작은 사건들에 대처해오는 동안, 완호는 자신의 몸속에 신경조직들만 남아 있는 듯한 느낌이 들 정도였다. 완호는 향미 쪽으로 재빨리 등을 돌렸다.

"자, 업혀!"

향미는 새털처럼 가벼웠다. 향미를 들쳐 업은 완호는 오던 길로 되돌아 성큼성큼 걷기 시작했다. 개새끼들! 완호는 속으로 이를 갈았다. 며칠 전 밤에도 완호는 향미를 업고 이렇게 뛰어야 했다. 향미가 갑자기 배를 싸쥐고 신음을 했기 때문이었다. 병원에 도착하니 완호의 점퍼는 피범벅이 되어 있었다. 향미는 심하게 하혈을 했다. 유산이었다. 완호의 전화를 받고 달려온 장모는 누워 있는 향미를 보고 울음을 터뜨렸다. 엄마, 나 괜찮아. 향미는 완호에게 버럭 신경질을 냈다. 왜 우리 엄마한테 연락했어! 향미가 잠이 들자 장모는 완호를 복도로 불러내 쏘아붙였다. 자네, 언제까지 이렇게 살 건가. 내 딸을 언제까지 저 고생 하게 내버려 둘 건가. 향미가 스스로 선택한 길임을 장모도 잘 알고 있었다. 결혼 전 향미는 끊임없이 가출을 했고 장모는 끊임없이 딸의 행방을 수소문하고 다녔다. 붙잡아다 집에 가두어도 소용이 없고, 심지어 화가 난 장인이 향미의 머리카락을 가위로 싹둑싹둑 잘라버리기까지 했다. 그러나 향미는 모자를 쓰고 또 집을 나갔다. 자포자기 상태로, 결혼을 하면 좀 나아질까 하여 결혼을 승낙한 것이었다. 그러나 사위란 놈은 더 지독한 애물단지였다. 이제 하혈을 하며 누워 있는 딸을 보자 장모는 딱히 누구에게랄 것도 없이 울화가 치미는 모양이었다. 완호는 향미가 유산한 이유를 장모 앞에 차마 밝힐 수가 없었다. 그래서 그 쇠를 완호 혼자 뒤집어써야 했다. 완호가 변명조차 하지 않자 장모는 더욱 복장이 터지는지 그냥 병원 문을 나가버렸다. 퇴원하면 당장 우리 집으로 보내게! 밤중에 잠깐 잠을 깬 향미가 물었다. 우리 엄마 가셨어? 완호가 고개를 끄덕이자 향미는 훌쩍훌쩍 흐느껴 울었다. 언제까지 이렇게 살 건가. 완호는 장모의 물음을 여러 번 곱씹었다. 그런데 그 며칠 뒤 완호는 또 향미를 업고 달리고 있었다.

"형, 나 화장실 가고 싶어."

등에 업힌 향미가 말했다.

"배는?"

"이제 좀 괜찮아. 화장실에 데려다줘."

완호는 벽에 아기 다람쥐가 그려진 공중변소 앞에 가서 향미를 내려주었다. 방에 가서 쉬게 할걸 공연히 공원에 들어왔다 싶었다. 향미가 임신했음을 알게 되었을 무렵 완호는 그들의 붕 떠 있는 생활이 갑자기 지긋지긋하게 느껴졌다. 이런 상태로 아이를 키울 수 있는 걸까? 그런 불안감이 들었던 것이다. 사실 지하실 방은 가정이라기보다는 임시 숙소에 가까웠다. 그것은 동료들이 모여 학습을 하는 세미나 장소가 되기도 했고, 수배당한 동료를 위한 은신처가 되기도 했다. 처음에는 꽤 반반한 전세방에서 신혼 생활을 시작했다. 그건 양가 부모들을 안심시키는 수단이기도 했다. 그러나 양가 부모의 간섭으로부터 어느 정도 자유로워지자 완호와 향미는 전세 보증금을 빼내 노동 상담소를 차릴 사무실을 빌렸다. 물론 결혼하기 전부터 예정한 일이었다. 아니, 실은 노동 상담소를 차릴 비용을 마련하기 위해 결혼을 앞당긴 거나 마찬가지였다. 신혼 재미는 참세상이 오고 난 뒤로 미룬다, 그것이 그들의 결혼 서약이었다. 그러나 그들이 믿는 참세상은 쉽사리 오지 않았고, 지난 겨울밤에는 경찰들이 상담소 문을 부수고 들어와 잠자고 있던 동료들을 모조리 연행해 갔다. 향미는 지하실 방에 있었던 덕분에 불행 중 다행으로 화를 면했다. 그러나 두 사람은 오랫동안 지하실 방에 들어갈 수가 없었다. 언제 경찰이 들이닥칠지 모르는 일이었기 때문이었다. 그래서 그들은 각자 동료의 집을 떠돌며 어쩔 수 없이 별거 생활을 해야만 했다. 연행된 조직원들이 검찰에 송치되고 재판이 시작되었을 때에야 그들은 다시 지하실 방으로 돌아올 수 있었다.

완호가 담배를 두 대쯤 피웠을 때 향미가 화장실에서 나왔다.

"괜찮아?"

향미가 고개를 끄덕였다. 아닌 게 아니라, 이제 얼굴에도 핏기가 좀 돌아 보였다.

"집에 갈까?"

"이왕 들어온 건데 입장료가 아깝잖아."

"야, 그러다가 병원비가 더 들겠다."

"아냐, 이젠 진짜 괜찮아. 병원에 있을 때 뒷일을 못 봤거든."

"그럼 아픈 게 그 배였어?"

향미는 고개를 끄덕였다. 완호는 그제야 안심하며 어이가 없다는 듯 웃었다. 향미만 괜찮다면 완호 또한 지하실 방으로 일찍 돌아가고 싶은 생각은 없었다. 상담소는 문을 닫고 복직은 안 되고……. 대낮부터 그 컴컴한 방구석에 할 일 없이 처박혀 있는 것은 차마 못 할 노릇이었다. 때때로 공사장에 가서 막일을 하기도 했지만, 그건 일시적인 호구지책일 뿐 아무 대책 없이 평생 막일만 하며 살 수도 없는 노릇이 아닌가.

"형, 나 업어줘."

"왜? 걷기 힘들어?"

"아니, 아까 업혀보니까 형 등이 참 아늑했어."

완호는 푹 웃음을 터뜨리며 등을 돌려주었다.

"그래, 업혀라. 우리 큰 애기야!"

향미는 정말 어린애처럼 완호 등에 냉큼 업혔다. 완호는 향미를 업고 걸었다. 그러나 아까처럼 성큼성큼 걷지는 않았다. 향미가 완호의 널찍한 등에 얼굴을 묻고 조잘거렸다.

"아이, 편해."

"쯧쯧, 상담하러 온 노동자들이 네 꼴 보면 퍽이나 듬직해하겠다."

"뭐 어때. 우린 부분데."

"그럼, 이렇게 업고 현장 한 바퀴 돌까?"

향미가 힘 없이 쿡쿡 웃었다.

"그거 참 재미있겠다. 그치?"

그래, 우리는 아직 웃을 여유가 있구나. 완호는 향미의 웃음이 슬펐다.

"배 안 고파?"

향미의 빈약한 가슴을 등줄기로 느끼며 완호가 물었다.

"국밥이 먹고 싶어. 선지가 가득 든 거 말이야."

"그럼 다시 나갈까?"

"아냐, 됐어. 그냥 나가면 입장료가 아깝잖아."

"좋아. 그럼 저기 팔각정에 가보자. 선짓국을 팔지도 모르니까."

"저런 데선 국밥 같은 건 안 팔아."

천천히 걸어 팔각정에 다다랐다. 팔각정 식당에는 역시 선짓국이 없었다. 완호와 향미는 대신 어묵 한 그릇을 사서 전망 좋은 자리에 나란히 앉았다. 향미는 국물만 들이켜고는 어묵 그릇을 완호 쪽으로 밀었다.

"입안이 깔깔해서 못 먹겠어."

"그래도 아침에 아무것도 안 먹었잖아."

"배는 고픈데 자꾸 목이 말라."

"그럼, 뭐 마실래?"

"아니……."

향미는 힐끔 완호를 쳐다보았다.

"나 담배 한 대 피우면 안 돼?"

"뭐? 이런……."

퇴원한 지 얼마나 됐다고, 완호는 그렇게 말하려다가 순순히 담배를 꺼내 주었다. 향미는 남의 음식을 훔쳐 먹듯 살금살금 담뱃불을 붙였다. 향미는 담배를 몇 모금 빨다가 그만 사레라도 걸린 듯 콜록콜록 정신없이 기침을 했다. 완호가 걱정스레 물었다.

"괜찮아?"

향미는 여전히 기침을 해대며 고개를 끄덕였다. 향미의 눈에 눈물이 그렁그렁했다. 완호는 찔끔 놀랐다.

"너, 지금 우는 거니?"

향미가 고개를 끄덕였다.

"응. 우는 거야."

"왜?"

왜라니, 무슨 그런 싱거운 질문이 있단 말인가. 완호는 스스로에게 불끈 짜증이 치솟았다.

"슬퍼서. 슬프기 때문에 우는 거야."

"뭐가 슬픈데?"

완호는 다그쳤다. 그건 자신을 향한 다그침과 마찬가지였다. 향미는 꾸중 듣는 어린아이처럼 껄떡껄떡 울음을 삼켰다.

"그냥. 그냥 슬퍼."

"아기 때문에?"

"응. 아기 때문에 슬프기도 해."

"그럼 아기 말고 또 다른 이유가 있어?"

"응. 엄마가, 엄마가 보고 싶어."

향미는 이젠 마음 턱 놓고 엉엉 울음을 터뜨렸다. 완호는 할 말을 잃었다. 그도 덩달아 울고 싶은 심정이었다.

"너, 아주 약해졌구나."

한참 만에 한 말이 고작 이 모양이었다. 향미는 고개를 끄덕였다.

"응. 나 아주 약해졌어."

완호는 향미의 손을 꼭 쥐었다.

"그럼 얼마 동안 집에 가 있을래?"

정말 하기 싫었던 말이 불쑥 튀어나오고 말았다. 그러나 어머니가 퇴원하면 너를 당장 집으로 보내라고 하셨어, 하는 말은 차마 나오지 않았다. 향미는 도리도리 고개를 저었다.

"그럼 형이 밤에 혼자 자야 하잖아."

"짜식, 내가 밤에 혼자 잔 게 어디 한두 번이냐?"

정말 그런 게 두려운 건 아니다. 진짜 두려운 건 둘이 다짐한 생활 원칙이 조금씩 허물어지고, 마침내 찾아오게 될 결과였다.

"나는, 아기한테 너무 미안해……."

"네 잘못이 아니야."

"나는 열심히 일했고, 또 내가 나쁜 일을 한 것도 아니잖아."

"몰라서 묻는 말이니?"

"그날 집회에서 경찰이 내 배를 걷어찼을 때…… 배 속에서 아기가 마구 꿈틀거렸어."

"그만둬!"

완호가 얼굴을 찌푸렸지만 향미는 고해성사라도 하듯 계속 중얼거렸다.

"아기의 아픔이 너무나도 생생하게 느껴졌어. 그리고 무슨 생각을 한지 알아?"

완호는 찔끔 눈물이 나오려 해 얼른 허공을 쳐다보았다.

"내가 운동을 하는 건 바로 이 아이 때문이었구나. 이 아이가 행복하게 태어나도록 하기 위해서였구나. 그런데…… 나는 운동을 위해 아이를 지워야 한다고 생각했던 거야."

향미는 계속 썰럭썰럭 숨을 삼키며 울었다. 완호는 뭔가 향미를 위로해줄 말을 찾았으나, 원칙적인 말들만 자꾸 머릿속에 맴돌 뿐이었다. ……우리는 혁명을 위해 혁명을 하지는 않는다. 삶이 있고, 삶에 가해지는 폭력이 있고, 그 폭력을 제거하여 즐거운 삶을 살기 위해 혁명을 한다. 그래서 삶에 가해지는 폭력이 계속되는 한 혁명도 계속되며, 혁명은 봄나들이 가듯 잠시 머물다 떠나는 젊은 날의 야유회가 아닌 것이다. 혁명가가 있는 곳에 혁명적 상황이 태어나는 것이 아니라, 혁명적 상황이 있는 곳에 혁명가가 태어나는 것이다……. 완호는 향미를 실컷 울도록 내버려 둔 채 멍하니 창문 밖만 내다보았다.

그때 밖에서 꼬마들의 노랫소리가 들려왔다. 산골짝에 다람쥐, 아기 다람쥐. 도토리 점심 싸들고 소풍을 간다. 공원 입구에서 보았던 유치원 꼬마들이 짝꿍끼리 손을 잡고 팔각정 앞을 지나가고 있었다. 노란 유치원 가방이 눈이 부시도록 환했다. 완호가 느닷없이 외쳤다.

"얘, 향미야! 우리 쟤네들 어디로 가나 따라가 볼까?"

향미도 고개를 들어 꼬마들을 바라보았다. 완호가 자리에서 벌떡 일어나 향미 손을 잡아끌었다. 향미는 얼떨결에 완호에게 끌려 밖으로 나왔다. 완호와 향미는 꼬마들 행렬에 바짝 따라붙었다. 완호가 맨 끝에 쫄랑쫄랑 따라가는 꼬마의 머리를 쓰다듬으며 말했다. 꼬마가 도리도리 머리를 흔들어 완호의 손을 뿌리쳤다.

"하! 요것들 참 귀엽다, 그치?"

향미도 손수건으로 입을 가린 채 고개를 끄덕였다.

"응. 꼭 병아리 떼 같아."

향미는 아직도 눈에 눈물이 그렁그렁한 채 방긋 웃었다. 완호와 향미는 유치원 짝꿍처럼 서로 손을 꼬옥 잡고 꼬마들 행렬을 따라갔다.

향미야.

응?

이다음에, 우리 아기 데리고 봄나들이 오자.

도토리 점심 싸 들고?

응.

후후, 그것 참 재미있겠다, 그치?

향미야.

응?

업어줄까?

이젠 싫어.

…….

(1993)

죽음의 굿판

우리는 어차피 제 똥 싼 자리에서 뭉갤 수밖엔 없었는데,

문명그룹은 바위처럼 거대했고 우리는 달걀처럼 연약했다.

바로 그 점을 너무도 잘 알고 있었기에, 우리는

쉽사리 비굴해졌고, 쉽사리 허무해졌고,

쉽사리 약삭빨라졌던 것이다.

다 먹고살자고 하는 일이건만, 자본주의사회에서는 종종 먹고살기 위해 죽어야 하는 경우도 생긴다. '죽음의 굿판'이 신임 사장의 발상임에 분명했지만, 문명물산에서 첫 번째로 죽은 사람은 사장 자신이 아니라 교육부 교육기획과 조동부 과장이었다. 이 업무가 교육부 담당이었으므로 조 과장이 첫 희생자가 된 것이다. 사실 조 과장은 이 업무에 지나치리만큼 뜨거운 열정을 쏟고 있었다. 그것은 사장이 취임한 이후 첫 번째로 기획한 일이었고, 또 그런 만큼 사장이 각별한 관심을 기울이고 있던 업무이기 때문이었다. 그러니 조 과장이 솔선 수범 죽기를 자처하고 나선 것은 전혀 이상한 일이 아니다.

조 과장은 죽기 전에 유서 세 통을 남겼다. 한 통은 아내에게, 한 통은 아버지에게, 다른 한 통은 사장 앞으로 보내는 유서였다. 그의 유서들은 내 관할 서류함에 단정하게 꽂혀 있으므로, 나는 그 내용을 손바닥 보듯 샅샅이 알고 있다.

존경하옵는 우병민 사장님께.

저는 이제 죽사옵니다. 그동안 제게 베풀어주신 사장님의 은혜에 깊이 감사드리옵니다. 그동안 문명물산은 저와 제 가족의 은인이었습니다. 문명물산이 아니었던들 어찌 오늘날의 저와 행복한 저의 가정이 있을 수 있었겠습니까? 하지만 그런 문명물산에게 과연 나는 무엇을 하였던가? 이 점을 생각하면 죽음을 앞둔 이 순간까지도 고통스럽기 짝이 없습니다. 저는 문명물산의 발전에 티끌만큼이라도 공헌하고자 능력이 닿는 데까지 밤을 새워 일했습니다. 하지만 그것은 문명물산이 제게 베푼 은혜에 비하면 먼지만 한 것이나 되올는지요…….

내친김에, 아내 앞으로 보내는 유서까지 인용해보자.

사랑하는 창수 엄마에게.

내가 그동안 늘 고생만 시켰지? 미안하오. 그 고왔던 당신의 얼굴이 상한 것을 보고 나는 얼마나 가슴이 아팠는지 모른다오. 그동안 내가 매일 밤늦게 들어오는 게 당신은 몹시 싫었지? 당신한테는 무척 섭섭하게 들릴 말이지만, 사실 내게는 회사가 더 중요했소. 남자에게는 무엇보다 자기가 가야 할 길이 있는 법이요. 나는 문명물산이야말로 내가 가야 할 외길이라 생각했소. …… 내가 죽고 난 뒤에 당신이 얼마나 고통의 세월을 보낼 것인지 나도 모르는 바는 아니오. 하지만 어떤 경제적인 어려움이 있더라도 절대 문명물산에 폐를 끼치지는 마오. 그건 나로서는 참을 수 없는 일이오. 부디 고생이 되더라도 아이들 잘 키우며…….

조 과장은 이 유서를 쓰느라 몇 날 며칠 동안 고민하였고, 나한테 자신의 글이 제대로 되었는지 봐달라고 부탁하면서 문학소녀처럼 수줍어하기도 했다. 이 유서들을 읽은 내 소감은 한마디로 '밥 벌어먹고 살기 더럽게 힘들다'였다. 만일 이 유서를 조 과장의 아내가 읽어보았더라면, 그 여자는 남편의 뼈 빠지는 밥벌이에 진심으로 감사해 마지않았으리라!

어쨌든 조 과장은 그 유서들을 공공연하게 남긴 채 죽었다.

조 과장의 장례는 자못 엄숙하고 경건하게 치러졌다. 첫 번째 장례식인 까닭도 있었지만, 무엇보다 장례식장에 우 사장이 상주라도 되는 듯 떡 버티고 앉아 있었기 때문이었다.

입관이 끝난 직후, 우병민 사장은 검정 양복에 검정 넥타이를 맨 조문객 차림으로 나타나서 조 과장 영전에 분향을 마쳤다. 그런 태도에서도 그가 이 기획에 얼마나 각별히 신경 쓰고 있는지 잘 엿볼 수 있었다. 만일 조 과장이 회사 일로 죽은 게 아니라, 그냥 죽었다면 과연 우 사장이 직접 조문하러 왔을까? 그럴 리는 없다. 우리 문명물산은 부장급만 해도 70명이 넘고, 과장급은 거의 200명에 달하는 대기업이었으니, 일개 과장의 장례식 따위에 사장이 직접 조문한다는 것은 보통 때 같으면 어림도 없는 일이었다. 그러니 만일 우 사장이 조문 왔다는 사실을 알았더라면 조 과장은 관 속에서 냉큼 튀어나와 꾸벅 절을 했을지도 모르는 일이다.

우 사장의 조문은 뜻밖이었고, 그래서 그가 이사들을 대동하고 장례식장에 나타나자 사원들의 표정은 일제히 굳어버렸다. 입사 초장부터 장례식부터 치르게 된 우리 신입사원들과 1년에 한두 번이나 사장 얼굴을 볼까 말까 한 평사원들이야 말할 것도 없고, 과부장 급들도 바짝 긴장했다.

우 사장은 곁에 앉은 이사들과 이야기를 주고받으며 고개를 끄덕이곤 했다. 보통의 장례식장 같았으면 한쪽에서는 들입다 술판이 벌어지고, 다른 쪽에서는 화투판이 벌어져 왁자지껄했으련만, 이 장례식은 좀 달랐다. 회사 강당에 마련된

빈소에는 상주를 대신해 교육부 황 부장이 조문객들을 맞이하고 있었고 "아이고, 아이고" 하는 곡소리가 강당 스피커를 통해 처연하게 울려 퍼지고 있었다.

얼마 뒤 우 사장은 흡족한 표정으로 장례식장을 빠져나갔고, 그제야 얼어붙은 분위기가 다소 풀렸다. 장례식을 지켜보던 평사원들도 목소리를 낮춰 속삭이기 시작했다.

"살벌하군. 근무시간에 장례식이라니. 죽을 각오로 일해라, 이건가!"

"다음번에 죽을 사람은 누구랍디까?"

"죽을 사람이야 줄을 섰지요. 아까 보니 인사부에서 입관자 명단을 가져가던데, 아마 그 명단이 사장한테까지 올라갈 겁니다."

"자살 특공대로군. 하기는 승진을 하려면 그 정도 눈치쯤은 있어야지."

"아무튼 기발해. 젠장, 사는 게 뭔지……."

그때 나는 명문 ㄱ대학 출신이며 해외사업본부에서 근무하는 입사 동기 현상훈과 함께 서 있었는데, 그는 검은 안경테 속에 신경질적인 눈을 번뜩이며 장례식 광경을 쏘아보고 있었다. 나는 신입 사원 연수 교육 때 그와 안면을 익혔는데, 대단히 다혈질인 이 친구의 첫인상은 그다지 좋은 편은 아니었다. 뒤에서 다시 말하겠지만, 그는 그 성질을 못 참아 결국 작은 분란을 일으키고 만다.

그는 후유, 한숨을 내쉬며 내게 동조를 구하려는 듯 중얼거렸다.

"환멸스럽습니다. 이러려고 비싼 등록금 내고 대학을 나왔다니!"

나 또한 이런 장례식에 썩 만족하는 편은 아니었지만, 그렇다고 해서 현상훈처럼 처음부터 과민하게 받아들였던 것도 아니다. 그건 내가 바로 그 '환멸스러운' 행사를 담당하는 교육기획과 직원이기 때문이기도 했다.

"뭐, 우리야 심각하게 생각할 게 있습니까? 어차피 이런 일들은 다 남에게 보이기 위한 쇼 아닙니까. 왜 군대에서도 신참 들어오면 바짝 겁을 줘서 기부터 꺾어놓잖아요?"

나는 느긋하게 영화 감상이나 하자는 투로 말했는데, 현상훈의 표정은 침울했다.

"만일 형씨가 저 관에 들어가야 할 운명이라면 어쩌겠습니까? 그래도 심란하게 생각하지 않겠습니까?"

"그거야 그때 가서 생각해야지요. 심각하게 생각할 필요는
없어요. 쇼는 쇼답게 보아야지요."

"하지만 저 관에 들어 있는 사람의 심정을 한번 생각해보
십시오."

어째서 우리가 그런 것까지 생각해야 하겠는가? 나는 별생
각 없이 하하, 웃으며 대꾸했다.

"원래 죽은 사람은 아무 생각도 못 하는 법이지요. 산 사람
들이나 살 궁리를 해야지."

현상훈은 얼굴을 잔뜩 찌푸리며 휙 돌아서 가버렸다.

"속물들!"

그 말이 꼭 나를 겨눈 듯이 들려 나는 한마디 해주려다가
참았다. 지금 생각해보면 참기를 잘했던 것 같다.

만일 죽은 사람이 아무 생각도 못 한다면 스스로가 얼마나
가엾은 존재인지도 알지 못할 것이다. 하지만 죽은 사람이 생
각을 한다면 무슨 생각을 할 것인가.

내가 들은 바, 조동부 과장은 입사한 2년 뒤에 계장이 되었고, 다시 4년 뒤에 대리가 되었다. 그 뒤 과장이 될 때까지 6년이 걸렸고, 과장에서 다시 5년을 썩고 있었다. 그는 부장 승진을 기다리고 있는 중이었는데, 그것은 그리 용이한 일이 아니었다. 부장 자리를 넘보는 과장급들이 우글거리고 있기도 했지만, 무엇보다 나쁜 점은 부장감들이 외부에서 자꾸 영입되어 들어오는 데에 있었다. 주로 군 장교 출신들인 이들은 낙하산을 타고 내려와 그의 승진을 자꾸 가로막았다.

만일 그가 대학을 가지 않고 군인이 되었더라면, 아마 그의 승진은 한결 빨랐을 것이다. 사회생활의 첫걸음을 문명그룹에서 내디딘 이래 17년 동안 외길만을 걸어온 확실한 '문명맨' 조동부. 그는 사장이 새로 취임하기 직전까지만 해도 법무사 시험 준비를 하고 있었다고 한다. 언제 어느 순간에 지방 영업소 발령(그것은 문명그룹에서는 사직 요구나 다름없는 것이다)을 받게 될는지 알 수 없는 일이었기 때문이었다.

바로 그때 문명그룹의 창업주이자 현 명예회장인 우진동의 셋째 아들 우병민이 미국 유학을 마치고 돌아와 문명물산 사장으로 취임한 것이다. 우병민 사장이 문명그룹 우씨 일가의 고리타분하고 봉건적인 가풍과는 궤를 달리하는 합리적 정신의 소유자이며, 패기와 의욕에 넘친 40대 초반의 젊은 사장이라는 사실은 조동부 과장에게 작은 희망의 불씨를 던져주었다. 물론 비단 조 과장 뿐만은 아니었다. 우 사장은 취임사를 통해 '사내 민주화' '주인 의식' '자발적인 직무 태도' 따위를 한바탕 강조한 뒤, 묘한 여운을 주는 발언을 한마디 덧붙였다.

- 저는 앞으로 지위, 직책을 떠나 능력 있는 사람을 존중하는 풍토를 정착시킬 것입니다.

이게 무슨 말인가? 낙하산 인사를 뿌리 뽑겠다는 말이 아닌가? 사실 문명물산의 경우 그동안 고질적인 낙하산 인사 때문에 '능력 있는 사람'은 죄다 과부장급에서 묶여 있는 실정이었다. 낙하산 인사는 물론 정경 유착의 일환에서 비롯된 것이지만, 한편으로 여기에는 '손은 어차피 안으로 굽기 마련이다'는 우씨 일가의 고리타분한 인사관리 원칙도 적잖이 작용했다. 이런 인사관리에 불만을 품고 진짜 능력 있는 사람들은 더러 다른 회사로 옮겨버리기도 했지만, 그 봉건적인 인사관리는 마치 집 안에 진득하니 배어버린 음식 냄새처럼 도무지 사라질 줄 몰랐다.

우병민 사장이 이런 우씨 일가의 가풍을 이어받지 않고 민주적으로 탁 트인 사람이라는 소문은 이미 취임 전부터 나돌고 있었고, 그래서 인사 제도에 불만을 품고 있는 사원들은 우 사장의 취임사만 듣고도 잔뜩 기대에 부풀어 있었던 터였다. 무릇 워낙 당하고만 살아온 사람들은 사고가 단순하고 경박해지기 마련인데, 그래서 이 순진한 사람들은 그동안 인사 제도에 대한 불만이 너무 쌓이고 고였던 나머지 우 사장 자신이 바로 낙하산 인사로 취임했다는 사실조차도 깡그리 무시하고 있었던 것이다.

어쨌든 이러한 분위기 속에서 조 과장은 황감하게도 우 사장이 취임한 이후 첫 번째 기획한 '죽음의 굿판' 업무를 떠맡는 행운을 차지하였으니, 그가 이 업무에 필사적으로 매달렸던 심정을 이해하지 못할 바는 아니다. 그는 어떻게 해서든 이 절호의 기회만큼은 놓치면 안 되었던 것이다. 그것이 설사 죽음의 길이라 할지라도.

사실 좀 뚱뚱한 편인 조 과장에겐 비좁은 관 안에 누워 있는 일이 여간 고역이 아니었을 것이다. 조 과장의 심정을 조금이라도 이해하기 위해, 여러분도 죽어 관 안에 누워 있다고 상상해보라. 더욱이 죽었기 때문에 아무 생각도 못 하는 게 아니라, 다만 몸만 자유롭지 못할 뿐 생각은 또랑또랑하게 할 수 있다고 해보라. 오만 가지 재수 없는 생각이 다 떠오를 것이다. 화장터 불구덩이에 몸이 새까맣게 구워지는 상상, 깜깜한 땅속에 묻혀 10년이 될지 100년이 될지 모르는 세월을 지내야 한다는 상상, 심지어는 죽은 사람의 혼을 데려간다는 저승사자마저 떠올리게 될지도 모른다. 아아, 진작 살아 있을 때 좀 더 보람된 인생을 살걸, 하는 뼈저린 뉘우침도 떠오를 것이며, 알노란 같은 저자식 생각노 불씬불씬 날 것이다. 이 온갖 재수 없고 방정맞은 생각들이 들게끔 하는 것, 바로 그것이 우병민 사장이 '죽음의 굿판'을 통해 얻고자 하는 바였다.

북망이 멀다더니, 동구 밖이 북망이로구나.
어이야 데야, 어어이야 데야…….

"아이고, 아이고" 하는 곡소리보다도 더 재수 없는 상여 소리가 강당에 울려 퍼질 즈음, 조 과장은 부스스 관 뚜껑을 열어젖히고 나왔다.

죽은 조 과장이 불과 반 시간 만에 관 뚜껑을 밀어젖히고 튀어나왔다고 해서 그리 놀랄 필요는 없다. 예수의 부활이나 드라큘라 백작의 출현 따위를 떠올리는 것은 더더구나 말도 안 된다. 그것은 예정되어 있던 일이었다. 조 과장은 관에서 나오자마자 손수건으로 눈물을 닦으며 이렇게 말했다.

"거참, 한 번쯤은 꼭 들어가 볼 만한 곳이구먼. 죽었다 다시 살아난다는 게 꼭 이런 거였어. 어이, 홍 대리! 다음에 죽을 사람은 누구야?"

벌써 짐작했겠지만, '죽음의 굿판'이란 바로 '모의 장례식'이다. 자신의 장례식을 살아 있을 때 치러봄으로써 인생의 태도를 다시금 깊이 돌이켜보자는 것이 이 모의 장례식의 취지이다.

이 기발한 발상은 우병민 사장의 머리에서 독창적으로 나온 것은 아니고, 한때 일본 기업에서 유행했던 것을 수입한 것에 지나지 않는다. 원래 일본인들은 별의별 해괴한 짓거리들을 다 하는데(나는 언젠가 텔레비전에서 일본 대기업 사원들이

'지옥 훈련'이란 이름 아래 발가벗고 시커먼 진흙탕 속에서 뒹구는 꼴도 보았다), 일본 경제가 한국 경제보다 앞서 있다는 단 하나의 이유로 아무리 해괴한 짓거리라도 한국 기업주들의 눈을 해까닥 뒤집어 놓기에 충분했던 것이다.

아마 독자 여러분은, 아무리 그래도 그렇지 최고학부의 엘리트들이 모여 일하는 굴지의 재벌그룹에서 설마 이 따위 해괴한 행사가 치러지고 있겠느냐 싶을지도 모르겠다. 하지만 말이다, 아무리 바보 같은 짓거리도 거기에 권위가 실리면 진지하고 심각해 보이기 마련이다. 행사 기획안이 공식 문서로 작성되어 작성자, 과장, 부장, 상무의 미결, 기결, 보류 서류함을 오락가락하고, 급기야 결재 도장들이 다닥다 찍혀 내려와, 경리부에 행사 자금이 신청되고, 각 부서에 참가 협조 공문이 띄워지고, 교육부 직원들이 진지한 표정으로 차트를 작성합네 비품을 구입합네 분주하게 뛰어다니는 모습을 보고도 "에이, 그거 다 장난이지?" 하고 넘겨버릴 사람은 그리 많지 않으리라. 그래서 젊은 평사원도 아닌 50줄 나이의 점잖은 부장들이 자못 심각한 표정으로 관에 기어 들어가는 꼴을 보고 웃는 사람은 거의 없었다. 하물며 여기에는 권위뿐 아니라 밥

줄까지 걸려 있었으니 오죽하랴. 바로 그래서 동화에 나오는 아이들처럼 "어? 임금님이 발가벗었네!" 하고 이 '진지한 바보짓'들의 허상을 순박하게나마 까발릴 수 있는 사람은 현실에서 그리 많지 않은 것이다.

어쨌든 모의 장례식은 장난기라곤 없이 매우 진지하게 치러졌다. 입관자(좀 이상한 표현이지만)는 입관 직전에 반드시 유서를 써서 제출해야 했는데, 이 절차가 또한 장난기 어린 행사 참여를 막는 데에 절묘한 효과를 내었다. 유서는 인사부에 올라가 인사 고과에 반영하게끔 되어 있었다. 바로 그런 까닭에 장난기 섞인 유서를 쓴다는 것은, 적어도 인생을 망칠 작정을 하지 않고서라면, 도저히 있을 수 없는 일이었다. 입관자들은 진지하고 애절한 자세로 유서를 썼으며, 그래서 유서를 쓰는 동안 진짜 죽으러 가는 듯 쉽사리 울적해지곤 했다.

비단 유서를 쓰는 일뿐 아니라, 가족이 참석하지 않는다는 점을 빼놓고는, 모든 분위기가 장례식과 똑같이 꾸며져 있었다. 그래서 입관자가 자기 영정 뒤에 놓인 관에 들어가면, "아이고, 아이고" 하는 처연한 곡소리와 물씬물씬 풍기는 향냄새에 어느 정도까지는 '아아, 나는 죽었구나!' 하는 실감을 얻게 된다. 물론 관에 들어가서 예정된 30분 동안 삶과 죽음의 길을 돌이켜보든, 아니면 늘어지게 낮잠을 자든 그건 아무래도 좋았다. 하지만 나도 들어가 봐서 잘 아는데, 도무지 잠이 올 만한 분위기는 아니고 진짜 마음이 울적하고 심란해지니 묘한 일이다. 아마 누구나 알게 모르게 죽음에 대한 공포심을 어느 정도 가지고 있기 때문은 아닐까.

물론 입관은 어디까지나 당사자가 '자발적으로' 결정하게끔 되어 있었으니(우 사장은 '자발적'이란 말을 매우 즐겨 썼다), 하기 싫으면 안 하면 그뿐이었다. 하지만 이를테면 말이다, 길 가다 곰을 만난 나그네가 헐레벌떡 똥구덩이에 뛰어들었다 하자. 나그네에게 똥구덩이에 뛰어들지 않을 권리가 분명 있다 손 치더라도 어찌 그것을 자발적이라 할 수 있겠는가! 오랫동안 승진이 묶여 있던 과부장급들은 특히나 그랬다. 모의 장례식은 사장이 취임하자마자 기획한 첫 작품인 만큼 행사 참여 여부가 머지않아 있을 인사 발령에 적잖은 영향을 주리라는 소문이 사내에 짜하니 퍼져 있었다. 그리하여 약삭빠른 사람들은 마치 그것이 무슨 출세의 지름길이라도 되는 듯 서로 조금이라도 먼저 관에 들어가 눈에 띄어보려고 앞을 다투었다. 이 광경을 목격한 사람이라면 아마 '죽지 못해 환장했다' 는 시쳇말이 본래의 뜻과는 관계없이 아주 적나라하게 느껴짐을 깨닫게 될지도 모르겠다.

그러나 '입관이 곧 승진이다'라는 착각이 깨어지는 데는 그리 오랜 시간이 걸리지 않았다. 그건 매우 당연한 일이었다. 충신도 한두 명일 때 칭송받는 것이지, 개나 소나 죄다 충신이라고 생각해보라. 그때는 도리어 충신이 아닌 자가 역적이 되어버리기 마련이다. 죽음의 굿판도 대체로 그런 쪽으로 움직여 갔는데, 사원들은 처음에는 충신임을 과시하기 위해 관에 들어갔으나, 충신이 워낙 많아지다 보니 나중에는 도리어 역적이 아님을 입증해 보이기 위해 싫어도 관에 들어가야 하는 꼴이 되어버렸다.

그러나 아무리 충신이 많아도 첫 번째 충신은 그런 대로 돋보이기 마련이다. 조동부 과장은 그런 의미에서 무척 운 좋은 사내였던 셈이다. 조 과장은 이 죽음의 굿판에서 무대감독쯤의 역할을 맡았기 때문이기도 했지만, 일단 첫 번째 입관자라는 공명심에 겨워 시종일관 설치고 다녔던 사람이다. 그의 목표는 이 죽음의 굿판 행사에 사원 100퍼센트 참가 실적을 올리는 거였다. 다음 인사 발령에서 부장 승진은 이미 따서 광주리에 담아놓은 홍시나 마찬가지였고, 심지어 그는 이사 승진까지도 은근히 꿈꾸고 있었다. '능력 있는 사람을 존중하는 풍토'란 바로 이런 것을 두고 말하지 않겠는가, 하는 태도가 조 과장이 하는 짓에서 역력하게 나타났다.

입관자 명단을 하루도 어김없이 회사 게시판에, 그것도 사장 눈에 잘 띌 만한 곳에 꼬박꼬박 부착안 섯노 바도 조 과징의 발상이었다. 일개 과장으로서 사장실에 자주 호출됨도 조 과장의 공명심을 한껏 북돋워 주었는데, 사원들은 그를 볼 때마다 부러움과 질투심을 섞어 이렇게 비아냥대곤 했다.

"누군 조오켔다! 장례식 때문에 승진도 하구. 니미럴, 우리 부서엔 저런 업무 좀 안 떨어지나."

언제부터인가 사원들은 조 과장을 '장례식 부장'으로 부르다가 나중엔 더 줄여 아예 '장 부장'으로 부르기도 했는데, 물론 조 과장 앞에서 대놓고 부른 것은 아니지만, 설사 대놓고 불렀다 할지라도 그가 좋아하면 좋아했지 싫어하지는 않았으리라. 이런 분위기를 업고 그는 진짜 부장이라도 된 듯 안하무인으로 설칠 때가 많았다. 언젠가 나는 화장실에서 조 과장이 판촉실 민효송 부장과 나누는 대화를 엿들은 적이 있다. 그때의 우스꽝스러운 광경은 내 기억 속에 너무나도 또렷하게 남아 있다.

조 과장이 화장실에 나타난 것은 민 부장이 세면대 앞에서 손을 씻고 있을 때였다. 조 과장이 들어오자 민 부장의 손 씻는 동작은 눈에 띄게 빨라졌는데, 그건 누가 봐도 허둥대는 꼴이었다. 조 과장은 변기 앞에 서서 바지 앞단추를 천천히 끄르며 무심한 투로 말했다.

"민 부장님, 이번 교육 행사 참가자 명단에 아직 이름이 안 보이더군요."

상대방에게 공포심을 불러일으키기에는 이 정도의 짧은 말로도 충분했다. 더욱이 상대방이 승진을 고대하고 있던 사람이라면, 그 효과는 더 말할 나위도 없었다. 민 부장은 내 눈치를 살피며 잠시 머뭇거렸는데, 내가 용변을 마치고 화장실 문을 나서자마자 조 과장에게 자신의 딱한 처지를 주절주절 하소연하기 시작했다.

"저, 조 과장…… 사실 말이지…… 나는 밀실 공포증이 있어. 아마 나는 관에 들어가면 잠시도 견디지 못할 거야. 어떻게 참가자 명단에 슬쩍 내 이름을 올려줄 수 없겠나? 거참, 그런 눈으로 쳐다볼 건 없네. 마음으루야 나도 그 행사에 참여한 거나 마찬가지 아닌가. 내가 언제 자네한테 저녁 한번 근사하게 대접하지."

그 말투가 어찌나 느닷없고 우스꽝스럽던지, 나는 호기심이 동하여 화장실 문밖에서 귀를 쫑긋 세운 채 그들의 대화를 엿들었다.

"글쎄, 본인이 싫다면야 어쩔 수 없는 일이지요. 부장님도 잘 알다시피 이번 행사야 강제적으루다 하는 것이 아니라, 어디까지나 민주적으루다 하는 일 아닙니까. 요컨대 자발적 참여다, 이런 말입지요. 부장님 뜻이 그러시다면, 잘 알겠습니다."

"그러니까, 내 이름을 명단에 올려준단 말이지, 응?"

"이름을 올리고 말고가 뭐 그리 중요한 일입니까? 이 행사에 참가 안 했다고 해서 탓할 사람도 없는데, 신경 쓰지 마세요."

이건 완전히 부장과 과장이 뒤바뀐 꼴이어서, 나는 어이가 없었다. 더구나 조 과장은 민 부장이 과장이었던 시절 그 부서의 대리였다는데, 그런 옛정 따위는 아랑곳도 않는 눈치였다. 나는 어릴 적에 동네 주정뱅이가 어느 날 갑자기 학교 수위로 취직한 꼴을 보았는데, 그가 어찌나 원리 원칙을 따지며 실권을 행사하려 들던지 학생들은 말할 것도 없이 교사들마저 혀를 내두를 정도였다. 조 과장이 꼭 그 짝이었다.

뭔가 낮은 목소리로 두 사람이 옥신각신하는가 싶더니 이내 민 부장의 짜증 섞인 목소리가 들렸다.

"내 참가하지. 참가하면 될 게 아닌가. 삼십 분만 들어가 있으면 되는 일 아닌가. 진짜 죽어버렸다 생각하면 되지, 뭐. 거, 참……."

그때 화장실 문이 발칵 열리는 바람에 나는 재빨리 복도 쪽으로 걸어가는 척했다. 미리 밝혀두지만, 민효송 부장은 뒷날 죽음의 굿판에서 가장 극적인 역할을 담당하는 인물이 된다. 이 사건을 한 편의 연극에 비유한다면 클라이맥스를 장식한달까. 그러니 독자 여러분들께서는 화장실에서 나눈 두 사람의 대화를 잘 기억해두시기 바란다.

어쨌거나 모의 장례식은 이때까지만 해도 큰 무리 없이 순조롭게 진행되어 나갔고, 사원들 또한 여기에 특별한 의미를 부여하지 않은 채 고분고분 따르는 눈치였다. 그런데 이때 느 닷없이 "어? 임금님이 발가벗었네! 하하하, 우습다!" 하는 외 침이 튀어나왔고, 이 한마디가 행사의 순조로운 진행을 완전 히 뒤집어놓았다. 모의 장례식의 열기가 한창 무르익어 가고 있던 무렵, 문명물산에는 이 행사를 '죽음의 굿판'이라 공개 적으로 명명한 유인물이 나돌고 있었다. 좀 길지만 전문을 인 용해보겠다.

죽음의 굿판을 당장 걷어치워라!

지금 우병민 사장은 문명물산을 공동묘지로 만들려고 하는 것인가! 도대체 우 사장은 우리 문명물산 노동자들을 시체로 착 각하고 있는 것은 아닌가? 관에 들어가지 못해 안달이 난 일부 가련한 출세주의자들은 그렇다고 치자. 우 사장은 건전한 상식 을 가진 대다수 노동자들마저 시체가 되기를 강요하고 있다.

이것이 자발적으로 참여하는 행사라고 더러운 수작 부리지 말 라. 우리는 인사 발령이라는 달콤하고 무시무시한 미끼가 이 더 러운 죽음의 굿판 행사 뒤에 도사리고 있음을 잘 알고 있다. 이 것이 어찌 민주적이며, 주인 의식이며, 능동적 참여인가!

우 사장은 이 모의 장례식을 자신의 삶과 인생을 돌이켜보는 중요한 기회로 삼자고 말한 바 있다. 더러운 독점 재벌의 입으로 노동자의 삶과 인생을 논하지 말라. 그 더러운 입으로 논할 수 있는 것은 고작 이윤과 착취일 뿐이다.

우 사장이 죽음의 굿판을 통해 노리려는 것이 무엇인가? 그것은 문명물산 노동자들의 맹목적인 복종과 파시즘적인 지배 체제의 구축일 뿐이다.

우리는 우 사장, 그대가 많이 배운 사람으로 알고 있다. 그러나 이제 우리는 그대가 헛배웠음을 똑똑히 알 수 있다. 그래, 고작 외국에 나가 배워 온 것이 이 따위 전근대적인 모의 장례식인가? 우리는 이 모의 장례식이 한때 일본 기업에서 유행했던 것임을 잘 알고 있다. 매판자본의 속성 때문에 일본에 잠시라도 빌붙지 않고는 참을 수가 없는가? 그대는 도대체 몇 푼의 로열티를 주고 문명물산을 공동묘지로 만드는 이 훌륭한 기술을 도입하였는가?

가련한 몽상가 우병민 사장이여! 여러 말 하고 싶지 않다. 이 더러운 죽음의 굿판을 당장 걷어치워라! 가련한 출세주의자들의 시체 썩는 냄새가 문명물산에 진동하고 있다.

우리의 요구 사항

1. 모의 장례식 행사를 당장 중지하라!

1. 인사 발령 논의를 노동자의 참여하에 공개적으로 시행하라!

1. 낙하산 인사로 직위만 차지하고 있는 월급 기생충들을 박멸하라!

1. 승진에 묶여 있는 부과장급의 진급을 곧바로 시행하라!

문명물산 노동자 일동

물론 이 유인물도 내 관할 서류함에 단정하게 꽂혀 있다.

유인물 한 장 나왔다고 해서 "어이구, 알겠습니다. 당장 행사를 때려치웁지요." 할 사장은 우리 사회에 단 한 명도 없을 것이다. 사장도 오기가 있지 어찌 그럴 수 있겠는가. 그러나 이 유인물은 잔잔한 호수에 던져진 돌멩이마냥 긴 파장을 일으키며 사태를 미묘한 방향으로 몰고 가기 시작했다.

유인물 출현 이후 문명물산에는 주목할 만한 두 가지 변화가 나타났다. 하나는 비록 젊은 사원들 사이에서지만 관에 들어가는 것을 수치스럽게 여기는 분위기가 생겨났다는 점이다.

"맞아. 젊은 놈이 뭐 할 짓이 없어 벌써 유서를 써!"

"관에 들어가려면 아예 불알을 뽑고 가야 해."

젊은 사원들은 술집에 모이면 이렇게 수군거리곤 했다. 유인물은 이 모의 장례식이 '허튼 바보짓'임을 공공연하게 까발려놓은 셈이었다. 임금님이 발가벗었다는 사실이 단지 자신의 순수하지 못한 마음에서 비롯된 착각이라 믿고 있던 사람들이 "임금님이 발가벗었네!" 하는 외침을 듣고야 비로소 그것이 결코 혼자만의 착각이 아니었음을 깨닫게 된 이치와 같다고나 할까. 비록 미미한 수준이지만 어쨌든 모의 장례식 행사에 대한 불만은 이때부터 서서히 싹을 틔우고 있었다.

그보다 더 두드러진 변화는 유인물의 출현으로 모의 장례식 행사가 한층 강화되었다는 점이다. 회사 경영자들은 유인물의 출현에 매우 민감한 반응을 보였다. 전국적인 현상이기는 하지만, 문명물산의 생산 공장 또한 몇 해 전부터 노동조합 때문에 몸살을 앓고 있었다. 그러한 터에 본사에마저 '문명물산 노동자'니 '착취'니 '파쇼 체제 구축'이니 하는 과격한 말을 담은 유인물이 튀어나왔으니 그들로서는 바짝 긴장하지 않을 수 없는 노릇이었으리라. 더구나 모의 장례식은 어디까지나 '전 사원의 일치단결'을 목표로 한 신임 사장의 회심의 작품이었던 만큼 이에 대뜸 반발하고 나선 행위는 '분열주의자들의 획책'이며 '체제 도전적인 행동'으로 여겨질 수밖에 없었다.

이 유인물이 얼마나 그들의 심사를 긁었는지는 상무의 사내 방송에서도 잘 나타난다. 물론 유인물 때문에 일부러 사내 방송을 한 것은 아니고 다른 업무에 대한 지침을 내리려 한 방송이었건만, 상무는 은근히 이 유인물 사건을 끄집어내어 일침을 놓았다.

"사내 화합의 중요성이 한참 강조되는 이 시기에, 저는 우리 회사 내에 불온한 움직임이 있다는 놀라운 얘기를 들었에요. 이들은 앞에서는 한마디 말도 못 하면서 꼭 뒤꽁무니에 숨어 회사 방침을 비난하는 아주 비겁한 사람들이에요. 회사에 불만이 있으면 떳떳하게 말하세요. 문명물산은 비겁한 사람들을 좋아하지 않에요."

그것은 마치 칼자루를 쥐고 펄펄 날뛰는 자가 칼을 맞을까 봐 숨어 있는 사람에게 "야, 이 비겁한 놈아, 썩 나오지 못해!" 하는 꼴이었는데, 그래서 나는 오히려 상무가 비겁하다고 생각했다. 어쨌거나 상무의 발언으로 보아도 이 유인물 사건에 경영자들이 얼마나 분개하고 있는지 충분히 짐작하고도 남을 일이었다.

아무튼 이 유인물이 나돈 뒤 모의 장례식 행사는 움츠러들기는커녕 도리어 더욱 강화되었다. 그것은 유인물 작성 배포자를 색출한다는 의미까지 띠고 있었다. 이렇게 기를 쓰고 모의 장례식을 반대하는 자라면 행사에 참여하지 않을 것이 분명하다. 그렇다면 그가 바로 사내의 불순분자이다, 하는 결론이 이사 회의를 통해 내려졌던 것이다. 그리하여 이제 입관하지 않는 자는 비단 인사 발령 문제를 떠나서 유인물 작성자 혐의까지 뒤집어쓸 판이었다.

아마 독자 여러분은 유인물 한 장 나온 게 이사 회의에서까지 거론될 문제인가 이상스럽게 여길 것이다. 사실 여기엔 좀 미묘한 분위기가 작용하고 있었다.

여러 차례 말했다시피 우 사장 취임 후 회사는 인사 발령 기대로 온통 들떠 있었다. 새 사장 기질에 걸맞은 대대적인 '물갈이'가 있으리란 예상 때문에 임원 직원 할 것 없이 죄다 촉각을 곤두세우고 있던 판이었다. 불안에 떠는 자, 기대에 부푼 자, 공연히 이 사람 저 사람 헐뜯고 다니는 자, 누가 자신을 해코지하는 밀고나 하지 않을까 잔뜩 눈알을 굴리는 자, 어쭙잖은 과잉 충성으로 목에 핏대를 세우는 자……. 물론 나 같은 신입 사원들이야 상관할 바 없는 일이었지만, 어쨌든 가관이었다. 이 무렵 상사의 비리를 고발하는 투서 행위가 그 어느 때보다 많았음은 사내에 널리 알려진 사실이다. 유인물 사건이 이사 회의에서까지 거론된 까닭도 대체로 이런 경쟁과 알력의 분위기 때문이 아니었을까, 나는 이렇게 생각한다.

물론 유인물 살포자는 끝끝내 밝혀지지 않았다. 다만 그 세련되고 노련한 문체로 보아 대학에서 운동권 물깨나 먹은 자이리라는 것이 중론이었다. 그러나 조동부 과장은 심지어 밀실 공포증이 있는 민효송 부장까지 의심했다. 민 부장은 입관하겠다 말만 하고는 여전히 미적거리고 있었던 것이다. 하지만 그건 조 과장의 개인적인 의심에 지나지 않았고, 민 부장 같은 '늙다리'(우리 젊은 사원들끼리 쓰는 표현이다)들을 의심하는 자는 아무도 없었다.

"흥, 누가 알아? 운동권 학생 놈 하나 몰래 고용해서 쓰라고 했는지. 그런 놈들한테 유인물 좀 써 달라고 하면 아마 돈

안 받고도 쓸걸."

나는 조 과장이 다들 들으라는 듯이 이렇게 중얼거리는 소리도 들은 적이 있었는데, 그가 이런 터무니없는 발상까지 떠올리며 부득불 늙다리들까지 걸고넘어진 까닭은 아마 그들이 빨리 사라져 줘야 자신의 승진에 유리했기 때문일 것이다.

유인물의 표현 그대로 문명물산에는 바야흐로 '시체 썩는 냄새를 풍기는 출세주의자'들의 알력이 알게 모르게 나타나기 시작했는데, 이 알력들은 참으로 묘하게도 늘 죽음의 굿판 행사를 에워싸고 있었다.

사태는 정말 미묘한 분위기를 띠어갔다. 행사 참여폭을 늘린다는 이유로 처음에는 하나였던 관도 아예 서너 개 더 늘려 이젠 합동 장례식을 치르는 꼴이 되었다. 뿐만 아니라, 한 번 장례식을 치렀음에도 불구하고 두서너 번씩 더 죽기를 자처하는 과잉 충성 분자들도 생겨났다. 그래서 문명물산 강당은 그야말로 한식날 공동묘지처럼 늘 북적거렸다. 분위기가 이러하자 이제 과부장급뿐만 아니라, 평사원들까지 입관하지 않고는 못 배길 지경에 이르게 되었다.

죽음의 굿판이 한층 강화된 그 무렵, 문명물산에는 짙은 죽음의 그림자가 감돌기 시작했다. 사원들은 하나같이 음울해 보였고, 신경은 극도로 날카로워져 있었다.

물론 딱히 죽음의 굿판 때문만은 아니었다. 새 사장이 취임한 다음부터 업무는 산더미같이 늘어나서 보통이 10시 퇴근이었다. 사장이 유능하여 새로운 사업을 많이 벌였기 때문이라면 회사가 번창한다는 보람이라도 있으련만, 이건 전임 사장 때의 케케묵은 장부까지 꺼내 새로운 방식으로 다시 작성해야 할 판이있으니 짜증이 안 날 도리가 없있다. 요긴대 젊은 사장은 의욕 과잉이었다.

거기다 한술 더 떠서 '능력 있는 사람을 존중하는 풍토를 정착시키겠다'는 우 사장의 취임사가 무엇을 뜻하는 것인지 서서히 드러나기 시작했다. 그것은 '낙하산 인사를 근절시키겠다'는 뜻이 아니라 '능력 있는 사람이라면 얼마든지 낙하산 인사로 영입해 오겠다'는 뜻이었다.

이 무렵 문명물산에는 소폭의 인사이동이 있었다. 이사 세 명이 교체되었던 것이다. 물러난 세 명의 이사들은 워낙 낙하산 인사로 영입한 군 장교 출신들이어서 여기까지는 좋았다.

하지만 그들이 물러난 자리에 새로운 이사 세 명이 또 다른 낙하산을 타고 사뿐히 내려앉았을 때, 문명물산 직원들은 실망과 분노를 느끼지 않을 수 없었다. 이 세 명의 이사들은 모두 박사 출신으로 우 사장과는 미국 유학 동기들이었다. 결국 군대에서 내려왔느냐, 미국에서 내려왔느냐만 다를 뿐 낙하산을 타고 내려왔다는 점에서 하등 다를 바가 없었다.

우 사장의 취임으로 사원들은 아무 얻는 것도 없이 공연히 업무에만 더 시달리게 된 셈이었다. 무릇 환상에서 깨어나면 현실은 더욱 비참하게 느껴지기 마련이어서 사원들은 너나없이 분통을 터뜨렸고 심지어는 '구관이 명관이다'라는 옛 사장 향수론까지 튀어나왔다.

어쨌거나 문명물산은 간부나 평사원이나 할 것 없이 업무에 짓눌리고, 인사 불만에 짓눌리고, 장례식 분위기에 짓눌려 신경이 있는 대로 날카로워져 있었다. 꼭 공연한 시비 끝에 살인이라도 날 것 같은 분위기였다. 그런데 모든 길은 로마로 통한다는 듯이 사원들은 묘하게도 모든 불만을 '죽음의 굿판'을 향해 터뜨리고 있었다. 그것은 말하자면 우 사장 횡포의 표본과도 같았고, 작신작신 두들겨 패기 좋은 표적과도 같았다. 유인물 사건이 점점 사원들 사이에서 자주 언급되었던 까닭도 바로 이 때문이었다. 이미 오갈 데 없이 문명물산에 밥줄을 깊이 걸고 있던 늙다리들이야 젖혀놓는다 쳐도 패기만만한 젊은 사원들과 이제 갓 입사한 우리 신입들은 노골적으로 불만을 터뜨렸다.

"누가 썼는지 유인물 한번 잘 썼지. 그러는 우 사장 그 새끼는 왜 관에 안 들어가는 거야? 니기미, 그 새끼 관에 들어가면 당장 뛰어가서 관 뚜껑에 탕탕 못질을 해버릴 거야."

"애비 잘 만나서 사장 됐지, 지가 잘나서 사장 됐나? 쪼다 같은 새끼가 주제꼴을 모르고 설쳐요, 설치길!"

"모가지 자르고 싶으면 자르라고 그래. 내 핫도그 리어카를 끌어도 관에는 못 들어가겠다. 유인물 말마따나, 정말 이게 무슨 회사야, 망우리 공동묘지지!"

물론 회사 안에서 하는 소리는 아니고, 주로 술자리에 모여 터뜨리는 불만들이었다. 그러나 술집이라고 해서 안심할 바는 아니었다. 문명물산에 퍼지기 시작한 죽음의 냄새는 비단 장례식장에만 머문 것이 아니라 회사 전체, 그리고 심지어는 사원들 개개인들까지도 휩싸고 있었던 것이다. 사내에 작은 파

문을 일으킨 현상훈 사건이 터진 것도 바로 이러한 분위기 속에서였다.

어느 날 현상훈은 조동부 과장에게 불려갔다. 현상훈은 모의 장례식에 관한 한 누구보다 앞장서 핏대를 세우던 친구였는데, 그것이 조 과장 귀에까지 들어갔던 모양이었다. 나는 이 사건을 가까이에서 현장감 있게 관찰할 수 있었던 몇 안 되는 사람 가운데 하나이다.

"자네 직속상관을 젖혀두고 내가 이런 얘기 해서 안됐네만, 모의 장례식 업무를 불상사 없이 잘 마치는 것이 바로 내가 할 일이거든. 더구나 최근에는 사원 교육 프로그램일 뿐인 이 기획을 트집 잡아 회사 기강을 어지럽히는 세력도 있다네."

조 과장은 현상훈의 얼굴 가죽 밑에 뭔가 혐의라도 적혀 있다는 듯 빤히 바라보며 말했다. 상대를 압도하고 싶을 때는 눈싸움에서부터 이겨라! 이것은 그가 대화술인지 대인술인지 교육을 받고 난 다음부터 생긴 버릇이었다. 그는 실속 없는 공명심에 들떠 지나치게 안하무인 꼴로 우세를 떨고 다녔는데, 사원들은 조 과장이 저러다 한번 된통 당하리라 예견하기도 했다. 그런 의미에서 조 과장이 현상훈을 너무 만만한 상대로 생각했던 것부터가 큰 실수였다.

"자네는 행사에 참여하지도 않았을뿐더러, 국으로 잠자코 있지도 않았어. 그래, 자네 불만이 대체 뭔가?"

빙빙 돌려 말하는 조 과장의 말투가 너무 역겨웠으므로 현상훈 또한 참지 않았다.

"그러시는 과장님이 제게 갖는 불만은 대체 뭡니까? 잠자코 있지 않았으면, 제가 장례식장을 때려 엎기라도 했단 말입니까?"

고분고분하리라 생각했던 상내가 뜻밖에 상하게 나오자 조 과장은 조금 당황했다. 그러나 조 과장은 더 강하게 나감으로써 상대의 기를 꺾어야겠다고 판단했던 모양이었다.

"내게도 들리는 소리가 있어! 그렇게 회사 방침에 불만이 있다면 뭣 땜에 회사 다니는 거야!"

"말을 돌리지 말고, 어떤 소리를 어떻게 들었는지를 밝히십시오. 그러면 대답하겠습니다."

현상훈이 정식으로 항의했건만, 조 과장은 여전히 상대를 깔보는 듯이 빙글빙글 돌리는 말투로 말했다.

"자네 학교 다닐 때 데모했나?"

"했습니다."

"유인물도 써봤겠구먼."

"저 여기 말장난하러 온 거 아닙니다. 할 말이 있으면 똑바로 하시고, 문책할 일이 있다면 저희 부서 부장님을 통해 말씀하십시오."

사실 조 과장은 이런 상대를 처음 대했다. 현상훈이 돌아섬과 동시에 조 과장은 북받치는 울화를 참을 수가 없었다.

"야, 이 건방진 새끼야! 이제 갓 입사한 놈이 뭘 믿고 까불어. 네 눈엔 직장 상사가 개똥으로 보이냐?"

현상훈도 맞받아쳤다.

"새끼라니? 내가 당신 새끼야? 직장 상사면 상사답게 굴어!"

그 말이 채 끝나기도 전에 퍽, 퍽, 조 과장의 주먹이 현상훈의 면상을 들이쳤고, 금세 코에서 피가 터졌다.

"어쭈, 이게 사람을 쳐? 뭐, 이런 망할 새끼가 다 있어."

현상훈이 달려들 기세를 보이자 주위 직원들이 달려들어 싸움을 말렸다.

"오냐. 니 애비한테도 그래라, 새끼야!"

"좆만 한 새끼가 어디서 애비를 들먹여! 넌 평생 장례식 부장질이나 해 처먹어라, 개자식아!"

"저, 저런…… 네놈이 유인물 썼지?"

"그래. 새끼야! 내가 썼다, 내가 썼어! 그래서 어쩔래?"

"저, 저런……."

조 과장은 "저, 저런……"만 외칠 뿐 제대로 대꾸조차 못했다. 과장과 평사원의 이런 싸움은 상식을 벗어난 것이어서 주위 사람들도 눈이 휘둥그레졌다. 사실 현상훈으로서는 진작부터 회사를 때려치울 작심을 하고 있었던 게 틀림없는데, 그런 터에 조 과장이 스스로 화를 자초한 거였다. 현상훈은 그 길로 사직서를 쓰고 회사를 그만뒀다. 나중에 현상훈은 진단서를 끊어 조 과장을 폭행죄로 고소했고, 조 과장도 맞고소를 했다는데(그는 처음에는 업무방해죄를 들먹였지만 그게 잘 안 먹힐 듯싶자, 다시 명예훼손죄로 바꿨다고 한다), 그 결과는 여기서 문제 삼을 바 아니다.

다만 현상훈의 사직서 내용은 아주 재미있으니까 잠깐 인용해두자.

사직서

내 드러워서 회사 못 다니겠시다. 관 속에 짱박혀 내내 잘 먹
구 잘 사슈들! -말단 현상훈.

현상훈이 제출한 사직서의 내용은 젊은 사원들 사이에 오
랫동안 화젯거리가 되었다. "관 속에 짱박혀 내내 잘 먹구 잘
사슈들!" 그 말이 풍기는 묘한 뉘앙스 때문에 젊은 사원들은
쉽사리 우울해지곤 했다.

입관의 의미란 무엇인가? 대놓고 말은 하지 않아도 누구나
그런 물음을 떠올리고 있었다. 그리하여 젊은 사원들은 관에
들어가는 일을 더욱 비참하게 생각했고, 마지못해 관에 들어갔
다 나온 사원들도 종종 농담 반 자조 반 섞어 한탄하곤 했다.

"니미럴 것, 누구처럼 회사 문을 박차고 나가지도 못하고
나도 어쩔 수 없이 관 속에 주저앉고 말았어!"

"아아, 나도 이젠 어차피 문명물산에서 죽을 귀신이 되어버
렸어!"

이런 식이었다. 관 속에 짱박혀서나마 먹고사느냐, 아니면

굶어 죽는 한이 있어도 당당히 관을 박차고 나가느냐, 죽느냐 사느냐 그것이 문제로다, 식의 햄릿들도 적잖이 생겨났다.

그런 의미에서 현상훈은 사원들에게 매우 좋지 않은 영향을 끼친 셈이다. 그의 행동은 당장은 멋지고 신선하게 느껴졌지만, 따지고 보면 턱없이 무책임한 행동일 뿐이었다. 술김에 하기 쉬운 말로야 "핫도그 리어카를 끄는 한이 있어도" 하고 외쳐도 우리는 어차피 자본가에게 고용되어야만 목숨을 부지할 수 있는 자본주의사회의 임금노동자일 뿐이었다. 굴지의 문명물산 대신 '핫도그 리어카'가 우리를 더 자유케 하리라 어찌 장담할 수 있겠는가! 우리는 어차피 제 똥 싼 자리에서 뭉갤 수밖엔 없었는데, 문명그룹은 바위처럼 거대했고 우리는 달걀처럼 연약했다. 바로 그 점을 너무도 잘 알고 있었기에, 우리는 쉽사리 비굴해졌고, 쉽사리 허무해졌고, 쉽사리 약삭빨라졌던 것이다.

나는 교육부이면서 그동안 다른 부서 사람들이 먼저 들어가도록 양보한다는 핑계를 들어 입관을 미루고 있었는데, 현상훈 사건이 일어나자 더 이상 미룰 수 없게 되었다.

현상훈과의 한판 승부로 어느 정도 의기소침해진 조 과장은 더욱 그악을 떪으로써 이를 벗어나려 애쓰는 눈치였다. 그는 우선 자기 부하 직원부터 다그치기 시작했다. 그는 교육부 직원 상당수가 입관하지 않았음을 새삼스레 발견한 모양이었다.

"이거 뭐 이래? 우리 부서에도 아직 행사에 참여하지 않은 사람이 많잖아!"

그는 운 나쁘게도 때마침 곁에 있던 나를 지목했다.

"야, 강 군! 자네는 왜 빠졌어?"

나는 주절주절 변명을 했다.

"신청자가 밀려 어디 참여할 틈이 있어야죠."

그러자 조 과장은 발칵 신경질을 내었다

"일찍 출근해서 참여하면 되잖아! 교육부가 이 모양이어서야 어디 다른 부서한테 체면이 서겠어?"

조 과장은 한참 투덜거리더니 이맛살을 찌푸리며 이렇게 지시했다.

"행사에 참여하지 않은 사람들 오늘 퇴근 전까지 모두 유서 제출하라고 그래! 그리고 내일은 모두 여섯 시에 출근해!"

어이가 없는 일이었다. 해 뜨자마자 관에 기어들어 가라니! 우리가 드라큘라야, 뭐야? 나는 책상 서랍을 쾅 닫고 벌떡 일어섰다. 조 과장은 서류철에서 눈을 떼고 나를 힐끗 쳐다보았다.

"어디 가?"

"저기, 화장실에……."

"빨리 갔다 와!"

그날 나는 끼적끼적 유서를 써야 했다. 그리고 다음 날 일찍 출근해서 관 안으로 기어들어 갔다. 아니꼽고 더러운 기분이었지만, 나갈 때는 나가더라도 좀 더 기회를 엿보자고 스스로를 위안하였다. 하지만 관 안에서도 자꾸 현상훈이처럼, 현싱훈이처럼, 하는 생각이 머릿속을 떠나지 않았다. 먹고살기의 비참함이라니!

당연한 일이지만, 현상훈 사건 직후 대부분의 사람들은 유인물 작성자가 현상훈이 틀림없다고 단정했다. 한쪽은 현상훈이 미워서, 다른 한쪽은 예뻐서라는 차이는 있지만, 어쨌든 현상훈이 유인물 작성자였다는 점에서만큼은 의견이 일치했다. 하지만 웬걸. 현상훈이 회사를 그만둔 다음 유인물은 오히려 더 많이 쏟아져 나왔다. 주로 우 사장과 죽음의 굿판을

비난하는 내용이었으나, 거기서 한 걸음 더 나아가 인사 비리
나 그 밖에 케케묵은 불만들까지 소상히 담겨 있었다.

결과론이지만 우병민 사장은 이쯤 해서 모의 장례식을 중
단했어야 옳았다.

그러나 우 사장은 무슨 오기가 발동했던지 최소한 전체 사
원의 80퍼센트까지는 입관시켜야 행사를 시작한 보람과 성과
를 얻을 수 있다고 판단하고 우격다짐으로 행사를 밀고 나갔
다. 장례식 말고도 다른 업무가 많을 터인데, 왜 이런 쓸데없는
고집을 피워 스스로 화를 자초했는지 알다가도 모를 일이다.

그리하여 마침내 사건이 터졌다.

앞서 등장한 판촉실 민효송 부장은 부장급들 중에서는 가
장 늦게 입관한 사람이었다. 그는 승진이고 뭐고 관에 들어가
는 일 자체가 무엇보다 끔찍했다. 물론 그가 입관하지 않는다
고 해서 유인물 작성자로 오해받을 일은 없을 거였다. 그런데
일이 묘하게 되느라 그랬는지 입관을 더 미룰 수 없는 상황이
생겼다. 그의 판촉실 직원들이 말썽을 일으킨 거였다. 말썽이
래 봐야 별것 아니라, 판촉실 직원들이 일찍 퇴근해버렸을 뿐
이었다.

그날은 토요일인 데다가 때마침 무슨 큰 운동경기가 있었던 터라 퇴근 후에 남아 업무를 처리하고 가라는 지시에 직원들은 저마다 구시렁거리기 시작했다. 그리고 저희끼리 집단 결의하여 훌쩍 퇴근을 해버렸다.

어찌 보면 별 대수롭지도 않은 사건이었지만, 문제는 판촉실 책임자인 민 부장이 부장급 가운데 유일하게 입관하지 않았다는 사실에 있었다. 그래서 민 부장은 굉장한 과민 반응을 보였다. 도대체 때가 어느 때인가. 없는 먼지까지 탈탈 털어내려는 부서가 연발연시 우제통 속처럼 쌓이고 있던 내가 아니던가.

"이 사람들이 나를 죽이려고 아예 작정을 했구만, 작정을 했어!"

민 부장은 판촉실 직원들을 집합시켜 놓고 목소리까지 덜덜 떨어가며 호통을 쳐댔다.

"원, 대리라는 것들까지 나서서 이게 무슨 꼴이야! 그래, 누가 주동한 거야?"

대리 하나가 기어드는 목소리로 말했다.

"주동은 없습니다. 점심 먹고 다시 회사로 올라오려 했는데, 어찌하다 보니 그냥 뿔뿔이 흩어졌어요."

"뭐? 어찌하다 보니? 그냥 뿔뿔이? 야, 지금 그걸 말이라고
해! 여러 말 할 것 없어. 죄다 시말서 써!"

만일 입관한 이력이 있었더라면, 아마 민 부장도 이렇게까
지 심하게 다그치지는 않았을 거였다. 직원들이 끼적끼적 시
말서를 쓰고 있는 동안 민 부장도 뭔가 끼적끼적 쓰고 있었
다. 유서였다. 그는 늦었으나마 관에 들어가야겠다고 결심한
것이다.

"시말서 다 쓰거든 내 책상 위에 올려놔! 에잉!"

얼마 뒤 민 부장은 유서를 들고 강당으로 갔다. 그리고 관
안에 들어갔다. 문제는 여기서 발생했다.

예정된 30분이 지났으나 민 부장은 관에서 나오지 않았다.
잠이 드셨나, 사람들은 낄낄 웃으며 그가 들어 있는 관 뚜껑
을 열어젖혔다. 그때 사람들은 눈을 부릅뜨고 죽어 있는 민
부장을 발견했다. 이를 악물고 있는 모습에서 그가 공포를 이
기려 얼마나 애를 썼는지 잘 알 수 있었다. 물론 그의 사인은
밀실 공포증이 아니라 심장마비였다.

이리하여 문명물산의 모의 장례식은 마침내 진짜 장례식으로 바뀌고 만 셈이었다. 일간신문들은 저마다 민 부장 사망 사건을 대서특필로 까발렸고 이 사건은 사회적으로도 큰 물의를 빚게 되었다.

물론 일간신문들이 민 부장에 대한 동정심 때문에 이 사건을 그토록 대서특필로 까발렸다고 볼 수는 없다. 문제는 문명그룹의 인색한 광고 예산에 있었다. 일간신문들은 한번 엿먹어 보라는 듯 그야말로 개떼처럼 달려들었는데, 그 무렵 신문 지상에 문명그룹 광고가 때아니게 많이 실렸던 까닭이 바로 그 때문임을 알 만한 사람은 다 안다.

사회 여론 못지않게 문명물산 내부 여론도 시끌벅적해졌다. 우 사장에 대한 불만이 쌓일 대로 쌓여 있던 사원들은 이 사건을 계기로 우 사장과 문명그룹의 비인간적 처사를 본격적으로 규탄하고 나섰다. 곧이어 젊은 사원들을 중심으로 우 사장 퇴임 서명 운동이 벌어졌고, 급기야는 농성 시위 사태까지 일어났다.

이 농성은 이 글을 쓰고 있는 지금까지 계속되고 있으므로, 나는 사태가 앞으로 어떤 방향으로 전개될지 모른다. 따라서 나는 이제 더 쓸 얘기가 없는 셈이다. 다만 우리 부서 조 과장 얘기만큼은 한마디쯤 하고 끝내야겠다.

조 과장은 모처럼 드리운 출세의 끈이 민 부장 사망 사건으로 뚝 끊겨버리자 눈에 띄게 의기소침해졌다. 화장실에 다녀오는 길에 농성장에 적힌 "민 부장을 살려내라!"는 구호를 보고 온 모양인지, 조금 전 나를 향해 이렇게 중얼거렸다.

"미친놈들…… 한번 뒈진 놈을 무슨 재주로 살려낸담?"

그 말에, 나는 어이가 없어 그만 픽 웃고 말았다.

(1992)

거미

너 스스로 짠 줄에 너 스스로 걸려들고 만 거야.

이제 그 줄은 네 몸을 휘감을 것이며 네 목을 조를 테지.

우리 거미들은 결코 제가 짠 줄에 제가 걸려드는 법은 없지.

아무리 노망이 들어도 그 정도는 구분할 줄 알지.

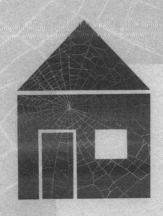

아파트 현관 형광등은 오래전부터 망가져 있었다. 처음 얼마 동안에는 이삼 초 간격으로 쉴 새 없이 깜빡여 계단을 오르내리는 이들의 눈을 어지럽히더니 이제는 양쪽 끝에 희미한 보랏빛 자국만 남긴 채 까맣게 꺼져버렸다. 아파트 현관에 들어설 때마다 느껴지는 끈적끈적한 불쾌감은 대부분 그 형광등이 빚어내는 것이었다.

그는 그날 저녁도 여느 때와 마찬가지로 끈적끈적한 불쾌감을 느끼며 아파트 건물로 들어섰다. 306호 그의 집 우편함 밑바닥에 하얀 종이 한 장이 깔려 있었다. 그는 그것을 끼불끼하다가 우편함 아래쪽에 잔뜩 쌓여 있는 세발자전거들을 보자 가까이 다가갈 엄두가 나지 않았다. 세금 고지서거나 광고편지 같은 거겠지. 그는 계단을 올라갔다.

아내가 아이를 데리고 외출한 모양인지, 초인종을 몇 번 눌러도 안에서 아무 기척이 없었다. 그에겐 열쇠가 없었다. 아침에 출근하며 깜박 잊고 열쇠 꾸러미를 신발장 위에 놓고 갔던 것이다. 집 비우지 말라고 일부러 전화까지 했는데……. 그리 멀리 가지는 않았으리란 짐작은 들었지만, 그래도 아내의 무심한 처사가 야속하게 느껴졌다. 그는 몹시 피곤해서 당장 찬

물에 발을 씻고 드러눕고 싶었다. 만일 아내가 치우지 않았다면 열쇠 꾸러미는 신발장 위에 그대로 놓여 있을 거였다. 고작 10센티미터 두께 문짝 너머에 있을 열쇠를 떠올리자, 그는 그만 약이 올라 숨이 막힐 지경이었다. 열쇠를 꽂아둔 채 자동차 문을 잠가버렸을 때와 똑같은 심정이었다. 그 당혹감! 빤히 보이는 열쇠를 손에 넣을 수 없는 그 안타까움! 믿는 도끼에 발등 찍힌 그 배신감!

그는 2층과 3층 사이의 층계참으로 내려가 담배를 피우려고 주머니에 손을 넣었다. 그러나 손에 잡힌 것은 똘똘 말린 빈 담뱃갑뿐이었다. 담배가 없다는 사실을 확인하자 끽연 욕구는 더욱 사납게 목젖을 자극했다. 정말 더럽게 운수 사나운 날이군. 그는 하릴없이 아내가 오기만을 기다리며 창밖을 내다보았다. 지은 지 15년이 넘는 아파트 건물들은 여기저기 죽죽 금이 가기 시작했고, 얼마 전에는 인부들이 나와 균열이 생긴 자리를 석회로 때우는 공사를 했다. 그래서 아파트 건물들은 반창고를 덕지덕지 붙인 타박상 환자처럼 흉물스러운 몰골을 하고 있었다.

그는 이 흉가 같은 아파트 단지를 한시바삐 떠나고 싶었다.

아들 용재가 태어났을 때 붓기 시작한 적금은 벌써 5년째가 되었으나, 저축액이 늘어날수록 아파트 값도 오르니 늘 제자리 뛰기를 하는 꼴이었다. 그와 아내는 결혼 생활 8년 동안 거의 내 집 마련을 목표로 살아온 거나 다름없었다. 아이를 늦게 가진 것도 그 때문이었고, 용재 하나로 만족하기로 한 것도 그 때문이었다.

그때 누군가 그를 빤히 내려다보고 있다는 느낌이 들었다. 고개를 들어보니, 커다란 왕거미 한 마리가 털이 북슬북슬한 여넓 개의 긴 다리로 거미줄을 붙는 채 매달려 있었다. 젠장, 아파트가 낡다 보니 이젠 거미줄까지 나타나 구색을 갖추는 군. 그는 진저리를 치며 한 걸음 물러서서 왕거미를 쏘아보았다. 그놈은 거미줄 한복판에 자리를 잡고 죽은 듯이 꼼짝 않고 있었다.

아빠, 거미가 거미줄에 걸려들었어.

언젠가 거미줄을 보며 용재가 그렇게 말한 적이 있었다. 그는 아들의 말을 바로 잡아주었다.

아니야. 거미는 거미줄에 걸려들지 않아.

왜? 왜 걸려들지 않아?

거미줄은 거미가 만든 거니까. 제가 짠 그물에 제가 걸려들 수는 없잖니?

거미줄에는 끈끈한 줄과 그렇지 않은 줄이 있는데, 거미만이 그것을 구분할 줄 안다는 얘기를 어디선가 읽은 적이 있었다. 그러니 제가 짠 그물에 제가 걸려들지 말란 법도 없었다. 실수로 발을 헛디딘다든가, 갑자기 기억상실증에 걸린다든가 해서. 그러고 보니 왕거미는 먹이를 잡기 위해 도사리고 있다기보다는 재수 없게 거미줄에 걸려 옴짝달싹 못 하고 있는 꼴처럼 보였다. 다른 사람들과 마찬가지로 그 또한 거미가 싫었다. 북슬북슬한 털에 살진 몸집을 감추고 있는 거미는 특히.

어쨌든 너는 빌어먹을 놈의 거미야!

그는 거미를 겨냥해 빈 담뱃갑을 던졌으나, 담뱃갑은 거미줄에 구멍만 내고 바닥에 떨어졌다. 거미는 조금 움찔했지만 이내 죽은 듯 꼼짝하지 않았다. 그는 담뱃갑을 주워 다시 던지려다가 손에 거미줄이 묻을까 봐 그만두었다.

대체 어딜 가서 안 오는 거야?

그는 얼굴을 찌푸리며 투덜거렸다. 상가에 갔다면 충분히 다녀오고도 남을 시간이었다. 쳇, 정말 더럽게 재수 옴 붙은 날이군! 그는 아내를 찾으러 터덜터덜 아파트 계단을 내려갔다.

거리로 나오자 집에서 쫓겨나기라도 한 듯 느닷없이 서러운 생각이 들었다. 무슨 일 때문인지 이제는 기억도 나지 않지만 초등학교 시절 그는 꼭 한 번 집을 나간 적이 있었다. 아버지한테 종아리를 맞고 반항심에 무작정 집을 뛰쳐나왔던 것이다. 그러나 어린 그가 갈 수 있는 곳은 아무 데도 없었다. 그는 두어 시간 남짓 밤거리를 쏘다니다가 어쩔 수 없이 다시 집으로 돌아갔다. 이놈, 제 발로 걸어 나간 놈이 뭐 하러 다시 기어들어 왔어! 아버지는 호통을 쳤지만 입에는 뽀얀 밀긱 웃음이 담겨 있었다. 네까짓 놈이 가봐야 어딜 가겠어, 하는 비웃음이었다. 그는 식구들 아무도 그를 찾으러 나서지 않았다는 사실을 알고는 그만 으앙 울음을 터뜨렸다. 집 말고는 아무 데도 갈 곳이 없다는 사실이, 그래서 자존심이 상해도 꾹 참고 집으로 돌아올 수밖에 없다는 사실이 억울했던 것이다.

그는 맥주를 홀짝홀짝 마시며 바로 뒷자리에 앉아 있는 남녀의 대화에 귀를 기울이고 있었다. 처음부터 많이 마실 생각은 아니었다. 아파트 단지 상가의 슈퍼마켓을 둘러보았으나 아내를 찾을 수 없었고, 다리가 아파 어디든 들어가 쉬고 싶었다. 자릿값으로 맥주 한 병을 시켜 팝콘 안주와 함께 홀짝홀짝 마시기 시작했는데, 먹다 보니 발동이 걸려 두 병을 더 주문하게 된 것이었다.

이제 와서 저더러 어쩌란 말이에요.

칸막이 너머에서 들려오는 사건의 주제인즉슨 불륜의 사랑이었다. 얘기는 주로 여자가 하고 있었고 남자는 긍정이거나 부정인 대꾸만 어쩌다 한마디씩 툭툭 던졌다. 칼자루를 남자 쪽에서 쥐고 있는 모양이었다.

저는 춘천에는 가기 싫어요.

여자는 춘천에 가기 싫다고 했으면서도 춘천에 대해 한참 동안이나 설명을 늘어놓았다. 그래서 듣다 보면 여자가 춘천에 가고 싶어 하는 게 아닐까 하는 생각이 들 정도였다. 저 남녀와 춘천은 어떤 관계가 있을까? 단서를 잡으려고 계속 귀를 쫑긋 세우고 있었지만 띄엄띄엄 들려오는 몇 마디의 대화만으로는 애절한 사연과 애틋한 사랑의 전모를 일목요연하게 편집해내기 어려웠다. 그는 빠지고 모자란 부분들을 잡지와 연속

극에서 숱하게 보아온, 대체로 그렇고 그런 사랑 타령들로 꿰 맞춰 여러 편의 각본을 짜보았다. 불륜의 사랑에 빠진 두 남녀는 불타오르는 정열과 주위의 따가운 시선을 견디다 못해 마침내 도피 행각을 결심하는데……. 그 도피처가 바로 춘천이라는 점은 왠지 그들의 애정 행각을 삼류처럼 애처롭게 만들었다. 열렬한 애정 행각의 도피처라면 최소한 파리나 샌프란시스코 정도는 되어야 하지 않을까. 그는 맥주를 꿀꺽 들이켰다.

비가 왔으면 좋겠어요.

여자의 말 속에는 '하고 싶다' '했으면 좋겠다' 따위의 소망이 거의 예외 없이 들어 있었지만 남자는 그럴 때마다 뭔가 중얼중얼 이유를 달아 여자의 소망을 묵살해버리곤 했다. 그는 확연히 알 수 있었다. 여자는 기대고 싶고, 남자는 떼어놓고 싶은 것이다. 그래서 한숨을 쉬는 횟수는 여자 쪽이 월등히 많았다.

죽어버리고 싶어요. 나랑 같이 죽지 않을래요?

쓸데없는 소리. 아이는 어쩌고?

당신이 제 아이를 걱정해주는 거예요? 정말 별일이군요.

여자는 아이가 있는 모양이었다. 카바레에서 제비한테 걸려든 여자인지도 모른다고 그는 다른 각본을 구상했다. 그러나 남자의 목소리는 50대 중반의 것이었다. 하긴 늙은 제비도 없으란 법은 없지.

아이는 당신한테만 있는 건 아니잖아.

당신 아이 얘기군요. 어쩐지……. 당신이 내 걱정을 해줄 리가 없지.

남자 또한 아이가 있는 모양이어서 각본은 누추해지고 불타는 사랑은 변두리 여관의 비닐 장판 위로 굴러갔다. 그는 눅눅한 팝콘을 질겅질겅 씹었다. 여자는 울기 시작했고 남자는 난감한 목소리로 허, 또 운다, 또 울어, 하고 말했다.

집에 가기 싫어요. 남편한테 너무 미안해요. 남편은 당신 같은 저질이 아니에요.

그는 여자의 남편에 대해 생각해보았다. 저질이 아닌 남편은 제 아내가 저질인 중년 남자 앞에서 울음을 터뜨리고 있으리라 상상이나 할 수 있을까?

생선회를 먹고 싶어요.

남자가 짜증을 내고 있었던 모양이었다. 주의 깊게 분석한 바, 여자의 대화 가운데는 남자가 다정하게 말할 때는 '싫어요'가 많았고, 남자가 짜증을 낼 때는 '싶어요'가 많았다. 그러니 지금 남자는 여자의 울음에 짜증을 내고 있는 게 틀림없었다. 아아, 다 그렇고 그런 사랑 이야기이다. 술기운이 얼큰하게 올라올수록 그는 칸막이 뒤에서 흘러나오는 드라마에 심드렁해졌다. 그들이 야반도주를 하든, 동반 자살을 하든 그게 대체 나와 무슨 상관이란 말인가. 지금 내 문제는 두 다리를 편히 뻗고 쉬어야 마땅할 시간에 허름한 술집에서 불륜의 사랑 타령이나 넋들으며 처량하게 홀짝홀짝 맥수잔을 비우고 있다는 사실이 아닌가. 그것도 단지 아파트 열쇠가 없다는 이유로!

용재…… 용재 때문이에요.

어느 대목에선가 여자가 이렇게 중얼거렸고 그는 술이 확 깨는 기분이었다. 용재는 바로 그의 아들 이름이었다.

그렇다면 저 여자가 바로 내 아내……? 그는 갑자기 드라마 속의 주인공들이 텔레비전 화면을 박차고 안방으로 뛰어나온 느낌이 들었고 모든 것이 와르르 무너지는 기분이었다. 바로 제 아내의 불륜 현장을 한 편의 드라마처럼 즐기고 있었다는 사실에 너무 어처구니가 없었고, 다음 순간에 자신이 어떻게 처신해야 좋을지 갈피를 잡을 수 없었다. 야, 이 개 같은 연놈들아, 다 듣고 있었어! 커튼으로 가려져 있는 작은 밀실로 왈칵 뛰어들 때 그들이 지을 표정이 너무나도 선명하게 떠올랐다. 아니다, 그렇게 심한 욕을 할 필요는 없을 것이다, 그는 생각했다. 그저 커튼을 살짝 열고 아내의 얼굴만 바라보면 된다. 모든 것을 다 알고 있으니 더 변명할 필요가 없어, 하는 표정으로 묵묵히 바라보고는 다시 커튼을 내려주고 돌아서기만 하면 된다. 아니, 지금 내가 무슨 생각을 하고 있는 거지? 그는 고개를 저었다.

춘천에는 가지 않겠어요. 저는 춘천이 싫어요.

여자가 말하고 있었다. 춘천? 그는 아내와 춘천을 연관시켜보려고 애썼지만 도무지 짐작조차 할 수 없었다. 저 여자는 어쩌면 내 아내가 아닐지도 모른다. 나는 지금 터무니없는 상상을 하고 있는 것이다. 그저 우연히 아들 이름이 같을 뿐이다. 용재가 그리 흔한 이름은 아니지만 그래도 용재라는 이름을 가진 아이는 한두 명이 아닐 것이다. 그는 맥주잔을 비웠다.

일찍 가봐야 해요. 오늘 남편이 현관 열쇠를 집에 놓고 갔어요.

그는 안면 근육이 마비되는 느낌이 들었다. 아니야, 저 여자의 남편도 오늘 우연히 열쇠를 집에 두고 갔을 거야. 열쇠를 놓고 출근을 하는 일은 아주 흔한 일이야. 그런 실수는 누구나 저지를 수 있는 일이지. 나 말고라도 말이야.

춘천에는 당신 혼자 가세요. 나는 춘천에 가지 않겠어요.

그는 춘천에 대해서 아무것도 알지 못했다. 중학교 때 친구들과 함께 청량리에서 경춘선 통일호 완행열차를 타고 꼭 한번 가본 적이 있기는 했으나, 차창 밖으로 줄곧 보이던 긴 강줄기만 생각날 뿐 정작 춘천에 대해서는 아무 기억도 남아 있지 않았다. 아내는 춘천과 어떤 상관이 있는가. 적어도 그가 알고 있기로는 아무 상관도 없었다. 그러나 대체 내가 아내에 대해 뭘 알고 있단 말인가.

밀실 안의 남녀는 이제 자리에서 일어나 나가는 기색이었다. 그들 남녀는 그가 앉아 있는 자리를 지나쳐 갔지만 그는 고개를 숙인 채 그들을 쳐다보지 않았다. 아니, 정직하게 말하면 도리어 그들과 눈길이 마주칠까 봐 두려워하고 있었다.

그는 술집을 나와 포장마차에서 다시 소주 한 병을 비웠다. 포장마차에서 나왔을 때는 이미 10시가 넘어 있었다. 걸음이 약간 허물어지는 느낌이 드는, 꼭 그만큼의 취기를 기분 좋게 즐기며 그는 다시 집으로 발걸음을 옮겼다. 아내의 불륜 현장을 목격했다는 사실은 술을 마시는 동안 그의 머릿속에서 아득하게 지워져 버렸다. 아내는 여느 때와 마찬가지로 아무 일도 없는 표정으로 그를 대할 것이었다. 당신, 춘천에 가지 않을래? 호수를 바라보며 생선회나 먹고 오자구, 이렇게 묻는다면 아내는 어떤 표정을 지을까? 그는 그 표정이 보고 싶어 심장이 오그라들 정도였다.

그는 계단을 오르며 만반의 준비를 다 해두었다. 중요한 것은 침착해지는 것이다. 태연히, 아무것도 모르는 것처럼, 피로와 응석이 적절히 섞인 여느 때와 다름없는 모습으로, 집에 들어서는 일이다. 그런데 그 순간 갑자기 아내에 대한 연민이 가슴속에 솟구쳤다. 밀실에서 훌쩍거리던 여자, 자신을 밀어내고 싶어 하는 남자에게 기대고 싶어 하던 여자……. 그러나 그게 대체 무슨 상관이란 말인가!

정신을 못 차릴 만큼 취한 것은 아니었으나, 취한 자만이 느낄 수 있는 자기 속에 잠기는 듯한 기분을 더 깊이 만끽하고 싶어 그는 일부러 여러 번 초인종을 눌렀다.

"누구세요?"

콜드크림으로 화장기를 지워내고 있었던지 온통 번들거리는 얼굴로 문을 연 여자는 그의 아내가 아니었다.

"어?"

그는 짐짓 당황했다. 이런 빌어먹을! 너무 취했군.

"죄, 죄송합니다. 제가 집을 잘못 찾았군요."

그는 한 발짝 물러섰다. 여자는 그를 힐끗 쳐다보고는 쿵소리 나게 문을 닫았다. 그러나 그가 정작 당황한 것은 콜드크림으로 번쩍거리는 여자 얼굴이 집 안으로 사라진 바로 다음이었다. 아파트 철문에 붙은 '306' 딱지는 어김없이 그의 집 호수를 가리키고 있었기 때문이었다.

우리 집이 306호가 아니었나? 그는 정신을 추스르려 애썼다. 술 한잔 하고 돌아온 사이에 아내가 이사를 갔다고는 도저히 상상할 수 없었으므로, 그는 결국 자신이 뭔가 착각하고 있다고 생각할 수밖에 없었다. 그러나 한집에서 5년쯤 살자면 몇 호냐를 따질 문제는 아니었다. 눈앞에 검은 안개가 낄

만큼 엉망으로 취해도 꼬박꼬박 집을 찾아갈 수 있는 까닭
은 문에 걸어놓은 야쿠르트 주머니, 아이들이 계단을 올라가
며 그어놓은 낙서 한 줄, 심지어 벽에 긁은 못 자국마저 감각
에 익어버리기 때문인 것이다. 문 앞의 모든 풍경은 완벽하게
그의 집임을 증명하고 있었고, 더구나 층계참에는 아까 본 시
꺼먼 왕거미까지도 그대로 버티고 있었다. 내가 취해서 꿈을
꾸고 있나? 그러나 아무리 생각을 가다듬어봐도 그곳은 그의
집일 수밖에 없었다.

어쩔 수 없이 그는 다시 초인종을 눌렀다. 여자는 얼굴 가
득 짜증스러움을 담고 문을 열었다.

"밤늦게 대단히 죄송합니다만……."

그는 다음 말이 언뜻 떠오르지 않아 "여기가 417동 306호,
권용재네 집 아닙니까?"하고 마치 남의 집을 찾아온 사람인
척 물었다. 여자는 딱 잘라 말했다.

"주소는 맞는데, 그런 사람은 없어요."

"권영남 씨 댁이 아닙니까?"

어이없는 질문이었지만, 여기가 저희 집이 아닙니까, 하고
묻는 것보다는 나았다.

"아니에요."

그는 여자의 어깨 너머로 재빨리 집 안을 살폈다. 여자가
금세 문을 닫을 기세여서 그는 부리나케 지갑 속에서 명함을
한 장 꺼내 들이밀었다.

"이것 좀 보세요. 분명 권영남 씨 주소와 같잖아요?"

"글쎄, 주소는 맞네요. 하지만 여기는 그런 사람이 없어요.
저는 여기서 벌써 오 년째 살고 있는걸요."

"그럴 리가 없는데요."

"명함을 잘못 인쇄했나 보죠. 좀 더 자세히 알아보세요."

여자는 권영남이라는 사람의 실수로 간단히 돌려버렸지만
바로 권영남 본인인 그로서는 결코 간단히 돌릴 수 없는 문제
였다. 더구나 그 명함은 그가 영업부 대리로 승진할 무렵 만
들어 여태까지 아무 탈 없이 써온 것이었다.

"죄송하지만…… 집 안을 좀 들여다보면 안 될까요?"

그 말에 여자는 노골적으로 짜증을 내었다.

"집 안은 왜요?"

"이 집은 분명……."

저희 집인데요, 하는 소리는 차마 나오지 않았다. 여자는

집주인다운 당당한 태도를 지니고 있었으므로 그는 자신이 착각했을 가능성을 완전히 배제할 수는 없었다. 게다가 그는 지금 술에 취해 있는 상태였다. 그는 난감했다.

"아닙니다. 제가, 제가 좀 더 알아보도록 하죠."

문이 닫혔고 자물쇠를 한 개, 두 개, 세 개, 걸어 잠그는 소리가 들렸다.

지금 거신 전화는 결번이거나 없는 국번이오니, 다시 확인하고 걸어주시기 바랍니다. 전화기에서는 아내의 목소리 대신 녹음된 안내원의 목소리만 거듭 흘러나왔다.

술은 완전히 깨었지만 그는 술 취한 것 이상으로 갈피를 잡을 수 없었다. 그가 믿고 있던 상식들이 어긋나며 그를 집 밖으로 내쫓고 있었다. 그러나 그는 아파트 단지 어딘가에 그의 집, 그의 아내, 그의 아들이 있으리라는 사실을 쉽사리 포기할 수는 없었다. 그는 상가 앞 공중전화 박스에 망연자실 서서 생각을 추스르려 애썼으나 어떤 추리로도 자기 집에 다른 여자가 집주인처럼 당당한 태도로 살고 있는 상황을 설명해

낼 수 없었다. 그는 퇴근 직전, 그러니까 대략 5시 30분쯤 아내와 통화를 했다. 그때 아내가 뭐라고 말했지? 아마, 저녁 식사 안 하고 올 거죠, 하고 물었을 것이다. 그런데 퇴근하고 돌아오니 그의 집이 사라져 버린 것이다.

그는 놀이터 의자에 앉아 그날 하루 동안에 일어난 상황들을 차근차근 정리해보았다. 아침 출근길에 열쇠 꾸러미를 신발장 위에 놓고 갔다. 그리고 퇴근 직전에 아내에게 전화를 걸어 집을 비우지 말라고 당부했다. 그런데 집에 와보니 아내는 집을 비우고 없었다. 그리고 상가 건물 2층에 있는 허름한 술집에서 우연히 아내의 불륜 현장을 목격하게 되었다. 그들이 그가 뒷자리에 앉아 대화를 엿듣고 있다는 사실을 알았는지 몰랐는지는 불확실하다. 어쩌면 아내가 문을 나서다가 힐끗 고개를 돌려 그를 보았는지도 모르는 일이다. 어쨌거나 그가 돌아와 보니 집에는 아내가 아닌 엉뚱한 여자가 살고 있었다. 그는 열쇠가 없었다. 열쇠는 집에 있고 아내는 그에게 열쇠가 없다는 사실을 알고 있다……. 복잡하기는 하지만 뭔가 의혹스러운 구석이 적지 않았다. 여기에는 뭔가 음모가 있다. 그를 집에서 내쫓으려는 음모가 일어나고 있는 것이다. 그는 다시 집을 향해 뛰었다.

"누구세요?"

여자의 목소리에는 찐득찐득한 짜증이 섞여 있었다.

"문 여쇼! 빨리 문 열어!"

아파트 문짝에 달린 어안렌즈가 잠시 어두워졌다. 안에 있는 여자가 눈구멍을 통해 밖을 내다보고 있는 게 틀림없었다. 그는 입사 면접시험을 볼 때처럼 바짝 긴장했다.

"아니, 여기 그런 사람 없다니까 왜 자꾸 그래요?"

그러나 호락호락 물러설 수는 없었다. 그는 악을 쓰며 외쳤다.

"이봐요. 당신 도대체 누구요? 왜 남의 집에 들어가서 주인 행세를 하고 있는 거요. 어서 문 열어요!"

"어머머, 별일이야. 취했으면 고이 집에 들어가서 잠이나 잘 일이지 어디 와서 행패야!"

"내 집이 여긴데 어디 가서 잠을 자란 말야!"

"아까는 집 찾는다고 하더니 이제 자기 집이라고? 경찰서에 신고하기 전에 썩 사라지지 못해요!"

여자는 조금도 지지 않고 맞섰다.

"경찰을 부른다고? 흥, 어서 불러보시지. 그건 오히려 내가 할 소리야."

그는 법과 경찰을 그리 신뢰하는 편은 아니지만 이런 상황에서라면 경찰의 도움이라도 받아야 했다. 여자 목소리는 더 들리지 않았고 그는 더욱 불안한 생각이 들었다. 그들이 또 다른 음모를 꾸미도록 내버려 둘 수는 없었다. 그는 마구 문을 두드렸다.

"문 열어! 당신이 뭔데 남의 집에 들어가 있는 거야!"

그가 문을 두드리거나 말거나 집 안에서는 아무 기척도 들리지 않았다. 혼자 외로이 말버둥 치나 그는 그만 맥이 빠졌다. 소란이 심해지자 위아래 층에 사는 사람들이 문을 열고 내다보았다. 모두 모르는 얼굴들뿐이었다. 층계를 오르내리다 낯을 익힌 사람도 몇 명 있을 법했지만 뚜렷이 기억해낼 수는 없었다. 그가 소란을 피울수록 이웃들은 그의 심정을 헤아려 주기는커녕 도리어 짜증을 내었다. 심지어 아래층에 사는 남자는 파자마 바람으로 나와서 버럭 소리까지 질렀다.

"이봐, 당신! 한밤중에 왜 소란을 피워? 이 아파트에 혼자 사는 거야? 그만한 상식도 없어?"

그는 마침 잘되었다 싶어 그 이웃 사내에게 하소연을 했다.

"아저씨, 그게 아니라 사실은 여기가 제집인데…….

"제집이고 개집이고, 당신 문제는 당신 집에서 해결해야지 왜 이웃에 피해를 주는 거요."

"집에 강도가 들었어요."

그는 아무렇게나 말해버렸다.

"강도?"

이웃 사내는 흠칫 놀라더니, 멈칫멈칫 중얼거렸다.

"어쨌든 조용히 해요!"

이웃 사내는 문을 닫고 쏙 들어가 버렸다. 조런, 망할 자식! 그는 아래층 문짝에 대고 욕을 퍼부었다. 잠시 뒤에 이웃 사내가 다시 문을 빠끔 열고 나왔다.

"강도가 든 게 사실이오? 그걸 어찌 알았소?"

"여기는 내 집이란 말입니다!"

이웃 사내는 잠시 머뭇거리다가 말했다.

"그럼 내가 경찰에 신고를 하리다."

그는 다시 자기 집으로 들어가 버렸다. 집에 강도가 들었다는 말을 들었기 때문인지 주민들은 아무도 얼굴을 내밀지 않았다. 그는 그들이 저마다 문짝에 달린 어안렌즈에 눈을 바짝 댄 채 이 사태를 바라보고 있을 게 틀림없다고 생각했다. 그 시선들이 너무 징글맞게 느껴져 그는 오소소 소름이 돋을 지경이었다.

그는 계단에 털썩 주저앉아 거미줄 한복판에 있는 왕거미를 바라보았다. 그놈은, 이 불쌍한 중생아, 하며 그를 비웃고 있는 듯이 보였다. 거미줄에는 접착성이 있는 줄과 없는 줄이 있는데, 너는 그것조차 구분하지 못하여 너 스스로 짠 줄에 너 스스로 걸려들고 만 거야. 이제 그 줄은 네 몸을 휘감을 것이며 네 목을 조를 테지. 우리 거미들은 제코 세가 싼 줄에 제가 걸려드는 법은 없지. 아무리 노망이 들어도 그 정도는 구분할 줄 알지. 흐흐흐, 이 가련한 중생아! 그는 고개를 숙이고 가슴속에 저미는 슬픔을 굳이 밀어내지 않았다. 아무것도, 정말로 믿을 만한 것은 아무것도 없는 것이다.

얼마쯤 지났을까. 사이렌 소리가 울리고 빨간 불빛이 계단 창문에 어지럽게 어른거렸다. 경찰차는 마치 범인에게 도망갈 시간 여유라도 주겠다는 듯 요란스럽게 도착했지만, 그는 범

인이 아니었으므로 도망가지 않았다. 이내 쿵쿵거리는 구둣
발 소리와 함께 정복 차림의 경찰관 한 명이 계단을 올라왔
다. 경찰관은 그를 힐끗 쳐다보며 물었다.

"당신이 소란을 피운 사람이요?"

경찰관은 이웃 사내의 신고를 받고 온 게 아니라 집 안에
있는 여자의 신고를 받고 온 모양이었다. 그는 일순 혼란스러
워졌다.

"아, 아니요. 나는 내 집에 들어가려 했을 뿐입니다."

"여기가 당신 집이란 말이요?"

"그렇습니다."

경찰관은 아파트 초인종을 눌렀다.

"신고받고 왔습니다. 아까 신고하셨지요?"

여자가 문을 빠끔 열고 내다보았다. 그는 재빨리 안을 들
여다보려 했지만 문짝에 가려 제대로 보이지 않았다.

"저 사람이 아까부터 문을 두드리며 횡설수설하잖아요."

여자는 고자질하듯 경찰관한테 말했다. 불리한 쪽은 아무
래도 집 밖에 있는 사람이었다. 아니나 다를까 경찰관은 말투
부터 싹 달라졌다.

"당신 술 마셨어?"

그가 대꾸하기에 앞서 여자가 말했다.

"술 냄새가 풀풀 나더라고요."

"술은 마셨지만 취하지는 않았어요. 여기는 분명 내 집이란 말입니다."

"저것 보세요. 아까는 집을 찾는다고 하더니……."

"그건……."

경찰관은 이미 판결이 났다는 듯 고개를 끄덕였다.

"이 양반 멀쩡하게 차려입고 왜 남의 집에 와서 시비야. 유치장에 못 가서 안달 나는 일 있어?"

"함부로 말하지 마쇼. 내가 할 일이 없어서 남의 집 문이나 두드리고 있겠소?"

그가 정색을 하고 말하자 경찰관은 골치 아프다는 듯 얼굴을 찌푸렸다.

"주민등록증 좀 봅시다."

그는 순순히 주민등록증을 꺼내 내밀었다.

"아니, 주소도 여기가 아니면서 뭘 그래?"

"사정이 있어서 주민등록 주소가 다를 뿐이지 나는 분명히

이 집에 삽니다."

그러나 그는 아파트 청약 문제 때문에 주민등록을 옮겼다는 말은 차마 하지 못했다. 말하자면 지역 주민 우선권을 따내기 위해 아파트 건설 예정 지역에 위장 전입을 했던 것이다. 아내의 강권에 못 이겨 한 일인데, 이제 그것조차 음모의 한 부분이려니 싶었다. 어쨌든 그는 형편없이 불리한 입장에 있었다. 경찰관은 이제 마치 범인을 다루는 말투로 말했다.

"당신 도대체 뭐 하는 사람이야?"

"자, 여기 명함이 있지 않소."

"대신산업 영업 과장? 직장도 번듯하구먼. 그런 양반이 뭣 땜에 남의 집에 와서 시비야?"

"남의 집이라니! 명함에 적힌 집 주소를 보슈."

경찰관은 딱하다는 듯 허, 웃었다.

"명함에 찍힌 주소 하나로 여기가 당신 집이라 우기는 거요?"

그는 답답했다. 더 이상 얘기를 해도 결말이 나지 않을 게 뻔했다.

"좋습니다. 그럼 집 안을 잠깐만 보여주십시오. 만일 내가 착각한 거라면 정식으로 사과하고 물러나리다."

경찰관은 문간에 서 있는 여자한테 그렇게 하도록 해보자고 권했고, 여자도 순순히 현관문을 터주었다.

그러나 집 안에 발을 들여놓는 순간 그는 뜨악하지 않을 수 없었다. 그곳은 분명 그의 집이 아니었다. 가구며 벽지며 장식품이며 커튼이며 모든 것이 딴판이었다. 집 안은 오랫동안 살며 가꾸어온 티가 역력했고, 그건 때 묻은 벽지만 보아도 쉽게 알 수 있었다. 더구나 안방 문 앞에 오도카니 서 있는 사내아이를 본 순간, 그는 더는 아무것도 수상할 수가 없었다. 그 아이는, 호기심 어린 눈으로 그를 빤히 쳐다보고 있는 그 아이는, 그의 아들 용재가 아니었던 것이다. 그는 말했다.

"죄송합니다. 분명 저희 집이 아니군요. 제가 뭔가 착각한 모양입니다. 죄송합니다."

경찰차가 떠나는 모습을 그는 현관 앞에 서서 멍하니 바라보고 있었다. 경찰관은 또 한 번 소란을 피우면 용서하지 않겠다며 엄포까지 놓고 갔다. 나는 아무 잘못도 하지 않았어. 그는 슬프게 중얼거렸다.

아파트 단지를 서성거리다 그는 문득 걸음을 멈추고 놀이
터를 바라보았다. 그네가 바람에 밀려 삐걱삐걱 움직이고 있
었다. 일요일마다 아이를 태워주던 그네였다. 용재는 그가 그
네를 밀 때마다, 아빠, 그러지 마, 무서워, 하면서도 깔깔거리
며 웃곤 했다. 그러나 이제는 그 웃음소리마저도 어떤 치밀한
음모의 일부인 양 느껴졌다. 아내는 아들 용재를 데리고 감쪽
같이 사라져 버렸다.

춘천에는 가지 않겠어요.

그는 문득 여자의 목소리를 떠올렸다. 그 여자는 춘천에 가
지 않겠다고 여러 번 말했다. 무엇 때문에 그렇게 여러 번씩이
나 말할 필요가 있었을까. 그것은 결국 춘천을 향해 내달리는
마음을 꺾기 위한 다짐이 아니었을까. 아내는 춘천에 간 것일
까. 그는 고개를 흔들었다. 그렇다면 그의 집을 차지하고 있
는 저 여자는 대체 뭐란 말인가!

혹시⋯⋯. 그는 다시 발걸음을 돌렸다. 아파트 현관에 다다
랐다. 현관 형광등은 여전히 거무죽죽한 불빛을 뿌리고 있었
고, 입구에 들어설 때 느껴지는 끈적끈적한 불쾌감도 여전했
다. 우편함 밑바닥에는 여전히 하얀 종이 한 장이 들어 있었

다. 그는 세발자전거들을 헤치고 들어가 우편함에 손을 집어 넣었다. 가운뎃손가락 끝만 겨우 종이에 닿았다. 손을 억지로 쑤셔 넣는 바람에 손등이 긁혀 피가 나기는 했지만, 가까스로 그는 종이를 꺼낼 수 있었다. 그것은 전화 요금 납부 청구서였다. 그는 재빨리 라이터를 켜 납부자 이름을 확인하였다. 권영남!

역시……. 그는 어느 정도 위안을 얻었지만, 여자에게 청구서를 보여주며 그 집이 그가 전화요금을 내는 자신의 집임을 주장하고 싶지는 않았다. 그런 종이쪽지 따위는 아무런 의미도 없었다. 경찰관 입회 아래 직접 눈으로 확인해보았듯 그 집에는 그의 가족이, 그의 가정이 있었던 흔적조차 없었던 것이다. 그는 애써 꺼낸 전화 요금 청구서를 다시 우편함에 밀어 넣고는 성큼성큼 계단을 올랐다.

그는 정중하고 조심스럽게 초인종을 눌렀다. 안에서 신경질적인 여자 목소리가 들렸다.

"죄송합니다. 폐를 끼치려는 것은 아니고, 마지막으로 꼭 좀 드리고 갈 말씀이 있어서 그렇습니다."

곧이어 얼굴을 잔뜩 찌푸린 여자가 문을 열어주었다.

"그렇게 혼나고 아직도 할 말이 있어요?"

"죄송합니다. 폐를 끼쳐서 죄송합니다."

그는 여자의 얼굴을 빤히 쳐다보았다. 마지막으로 확인하고 싶었던 것은 바로 그 여자의 얼굴이었다. 혹시 그 여자가 내 아내가 아닐까, 놀이터를 지날 때 그는 문득 그런 의심이 들었던 것이다. 그는 아내의 모습을 떠올리려고 애썼지만, 아무 생각도 나지 않았다. 혀로 핥듯 샅샅이 훑어보는 시선에 당황스러웠던지, 여자는 짜증스럽게 다그쳤다.

"하겠다는 말이 대체 뭐예요?"

그는 어깨를 잔뜩 움츠리며 머뭇거렸다. 그는 무엇이든 물어볼 수 있었다. 혹시 남편께서 오늘 아침 출근할 때 신발장 위에 열쇠 꾸러미를 놓고 가지는 않았는지요, 하고 물을 수도 있었고, 아드님 왼쪽 어깨에 작은 사마귀가 있지 않은가요, 하고 물을 수도 있었고, 결혼기념일이 11월 16일 아닌가요, 하고 물을 수도 있었다. 그러나 그는 아무것도 묻지 못했다. 이 여자는 내 아내가 아니구나, 이미 단정해버렸던 것이다. 그는 기어들어 가는 목소리로 조그맣게 중얼거렸다.

"죄송합니다. 죄송하다는 말씀을 꼭 좀 드려야겠다고 생각했습니다.”

“알았으면 됐어요!”

여자는 쾅 소리 나게 문을 닫고 들어가 버렸다. 어두컴컴한 복도에서 그는 철문 위에 박힌 ‘306’ 딱지를 한참 동안이나 멍하니 바라보다가 돌아섰다.

그러나 그는 어디로도 갈 곳이 없었다.

그는 층계참 천장에 걸려 있는 거미줄을 붉끄러미 바라보았다. 왕거미는 없고 거미줄만 덩그러니 남아 있었다. 그는 구두를 벗고 거미줄로 올라갔다. 거미줄은 보기와는 달리 매우 아늑했고, 알맞게 데워진 욕탕에 들어갔을 때처럼 온몸이 나른해지는 느낌이었다. 거미줄 한복판에 자리를 잡고 앉자 가물가물 졸음이 쏟아졌다.

그때 아파트 초인종 소리가 들렸다. 피곤한 몰골의 사내가 아파트 초인종을 누르고 있었다. 잠시 뒤 여자가 나와 투정 섞인 목소리로 사내를 맞았다.

왜 이렇게 늦게 오세요. 얼마나 무서웠는지 알아요? 웬 주정뱅이 녀석이 찾아와서는 시끄럽게 굴잖아요.

사내도 투덜거렸다.

젠장, 도대체 어딜 갔다 온 거야! 열쇠가 없다고 아까 전화까지 했잖아.

현관문이 쿵 닫혔다. 자물쇠를 한 개, 두 개, 세 개, 걸어 잠그는 소리가 들렸고, 부부의 대화도 더는 들리지 않았다. 그는 굳게 닫힌 철문을 내려다보며 씁쓸하게 웃었다. 아아, 오늘 하루는 정말 피곤했어. 그는 여덟 개의 다리로 거미줄을 단단히 붙잡은 채 잠을 청했다.

(1992)

희망

인생은 까닭 없이 분주하게 살다가 어느 순간 갑자기

시립 공원 어귀로 떠밀려 와 자신의 시체를 감쌀 수의나

만지작거리고 있는 음울한 과정일 뿐인가. 아아, 많이 배운

그 누구든 입이 있으면 말해보라, 이것이 정말 정당한 일인가.

"거참, 이상한 일이야. 꿈에서 말이야……."

권동구 씨는 밀가루 반죽을 하는 마누라의 등에 대고 이렇게 중얼거렸다. 밀가루를 휘저을 때마다 땅딸한 몸이 들썩거렸다. 권동구 씨가 말을 걸자, 몸짓은 더욱 커졌고 마침내는 펑퍼짐한 엉덩짝까지 들먹거리기 시작했다. 그건 이만큼 바쁘니 더 이상 말시키지 말라는 표시와도 같았다. 권동구 씨는 문득 마누라의 등짝을 발길로 내질러 버리고 싶은 유혹을 느꼈다.

그러나 그는 쩝쩝 입맛을 나시며 일어나 재떨이로 쓰는 이 빠진 그릇에서 담배꽁초를 뒤졌다. 재떨이에는 아직 쓸 만한 꽁초가 두어 개 있었다. 권동구 씨는 장롱 밑에서 큰아들 갑수부터 막내딸 정미까지 사용하던 영어 사전을 꺼내 한 장을 찬찬히 뜯었다. 얇은 영어 사전 종이는 담배 말기에 안성맞춤이었다. 꽁초에서 뽑은 담뱃가루를 꽁꽁 다져 넣고, 종이를 도르르 말아 침으로 마무리한 다음 입에 물었다. 권동구 씨는 기분 좋게 연기를 뿜었다.

"거참 그곳이 어딘지만 알면 틀림없는데 말이야."

원래 듣지 않으려고 하면 더욱 잘 들리는 법이다. 마누라는 분명 그의 말을 듣고 있을 것이다. 아니나 다를까, 마누라는 눈에 거치적거리는 머리카락을 팔뚝으로 걷어올리며 한숨을 쉬었다. 그 바람에 마누라 머리카락에 밀가루가 묻었다.

"이번에는 또 무슨 꿈이에요."

마누라는 퉁명스레 말했다. 어느 순간부터 마누라는 남편의 경제적 무능을 노골적으로 깔보기 시작했지만, 그래도 구들장지기인 권동구 씨에겐 마누라가 거의 유일한 말벗이었다. 그래서 권동구 씨는 늘 마누라가 장사를 끝내고 오기만 기다렸다. 이것을 잘 아는 마누라는 아직까지는 남편에 대한 연민을 가지고 있다. 무릇 늙은 부부의 마지막 사랑 형태는 연민인 법.

마누라가 대꾸는 해주었지만, 한꺼번에 너무 많은 얘기를 하면 대화가 오래 못 간다. 권동구 씨는 말을 아끼는 편이었다.

"일전에도 죽은 할매가 동전 묻힌 곳을 가르쳐주지 않았남."

"이번에는 금 항아리 묻힌 곳이라도 일러줍디까?"

"그거야 모르지. 뭐가 묻혔는지는 땅을 파봐야 알지."

"하루 종일 낮잠이나 자니까 쓸데없는 개꿈이나 꾸지."

경제적 능력의 상실은 곧 모든 권위를 잃게 한다. 권동구 씨는 이제 마누라의 퉁명에 마음 상하는 일은 없다. 모든 습관은 새로 만들어지고, 새로 만들어진 습관이라도 나름대로 아늑함이 있는 법이다. 권동구 씨는 마누라의 퉁명이 때로 정겹기도 했다.

"정 할 일이 없으면 사람들이라도 만나러 다니든지……. 누가 알우? 일거리가 생길는지."

권동구 씨의 마누라 정복향 씨에겐 꿈보다 코앞의 살림이 더 중요했다. 권동구 씨는 아직 꿈 얘기가 남아 있고, 그 얘기를 더 하고 싶다. 그러나 정복향 씨는 혼잣말을 하듯, 말을 계속 이어나갔다.

"입에 맞는 떡이 있답디까. 남들은 환갑 나이에도 공사판에 나가던데. 하기야 공사판 나갈 위인이었다면 마누라 호떡장사 시키겠나만. 당신은 그 알량한 자존심 때문에……."

정복향 씨의 반죽은 더 거칠어졌다. 권동구 씨는 마누라 머리를 밀가루 반죽 속에 처박아 주고 싶은 생각이 굴뚝같았지만, 그랬다가는 꿈 얘기를 못 하게 될 뿐 아니라 며칠 동안 냉전 상태로 심심하게 지내야 한다. 권동구 씨는 꿈 얘기를 우격다짐으로 밀고 나가기로 했다.

"너럭바위 밑이라…… 글쎄, 어떻게 보면 주춧돌 같기도 하고……."

정복향 씨는 입을 다물었다. 밀가루 반죽은 밤 동안 아랫목에 불려놓았다가 아침에 가지고 나가야 했다. 밤늦게 돌아와서 반죽까지 하고 앉아 있으려면 정말 피곤했다. 반죽 정도는 하루 종일 빈둥거리는 남편이 맡아 해놓으면 좋으련만, 두어 차례 반죽을 망친 전과가 있고부터는 안심하고 맡기지를 못한다. 정말 재주가 없어 망친 건지 고의로 망친 건지는 모르지만, 어쨌든 한번 망치면 적잖은 밀가루를 손해 보게 되었다.

"약수터 부근에 너럭바위가 하나 있기는 한데, 그 밑을 파 보라는 건가? 죽은 할매가 나를 늘 가엾게 생각하기는 했는데……."

마침내 정복향 씨는 손에 묻은 밀가루 덩이를 반죽 위에 찰싹 뿌리며 고함을 쳤다.

"제발 그놈의 꿈 얘기 좀 집어치워요!"

권동구 씨는 고함 소리에 깜짝 놀랐다. 이쯤 되면 꿈 얘기는 포기하는 수밖에 없다.

"아니, 이 여편네가 누구한테 큰소리야!"

막상 맞받아 고함을 치기는 했지만, 권동구 씨는 눈이 둥그래져 마누라를 마주 쳐다봤을 뿐이었다.

여자를 처음 만날 때는 남자 쪽이 말을 많이 한다. 두어 번쯤 만날 때까지는 그렇다. 그러다가 대여섯 번쯤 만나면 남자와 여자는 서로 상대방의 말꼬리를 잡거나 비꼬기도 하게 된다. 그만큼 친숙해졌다는 뜻이다. 여자가 상대방 남자를 연인으로 생각하기 시작하면 그때는 오히려 여자 쪽이 말을 많이 하게 되며, 남자는 '응, 그래, 그렇지 뭐' 식으로 수용하는 입장이 되어버린다.

갑수와 은희는 네 번째 만났다. 음악다방에 은희와 마주앉아 있는 갑수는 답답함을 느꼈다. 뭔가 대화를 해야 하는데 할 말이 별로 없었다.

"은희 씨는 종교가 있나요?"

갑수가 고작 생각해낸 대화가 이 정도였다.

"네?"

은희는 번번이 반문하곤 했다. 그건 묻는 말을 못 들었기

때문이라기보다 답변을 생각할 시간 여유를 얻기 위해서인 듯
보였다. 갑수는 침착하게 다시 물어봤다.

"종교가 있냐구요."

"어릴 때는 교회를 다녔지만 지금은 안 다녀요."

은희는 픽 웃었다. 은희 얼굴을 바라보며 갑수는 갑자기 스
스로가 딱한 생각이 들었다. 까무잡잡하고 거친 살갗, 개 앞
발처럼 길쭉하면서도 납작한 코, 웃을 때마다 드러나는 잇몸,
은희 얼굴은 별다른 매력이라곤 없다. 굳이 매력을 찾자면 까
맣고 큰 눈동자뿐일 것이다. 갑수는 은희와 주로 토요일에 만
났는데, 그건 집에 일찍 들어가기 싫어서일 뿐 딱히 은희가
보고 싶기 때문은 아니었다. 갑수는 은희와 만나서 대화를 이
끌어가야 하는 일에 적잖은 부담감을 느꼈다. 갑수는 심드렁
하게 물었다.

"왜요?"

"일요일엔 할 일이 아주 많거든요."

"무슨 일이요?"

"잠자는 일이요."

은희는 입을 가리고 쿡쿡 웃었다. 갑수도 그 말에 피식, 웃음

을 터뜨렸다. 코와 입을 가리면 은희는 그런대로 예뻐 보였다.

"하느님이 있다고 생각해요?"

"네?"

"하느님이 있다고 생각하느냐구요."

은희는 잠시 생각했다. 갑수는 자신이 대화를 억지로 이끌어가고 있다는 느낌을 주지 않을까 염려하여 호들갑스럽게 덧붙였다.

"어릴 때 교회에 나간 적이 있었거든요. 처음 교회에 나가면 선물을 준다기에 친구를 따라갔는데 연필을 두 자루 주잖아요? 그 재미에 일요일마다 동네에 있는 교회란 교회는 죄다 순방을 했죠. 나중에는 먼 동네에 있는 교회에 원정까지 갔어요. 그땐 정말 하느님이 있을까 봐 걱정했어요. 목사님이 기도를 하라고 할 때는 하느님이 내가 하는 짓을 알고 벌을 주지 않을까 눈을 뜨고 했다니까요."

은희는 또 입을 가리고 쿡쿡 웃었다. 자기 말을 귀 기울여 들어주는 사람이 있다는 건 기쁜 일이다. 갑수는 은희가 귀엽다고 생각했다.

"하지만 지금은 하느님이 있다는 생각은 안 들어요."

"왜요?"

은희는 빤히 쳐다봤다. 갑수는 마땅한 대답이 떠오르지 않았다. 사실 하느님이 없으리란 생각부터가 지금 막 떠오른 것이기 때문이었다.

"만일 하느님이 있다면 생활이 즐거워야 할 텐데, 별로 그렇지 않거든요. 하느님이 날 무시하고 있거나, 없거나 둘 중 하나일 테죠."

"저런, 생활이 즐겁지 않으세요?"

은희는 자못 안타까운 표정으로 갑수를 바라보았다. 의도한 것은 아니었는데 막상 은희한테서 위로의 눈길을 받자 갑수는 가슴이 찌릿해졌다.

"은희 씨는 생활이 즐거우세요?"

"그저 그렇죠, 뭐."

갑수는 문득 은희를 안고 싶다는 생각을 했고, 이내 그런 생각을 하는 자신이 추악하게 느껴졌다. 찻집 안에 흐르고 있는 음악은 졸렸고, 갑수는 하품이 나오려 했으나 억지로 참았다. 어젯밤 야근을 하고 제대로 잠을 자지 못했던 탓이다.

"저희 아버지는 하느님은 믿지 않지만, 대신에 할머님은 믿죠."

"네?"

이번엔 진짜 못 알아들은 모양이다.

"돌아가신 할머니가 꿈에 나타나서 자꾸 땅을 파보라고 한다는 거예요. 얼마 전에는 집 뒷골목에서 엽전을 캐내기도 했다니까요. 요즘 저희 아버지는 완전히 꿈에 도취되어 있어요."

은희의 눈이 동그래졌다. 갑수는 은희에게 아버지의 꿈 이야기를 꺼낸 것이 잘한 일인지 못한 일인지 잠시 계산해봤다. 실업자 아버지가 하루 종일 낮잠을 자며 꾸는 꿈 이야기는 그리 유쾌한 화젯거리가 아니었다. 그러나 은희는 호기심이 동하는 모양이었다.

"저도 그런 얘기 들은 적이 있어요. 저희 이모할머니도 그런 꿈을 꾸고 땅에서 엽전을 파내곤 했대요. 동네 사람들은 신이 들렸다고 그랬는데, 결국 그 할머니는 무당이 되고 말았죠. 신이 들리면 그런 꿈을 자주 꾼다고 하던데……."

은희는 모처럼 장황하게 이야기를 하였다. 갑수는 은희가 뜻밖에 말을 많이 하자, 조금 부담감에서 풀려나는 느낌을 받았다. 어쩌면 은희는 워낙 말이 많은 여자인지도 모른다. 다

만 갑수와 만난 지 얼마 되지 않기 때문에 얌전을 빼고 있는
지도 몰랐다. 은희의 이모할머니는 무당이구나, 갑수는 은희
에 대한 새로운 정보 하나를 얻었다. 남자와 여자는 이런 식
으로 가까워지는 것일까.

"그럼, 우리 아버지도 무당이 될까요?"

"설마, 남자가……."

"왜요? 남자 무당도 없으란 법은 없잖아요."

"꿈 몇 번 꾸었다고 다 무당이 된다면 세상에 무당 안 될
사람이 하나도 없겠네요."

갑수와 은희의 대화는 바야흐로 말꼬리가 연결되기 시작
했다. 갑수와 은희는 즐겁게 킥킥거리며 웃었다. 갑수는 집에
서 늙은 개처럼 어슬렁거리는 아버지가 은희와의 대화 속에
서 뜻밖에 신선하게 살아나는 것이 내심 감탄스러웠다. 아버
지는 방직공장 반장 시절에 그 공장 여공이었던 어머니를 만
나 동거를 시작했다. 지금 눈앞에서 잇몸을 드러내고 웃는 저
여자가 나중에 내 아내가 되는 것일까? 살림을 하고, 애를 낳
고, 어머니처럼 뚱뚱해지기 시작하는 것일까? 갑수는 어머니
와 은희를 연결시켜보다가 말았다. 그런 생각은 연애에 장애

만 될 뿐이다.

공장 기숙사에서 지내는 정미는 보통 토요일 저녁 무렵에
집에 왔고, 토요일 야근이 있는 날은 일요일 새벽에 들어왔
다. 권동구 씨는 아침을 먹고 있는 막내딸을 바라보며 오랜만
에 아버지의 권위를 세울 때라고 판단했다.

"너 요즘 회사에서 쓸데없는 짓하고 다니는 거 아니냐?"

권동구 씨는 슬그머니 운을 뗐다. 정미는 오물오물 밥알을
씹으며 시큰둥하게 되물었다.

"왜요?"

실업자가 된 뒤부터는 자식들조차 아버지를 업신여기는 느
낌이 들었다. 자식들은 아버지와는 거의 대화를 나누지 않았
고, 마지못해 하는 대꾸도 늘 시큰둥했다. 그러나 경제적인
지위는 잃었더라도 가장으로서 마땅히 해야 할 일이 있는 법
이다. 정미네 회사에서 보낸 편지는 가장인 권동구 씨가 마땅
히 훈계하고 넘어가야 할 일이다. 권동구 씨는 그런 일이 자
못 즐겁게 느껴졌다. 권동구 씨는 해쓱한 딸의 모습을 바라보

며 말을 아꼈다. 아침이나 다 먹고 난 다음에 꾸중을 해도 늦지는 않지. 권동구 씨는 정미의 "왜요?"라는 물음에 입을 다물고 있지만, 정미는 관심도 없다는 듯 더 이상·캐묻지 않았다. 권동구 씨는 딸에게 훈계해야 할 말들을 머릿속에서 한참 동안 궁리하고 또 궁리했다. 그러다 정미가 다 먹은 밥상을 들고 부엌으로 나가버렸다. 권동구 씨는 딸이 아버지를 무시하고 있는 느낌이 들어 약간 부아가 났다. 그러나 딸은 밥상을 치우고 건넌방으로 들어갈 기세여서 다시 먼저 말을 꺼내지 않을 수 없었다.

"잠깐 이리 들어오너라."

권동구 씨는 애써 권위를 담아 말하려 했지만, 스스로 생각하기에도 권위가 살아나지 않았다. 정미는 부엌에서 한참 동안 미적거리다가 들어왔는데, 그 미적거리는 여유가 애비의 알량한 권위마저 압도해버리겠다는 듯이 여겨져, 권동구 씨는 더욱 부아가 치밀었다. 정미는 문가에 날름 앉아 아버지를 빤히 바라보며 다시 물었다.

"왜요?"

그런 태도도 못마땅했으나 딱히 트집 잡을 거리가 떠오르

지 않았다. 권동구 씨는 회사에서 온 편지를 정미 앞에 내밀
며 말했다.

"회사에서 이런 편지가 왔더라. 식구들 골치 썩일 일은 아
예 하지 마라."

권동구 씨는 그렇게 간단명료하게 말을 끝냄으로써 그나마
권위를 살려보려 하였으나, 정미는 편지를 꺼내 잠깐 들여다
보고는 이렇다 저렇다 말도 없이 건넌방으로 냉큼 건너가 버
렸다. 권동구 씨는 너무 쉽게 말을 끝낸 것을 내심 후회하지
않을 수가 없었다. 모처럼 아버지의 권위를 내세울 기회를 너
무 쉽게 포기한 것이 아깝게 여겨졌고, 그래서 권동구 씨는
건넌방 문 앞에서 귀를 쫑긋 세우고 정미의 동태를 살폈다.

그러나 정미는 간밤의 야근으로 피곤한 듯 어느새 이불까
지 펴고 잠을 자고 있었다. 편지는 머리맡에 팽개친 듯 놓여
있었다. 권동구 씨는 하릴없이 마당을 서성거리며 딸을 너무
간단히 훈방한 것을 다시금 아깝게 생각했다.

마누라는 장사하러 나가고, 갑수는 회사 야유회가 있다며
아침 일찍 달아나 버렸다. 주인집 식구들마저 다 나가버렸는
지 집 안 전체가 적막했고, 큰딸 동미만 수돗가에서 분주하게

빨래를 하고 있었다. 어머니 대신 집안 살림을 맡아 하고 있는 동미는 집에서 가장 아버지에게 다정한 편에 속했지만 이상하게 동미와는 별로 할 말이 없었다. 동미 또한 "점심 차릴까요?" "속옷 내놓으세요." "잠깐 가게 다녀오겠어요." 따위의 말 외에는 먼저 얘기를 꺼내는 법이 없었다. 권동구 씨에겐 큰딸 동미가 식구들 중에 가장 만만하게 보였는데, 그것은 아마 그를 빼놓고는 돈을 벌지 못하는 유일한 식구이기 때문일 터였다. 똑같은 처지인 만큼 우습게 보였고 대화를 나누고 싶지 않았다.

권동구 씨는 빨래를 하는 큰딸 뒤에서 그야말로 늙은 개처럼 어슬렁거리다가 쪽마루 밑에 넣어둔 삽을 챙겼다.

"잠깐 나갔다 오마."

"그러세요."

동미는 돌아보지도 않고 말했다. 권동구 씨는 씩씩하게 빨래를 하고 있는 큰딸의 뒷모습이 문득 애처롭게 느껴졌다. 어서 시집을 보내야 하는데…… 저렇게 집에만 처박혀 있으니…… 권동구 씨는 느릿느릿 거리로 나섰다.

동미는 빨래를 널어놓고, 큰방에 들어가 걸레질을 하기 시작했다. 전번 집에서부터 사용하던 비닐장판은 아무리 박박 문질러도 지저분해 보이긴 마찬가지였다. 동미는 김치 얼룩이 묻어 있는 부분을 더욱 세차게 문질러보았다. 김치 얼룩은 거의 한 달 전에 묻은 것이지만, 아직까지 신경에 거슬렸다. 치약으로 닦아보기도 하고 석유로 닦아보기도 했지만, 한번 김치 국물이 깊숙이 스며든 장판이 원래대로 깨끗해질 수는 없었다.

안방을 치우고 나자 일은 다 끝났고, 동미는 더는 소일거리가 없었다. 대개 권태는 사람을 시들게 한다. 동미는 동그란 벽거울 앞에서 손과 얼굴에 로션을 바른 다음 정미가 노동조합에서 빌려 온 책을 펴들었다. 막심 고리키라는 러시아 작가가 쓴 《어머니》라는 소설이었는데, 열흘째 읽고 있건만 아직 반도 읽지 못한 상태였다. 러시아 사람들은 왜 그렇게 이름이 복잡한지 도대체 누가 누군지조차 헷갈릴 뿐 아니라, 낯선 시대의 낯선 나라 이야기여서 몇 장을 채 읽기도 전에 잡념이 떠올라 독서를 방해했다. 처음에는 소설의 줄거리를 따라가기 위해 잡념을 쫓으려 애썼지만, 이제는 오히려 잡념을 즐기기 위해 소설을 읽는 쪽이었다. 정미는 노조에 빨리 반납해야 한다며 빨리 읽어라 성화였지만, 지금 당장 가져간다 할지라도 아쉬울 것은 없었다.

정미가 노조에 대해서 얘기할 때는 동미도 불현듯 다시 직장에 다니고 싶다는 생각이 들기도 했다. 그러나 그런 생각은 대개 집안 살림은 누가 하며, 아버지는 누가 챙겨주며, 집은 누가 보나 따위의 사사로운 걱정에 밀려나고 만다. 아니, 오히려 직장에 나갈 생각을 밀어내기 위해 사사로운 걱정들을 끌어들인다고 하는 편이 더 정직한 표현일 것이다. 그럴 만한 이유가 딱히 없다면 동미는 두 번 다시 공장에 나가고 싶지 않았다.

공장을 떠올리면 동미는 늘 사내들의 번죽거리는 얼굴이 떠오르곤 했다. 그들은 늘 작업장 입구에 옹기종기 모여 작업대에 앉아 있는 여공들을 훑어보며 킬킬거리곤 했다. 그들은 각자 따로 있으면 점잖고 친절한 직장 상사였지만, 여럿이 모이기만 하면 입가에 엉큼한 웃음을 바른 짐승들이 되었다.

그 사내들 가운데 한 명에게 동미는 처녀를 잃었다. 동미는 사랑이라 생각했는데, 사내는 장난이라 생각했던 모양이었다.

다행히 임신은 되지 않았지만 동미는 사내를 두 번 다시 만나지 않았고, 머지않아 회사를 그만두고 말았다. 공장에서 사내들이 모여 킬킬거릴 때마다 동미는 그들이 자신을 화제로 올리는 것이 아닐까 불안했고, 마치 벌거벗고 무대에 서 있는 기분이 들곤 했다. 동미는 그래도 자신을 여관방으로 데려간 사내의 슬프고 진지한 모습을 좋게 기억하려 애썼다. 하지만 그사내는 늘 킬킬대는 사내들 속에 섞여 있는 모습으로만 떠올랐다.

사람들이 그도록 아름나운 것으로 찬양해 마지않는 첫사랑이 어째서 자신에게는 음울하고 불쾌하고 더러운 기분으로 찾아왔을까 생각하면, 동미는 억울하기 짝이 없었다. 동미는 장판에 묻은 김치 얼룩처럼 자신의 몸이 다시는 깨끗해질 수 없다는 생각이 들 때마다 자학적인 기분에 빠지곤 했다. 동미는 살림을 하는 친구들을 보면 부러운 생각이 들었고, 자신이 그런 가정을 꾸민다는 건 새로 태어나지 않는 이상 불가능한 일 같았다.

어머니가 몇 차례 중매를 서려 했지만, 동미는 그때마다 괴롭고 불안했다. 만일 첫날밤에 자신이 처녀가 아니라는 사실을 신랑이 알아차리게 된다면, 그다음에는 얼마나 불행한 결혼 생활이 이어질 것인가. 더구나 그 불행이 자신의 잘못이라면 그 죄책감에서는 어떻게 벗어날 수 있을 것인가. 이런 공상을 하면 동미는 절망스러웠다. 동미는 주간지나 여성 잡지 따위에서 그런 사례들을 수없이 읽어왔고, 그것은 바로 미래의 자기 모습이었다. 그래서 동미는 자신과 같이 '더럽혀진' 남자가 아니면 결코 결혼하지 않을 생각이었다. 없는 비밀까지도 만들어 폭로하려 드는 주간지나 여성 잡지들은 묘하게도 상담 기사에서만큼은 한결같이 부부 사이에도 비밀은 간직되고 숨겨져야 한다고 주장하고 있었고, 그렇잖아도 자신의 내밀한 비밀을 남에게 털어놓을 만큼 활달한 성격이 못 되는 동미는 그 말에 깊이 공감했다. 동미는 주간지나 여성 잡지 따위를 너무 많이 읽었고, 그 내용을 너무 신뢰하고 있었다. 이런 심정을 모르는 식구들은 동미가 중매를 거절할 때마다 주제를 모르고 콧대만 높다고 비아냥대곤 했다.

가슴속에 파묻어 놓은 비밀은 거의 과대망상이다시피 동미의 생각을 몰고 가, 심지어 동미는 정미가 회사 기숙사로 돌아갈 때마다 킬킬대는 사내들의 품으로 들어가고 있는 듯한 망상에 사로잡히곤 했다. 그러나 동미는 동생의 야무지고 칼칼한 성격을 잘 알고 있었다. 정미가 만일 동미와 같은 일을 겪었다면 정미는 아마 그 사내에게 칼부림이라도 하고 말았을 것이다. 성격마저 동생처럼 다부지지 못하다는 생각에 동미는 또 한 번 서글퍼졌다.

책은 한 장도 넘기지 못했건만, 동미는 그동안 열두 권 분량도 더 될 만한 잡념과 공상을 하고 있었다. 그때 아버지 권동구 씨의 흥분한 목소리가 들려왔다. 동미 눈에는 아버지의 상기된 얼굴보다 흙 묻은 바짓가랑이가 더 먼저 눈에 띄었다.

"얘, 이것 좀 봐라. 글쎄, 할매가 거짓말을 하는 법이 없다니까."

아버지가 자랑스럽게 펼쳐 보인 손바닥 위에 엽전 한 닢이 놓여 있었다.

"약수터 옆의 너럭바위가 어째 꿈에서 할매가 가르쳐준 장소와 비슷한 듯싶더니만……."

동미는 또 빨래거리가 하나 늘었구나 하는 생각부터 들었다.

또 한 번 꿈을 실현시킨 권동구 씨는 마누라에게 자랑할 궁리를 하며 오후 나절을 보냈다. 그는 엽전을 하얀 휴지로 싸고 또 싸서 장롱 깊숙이 감추어두었다. 저번에 발견한 엽전은 주인집 꼬마에게 제기를 만들라고 줘버렸는데, 권동구 씨는 나중에야 엽전을 사는 가게가 있다는 사실을 알았다. 등기소 앞에서 도장 파는 일을 하고 있는 친구 곽씨는 어떤 엽전은 한 개에 100만 원이 넘는 가격에 거래된다고 일러주었다. 그 얘기를 들은 권동구 씨는 뒤늦게 주인집 꼬마에게 엽전을 돌려달라고 말해보았으나, 그 엽전은 이미 여러 꼬마들의 손을 거친 끝에 어디론가 사라져 버린 다음이었다. 무릇 놓친 붕어는 월척인 법이어서 권동구 씨는 잃어버린 엽전을 생각할 때마다 늘 금송아지라도 도둑맞은 기분이 들곤 했다. 어쩌면 죽은 할매는 그걸 알고 다시 엽전을 캐내게 했는지도 모른다. 이런 얘기까지 싸잡아 말하리라 생각하며 권동구 씨는 마누라가 돌아오기만을 애타게 기다렸다.

그런데 정복향 씨는 여느 때와는 달리 저녁이 채 되기 전에 집에 들어섰다.

"원, 재수가 없으려니……. 동미야, 나 냉수 한 그릇 다오!"

정복향 씨는 건넌방 쪽마루에 걸터앉아 동미가 떠다 준 냉수를 벌컥벌컥 들이켜고는 세상 살맛을 다 잃어버린 사람처럼 한숨을 푸우 내쉬었다. 정씨는 분노와 원한에 가득 찬 눈을 하고 무엇인가를 잘근잘근 씹듯이 골똘히 생각하고 있었다. 방금 아주 억울한 일을 당하고 왔음이 역력해 보였다.

권동구 씨는 엽전 자랑을 하려다 마누라의 험상궂은 표정에 지레 눌려 입을 다물었다. 이럴 때 섣불리 말을 걸다가는 종로에서 뺨 맞은 화풀이가 그에게로 돌아올 것이 뻔했다.

"엄미, 무슨 일 있었어? 밀가루 함지도 안 가져오고……."

다행히 권동구 씨에 앞서 말을 건넨 것은 동미였다. 그러나 정씨는 분노에 이글거리는 눈으로 땅만 내려다볼 뿐 대꾸가 없었다. 정씨는 한참 만에 혼잣말을 하듯 중얼거렸다.

"내 참, 더러워서!"

"왜 그래, 엄마?"

"시청인지 지랄인지……."

장사를 하고 있는데 느닷없이 노점 단속반이 덮쳐서 밀가루 함지만 차에 싣고 달아나 버렸다는 거였다. 정복향 씨는 함지를 되찾기 위해 단속반 차 꽁무니에 매달려 한참 동안 끌려가다가 엉덩방아를 찧고 나동그라졌고, 그 바람에 뒤에서 오던 자동차에 치일 뻔했다는 얘기도 늘어놓았다.

"그 개새끼들이 함지를 찾으려면 시청으로 오라고 하더라. 그 쌍노무 새끼들이⋯⋯."

정씨는 동미에게 분을 다 풀어버리겠다는 듯이 목소리를 덜덜 떨어가며 마구 쌍욕을 퍼부었다. 공깃돌처럼 조그만 마누라가 단속반 노란 트럭 꽁무니에 매달려 가는 광경을 떠올리자, 권동구 씨의 가슴에도 새파란 분노의 불길이 치솟았다. 권동구 씨는 떠듬떠듬 웅얼거렸다.

"선거철이라면, 그런 짓 못 하겠지."

정복향 씨는 남편을 한 번 힐끗 쳐다보고는 입을 다물었다. 잠시 눈에 물기가 어리는가 싶더니, 정복향 씨는 목에 걸고 있던 수건에다 코를 팽 풀고는 부엌으로 들어가 주섬주섬 밥을 푸기 시작했다. 동미도 얼른 어머니의 뒤를 쫓아 들어갔다.

"점심도 못 먹었수?"

"밥 먹을 새나 있었겠니?"

부엌에 선 채로 입에 아구아구 밥을 퍼 넣는 마누라의 모습을 바라보며, 권동구 씨는 시청 단속반에 대한 분노가 무능한 자신에 대한 분노로 옮겨 오는 느낌이 들었다. 제기랄!
권동구 씨는 다시 엽전 생각에 집중하려 했지만 그럴수록 기
분은 더욱 참담하기만 했다.

　권동구 씨는 할머니 품에서 자랐다. 아버지는 그가 다섯
살이 채 되기 전에 돌아가셨고, 그 뒤 어머니는 두 살짜리 여
동생만 데리고 개가를 했다. 그래서 그는 큰아버지 집에서 할
머니 손에 키워졌다. 그 시절의 어느 농가나 마찬가지로 찢어
지게 가난했던 큰아버지 집에서 그는 어릴 적에는 천덕꾸러기
였고 자라서는 머슴이나 다름없었다. 큰아버지는 장성한 두
아들과 함께 전쟁 중에 돌아가셨고, 그의 아버지뻘은 족히 될
사촌 형이 대를 이어 농사를 지었다. 권동구 씨는 성인이 되
자 사촌 형 집에 머물러 있기도 거북해서 전쟁이 끝난 지 3년
쯤 지난 무렵 무작정 서울로 올라왔다. 남편과 자식들을 다
잃을 때까지도 정정했던 할머니는 그를 동구까지 나와 배웅하
며 주름살로 쪼그라든 우멍눈에 그렁그렁 눈물을 담았다.
　"아가, 잘 가그라."

그게 할머니를 마지막으로 본 것이었고, 그가 결혼을 한 몇 해 뒤 고향에 갔을 때 할머니는 이미 무덤이 되어 있었다.

고향을 떠날 때 본 할머니의 마지막 모습이 가장 인상 깊었던지, 권동구 씨의 꿈에 나타나는 할머니는 늘 우멍눈에 그렁그렁 눈물을 담은 모습이었다. 부모 없는 자식이라고 할머니는 다른 손자들보다 그를 유독 아끼고 염려했다. 그러나 그건 마음뿐이었고, 맏손자한테 얹혀사는 처지로서 할머니는 권동구 씨에게 차비 한 푼 보태줄 능력이 없었다. 동구 가까이 이르러 할머니는 어디서 구했는지 삶은 고구마 두 개를 미안한 듯 꺼냈다. 그게 할머니가 할 수 있는 전부였다.

할 일 없는 늙은이다운 궁상스러움으로 요사이 권동구 씨는 죽은 할머니의 꿈과 더불어 부쩍 자주 옛 추억을 되새겼다. 할머니의 삶, 부모의 삶, 그 자신의 삶, 그리고 자식들의 삶, 이건 음미하면 할수록 불가사의해 보였다. 삶 전체에 비교해보면, 자신의 일상은 상대적으로 왜소해 보이기 마련이다. 권동구 씨는 자신의 삶이 할머니나 아버지의 삶처럼 아무 목적도 이유도 없었음에 허망했고, 그럼에도 불구하고 무엇에 떠밀린 듯 꾸역꾸역 살아왔음에 감탄스럽기까지 했다.

낮의 일은 어느새 까맣게 잊어버린 듯 마누라는 새로 사온 쇠 함지에 밀가루 반죽을 하느라 여념이 없었다. 권동구 씨는 마누라한테 엽전 이야기를 꺼낸다는 것은 거의 불가능한 일이라 단정하고 이불에 기대 누워 멀뚱멀뚱 천장만 바라보고 있었다. 아아, 인간의 삶이란 얼마나 심심하기 짝이 없는 것인가. 그때 마누라가 불쑥 말을 건넸다.

"오늘 또 엽전 캤다면서요?"

마누라의 말은 여느 때와는 달리 나긋했다. 아마 정복향 씨는 낮의 일로 자기 못지않게 남편이 의기소침해 있고, 때문에 자랑스러워해야 마땅할 엽전 얘기마저 않고 있다고 판단했던 모양이다. 권동구 씨는 갑자기 마누라가 눈물겹도록 정겹게 느껴졌다. 그러나 주책 맞게 호들갑을 떨고 싶은 생각은 없었다. 그는 간단하게 대꾸했다.

"응."

"웬일이우? 자랑하고 싶어 안달을 하잖구."

"당신이 꿈 얘기 싫어하잖아."

"알긴 아는구려."

가슴속에 도사린 심리들이 막상 말로 표현되어 드러나자,

그것은 우습게도 오히려 달콤한 느낌마저 들었다. 권동구 씨는 그 달콤함을 더욱 즐기고 싶은 기분이었다.

"당신 내가 원망스럽지? 마누라 호떡 장사나 내보내는 구들장 귀신이……. 도대체 내가 어쩌다 이런 꼴이 됐나 몰라."

권동구 씨는 스스로의 말에 슬퍼져서 한숨을 쉬었고, 정복향 씨도 그 말에 약간은 감동한 모양이었다. 덩달아 밀가루 반죽하는 동작도 느려졌다.

"다 그렇고 그렇게 사는 거지, 뭐 특별한 삶이 있는 줄 아슈?"

"한때는 잘나가는 시절도 있었는데……. 그놈의 도난 사고만 없었어도 한 오 년은 더 버틸 수 있었는데 말이야."

권동구 씨의 마지막 직업은 전자 부품 공장 경비원이었다. 그가 숙직을 서는 날 밤 어떻게 침입했는지 도둑이 들어와 코일 세 박스를 훔쳐 갔고, 그는 그 책임을 지고 쫓겨났다. 그 뒤로는 직업을 구하지 못하고 내내 그 꼴이었다.

"오르막길, 내리막길, 좋은 일, 궂은 일…… 어디 그게 사람 마음대로 되는 일이우?"

정복향 씨도 자신의 삶을 돌이켜 보는 모양이었다. 그 여자

는 앙칼진 성미에 어울리지 않게 권동구 씨보다도 더 감상적
인 면이 많았다. 한번 감상에 젖으면 취한 듯이 혼자 주절주
절 말을 늘어놓았다.

"젊었을 때는 남부럽잖게 잘 살아보자는 희망도 있었지
만…… 생각해보면 그놈의 희망이란 게 뭔지 몰라. 다 그렇
고 그렇게 사는 게 인생인데, 그래도 다들 희망을 갖고 살거
든…… 하긴 그놈의 희망이라도 없으면…….."

권동구 씨는 멀뚱멀뚱 천장을 바라보며 마누라 말을 듣고
있있다. 마누라 말이 하노 오락가락해서 무슨 내용인지는 잘
파악할 수 없지만, 그래도 그 말투만큼은 자장가처럼 포근하
게 느껴졌다.

"가, 갑수야!"

식당에서 점심을 먹고 나오는데 광호가 갑수를 불렀다.

"왜요?"

그는 대답 대신 쑥스러운 표정으로 발로 땅을 쓱쓱 문지르
다가 갑수의 팔을 잡아끌었다.

"우, 우리 저, 저기 가서 커, 커피나 좀 빼 먹자."

덩치가 고릴라만 한 광호가 수줍음을 타는 모습이 너무도 우스꽝스러워 보였다. 광호는 갑수의 팔을 붙잡고 질질 끌다시피 커피 자동판매기 앞으로 데려갔다.

"아이쿠, 이 팔 좀 놔요. 아파요!"

갑수는 약간 짜증을 섞어 말했다. 광호는 그제야 화들짝 놀라며 갑수의 팔을 놓아주었다. 갑수네 공장 사람들은 누구나 광호를 '왕곰'이라고 불렀다. 힘은 장사인데 하는 짓이 어딘지 모자라는 광호였다. 광호는 갑수에게 어색하게 웃어 보이며 물었다.

"커, 커피 마실래?"

"그래요, 내가 살게요."

그러나 광호는 벌써 동전을 집어넣고 있는 중이었다.

갑수와 광호는 커피를 들고 시꺼먼 개천이 내려다보이는 방죽 근처에 가서 나란히 앉았다. 인근 영세 공장 노동자들의 유일한 휴식처였다. 뭔가 할 말이 있어서 갑수를 끌고 왔음이 분명한데, 광호는 멀뚱멀뚱 개천만 내려다볼 뿐 아무 말도 없었다.

"웬일이에요, 형이 커피를 마시러 가자는 말도 다 하구?"

갑수는 답답하여 먼저 말을 꺼냈다. 광호는 심한 말더듬증에 피해 의식 같은 것이 있었다. 그래서 하루 종일 필요한 말외에는 거의 하지 않았고, 다른 사람들과 어울리기를 별로 좋아하지 않았다. 갑수가 먼저 용건을 물었는데도 광호는 여전히 입을 다물고 있었다. 갑수는 광호의 말을 기다리다가 얼마뒤 포기해버렸다. 광호가 한마디 한마디를 얼마나 어렵게 하는지 갑수는 잘 알고 있었다. 광호는 말 대신 간간이 한숨을푹푹 내쉬었다.

갑수는 광호의 말을 기다리는 대신 은희를 생각했다. 어제일요일 갑수와 은희는 청평 유원지에 놀러 갔었다. 그들은 나란히 강변을 걸었고, 분위기가 무르익자 갑수는 은희의 어깨를 살며시 안아줄 수도 있었다. 서울로 돌아오는 열차 안에서은희는 갑수의 어깨에 머리를 기대고 잠을 잤다. 갑수는 오전나절에 일을 하면서도 내내 은희와 보냈던 달콤한 한나절을생각하고 또 생각했다. 음식이 들어가면 반사적으로 활동을시작하는 밥통처럼 갑수는 압착기를 찍어 누르는 단순 작업에 익숙해져 있었다. 단순 작업의 편리함은 생각과 몸이 따로

놀 수 있다는 데에 있었다. 그래서 갑수의 손은 계속 압착기를 찍어 누르고 있었지만, 마음은 은희와 더불어 청평의 강가를 산책하고 있었다. 평소에 갑수가 압착기를 찍어 누르며 하는 생각들은 정말 보잘것없는 것들이었다. 그것들이 보잘것없는 만큼 작업은 더 지긋지긋했다. 갑수는 지긋지긋한 노동을 이렇게 달콤하게 바꿔주었다는 사실만으로도 은희에게 감사하고 싶은 심정이었다. 때문에 광호가 커피를 마시러 가자고 했을 때도 사실 갑수는 썩 내키지 않았다. 갑수는 자신의 달콤한 꿈속에 광호의 구질구질한 고민거리가 들어오는 것이 싫었다. 갑수는 시꺼먼 개천 물을 바라보며 은희와 거닐었던 청평의 강물을 떠올리려고 애썼지만 광호의 한숨 소리 때문에 자꾸 방해를 받았다. 마침내 갑수는 더 견디지 못하고 광호에게 다시금 물었다.

"형, 무슨 걱정거리 있어요?"

광호는 멍하니 앞을 바라보며 말문을 열었다.

"가, 갑수야. 이, 인생은 저, 정말 외로운 거야. 그렇지?"

광호의 뚱딴지같은 말에 갑수는 하마터면 웃음을 터뜨릴 뻔했다. 그러나 광호의 표정이 너무 진지해서 갑수는 차마 그럴 수가 없었다.

"형, 요즘 연애라도 하는 것 아뇨?"

갑수는 이렇게 말함으로써 다시금 은희를 떠올릴 수 있었다. 광호는 이렇다 저렇다 말없이 다시 한숨을 내쉬었다.

"이, 인생은 저, 정말 외롭다…… 내, 내가 왜, 왜 사는 건지 모르겠어. 나, 나도 희, 희망이 있었으면 좋겠어. 지, 집에 들어가도 아, 아무도 없고…… 내, 내 나이가 서, 서른셋이다. 나, 나도 자, 잘할 수 있어…….''

뭘 잘할 수 있단 말인지, 갑수는 이해할 수 없었지만, 아무튼 뭔가 심각한 고민이 있는 모양이었다. 갑수는 조심스럽게 물었다.

"집에 무슨 일 있어요?"

광호는 갑수보다 다섯 살 위였다. 갑수는 나이로 보나 덩치로 보나 큼지막한 사내를 어린애 다루듯이 다독여 주었다. 그런 갑수의 태도에 자신감을 얻은 듯, 광호는 정말 어렵사리 말을 꺼냈다.

"도, 동미는 자, 잘 있니?"

광호의 시뻘게진 얼굴을 보고 갑수는 그제야 광호의 고민이 뭔지를 알아차릴 수 있었다. 광호는 딱 한 번 갑수네 집에 온 적이 있는데 그때 동미를 보았던 것이다. 동미와 왕곰? 갑수는 입을 쩍 벌리고 광호의 불그스름한 뺨을 바라보았다.

"이천 원 드리겠습니다."

사내는 권동구 씨에게 엽전을 내밀며 짧게 말했다. 사내는 권동구 씨의 엽전보다는 두다 말고 온 바둑판에 더 관심이 가는지 곁눈질로 자꾸 그쪽을 쳐다보았다. 바둑판 앞에는 사내 나이 또래의 중년 신사가 뚫어져라 바둑판을 바라보고 있었는데, 어찌나 고개를 숙였는지 얼굴 대신 동그랗게 파인 대머리만 눈에 띄었다. 사내는 빨리 결정하라는 듯 유리 진열장 위에 엽전을 소리 나게 놓았다. 권동구 씨는 사내의 말에 당혹스러웠지만 2천 원을 받고 엽전을 팔고 싶은 생각은 없었다. 그는 이런 가게들이 더러 손님을 속이는 경우가 있다는 얘기를 들은 적이 있었다. 권동구 씨는 엽전을 주섬주섬 다시 손수건에 쌌다. 그러자 사내는 재빨리 바둑판으로 돌아가며 좀 미안한 생각이 들었던지 덧붙여 말했다.

"다른 데 가도 마찬가질 겝니다. 그런 엽전은 쓸모가 없어
요."

사내의 말마따나 다른 가게에서도 마찬가지였다. 권동구 씨
는 몇 군데 더 들어가 보았지만 엽전 가격은 2천 원에서 조금
도 더 넘지 않았다. 어떤 가게에서는 제법 상세한 설명까지 들
려주었다.

"이건 상평통보라도 조선 말에 나온 흔해빠진 거예요. 당시
에도 돈으로 쓰기보다는 주로 애들 제기를 만들거나 글 쓸 때
송이를 눌러놓는 문진으로 사용했지요."

권동구 씨는 적잖이 실망했다. 버스를 두 번씩이나 갈아타
고 인사동까지 올 때는 제법 그럴듯한 궁리도 했었다. 도장가
게 곽씨 말대로 100만 원까지는 아니어도 절반쯤 깎아 못해
도 삼사십만 원은 족히 받지 않겠는가. 그의 꿈을 늘 비웃던
마누라 앞에 목돈을 턱 꺼내는 자신의 모습을 상상하는 것도
즐거운 일이었다. 하지만 꿈은 깨졌다.

권동구 씨는 인사동 골목을 터덜터덜 걸어 종로 쪽으로 나
갔다. 온몸에 기운이 쭉 빠졌지만, 죽은 할매를 탓하고 싶은
생각은 없었다. 평생을 촌에서 보낸 할매가 뭘 알겠는가. 그냥

엽전이면 다 비싼 것이다 싶어 그렇게 일러주었겠지. 사실 서울에서 오래 살아온 자신만 해도 똑같은 엽전이 어째서 어떤 것은 귀하고 어떤 것은 헐한지 모르지 않았던가.

달콤한 희망과 함께 왔던 길을 쓰디쓴 실망과 함께 되돌아가려니 갈 길이 하염없이 멀게 느껴졌다. 권동구 씨는 다리를 좀 쉴 생각으로 파고다공원으로 들어갔다. 공원 안에는 그보다 나이가 많은 노인들이 옹기종기 모여 있었다. 그들은 마치 공원 안에서 분주하게 움직이는 비둘기 떼처럼 보였다. 공원 한쪽에는 노인들이 빙 둘러서서 뭔가를 구경하고 있었다. 권동구 씨는 노인들의 어깨 너머로 들여다보았다. 새마을 모자를 쓴 청년이 베를 팔고 있었다.

"이건 손으로 직접 짠 겁니다. 이만한 베를 구하기는 어려울 거예요."

"음, 정말 감이 좋구먼."

"감이 좋으면 뭘 해. 어차피 썩을걸."

노인들은 저마다 베를 만져보며 한마디씩 참견을 했다. 언젠가 자신의 시체를 감싸게 될지도 모르는 옷감을 만지작거리는 노인들의 표정은 우울하고 쓸쓸해 보였다. 권동구 씨는 자신이 아직 죽음을 생각할 나이는 아니라고 자위하며 공원에 발을 들여놓은 것을 후회했다. 가뜩이나 엽전을 못 팔아 울적한 판에 갑자기 팍삭 늙어버린 듯한 기분이 들었기 때문이었다. 하지만 권동구 씨는 아무 하는 일 없이 늙어가고 있다는 점에서 공원의 노인들과 하등 다를 바가 없었다.

권동구 씨는 공원 의자에 가서 앉았다. 뒤쪽 의자에 앉은 노인 둘이 후루룩후루룩 사발면 국물을 마시며 대화를 나누고 있었다.

"아무래도, 며느리가 눈치를 챈 것 같아."

"오래가지는 않아. 차라리 말해버리는 편이 나아."

말끔한 양복 차림의 노인은 정년퇴직을 했다는 사실을 아직 집에 알리지 않았던 모양이었다. 그 노인은 아침마다 회사 대신 파고다공원으로 출근하고 있던 셈이었다.

"어허, 이것 좀 보게."

신문을 보고 있던 노인이 말했다.

"이북에선 육십 청춘에 구십 환갑이라고 한다는구먼."

사발면 국물을 홀짝홀짝 마시고 있던 양복쟁이 노인이 말을 받았다.

"놈들 하는 짓이라니. 노인들까지 철저히 부려먹으려는 수
작이지."

저 양복쟁이 노인도 한때는 잘나가던 시절이 있었으리라.
마누라와 자식들 앞에 끗발을 세우던 시절도 있고, 삶의 목
표를 세우고 성취할 희망을 향해 마구 달려가던 시절도 있었
으리라. 젊은 시절 권동구 씨는 계속되는 잔업과 철야가 지긋
지긋해 잠깐만이라도 쉬어보는 게 소원이었다. 그런데 그 지
긋지긋한 노동은 어느 순간에 내동댕이치듯 갑자기 끝나버렸
고, 이제 그에겐 시청 단속반 트럭 꽁무니에 필사적으로 매달
리는 공깃돌만 한 마누라와 시집도 가기 전에 눈가에 잔주름
이 생기기 시작한 늙은 딸이 있을 뿐이다. 이젠 아이들도 마
누라도 그에게 아무 기대도 하지 않게 되었고, 그러자 그는
갑자기 일이 그리워졌다. 그런데, 그런데 그는 할 일이 없다.
그가 일용할 희망이라곤 고작 죽은 할매 꿈과 2천 원짜리 때
묻은 엽전뿐이다. 아아, 이것이 정당한 일인가. 권동구 씨는
아무리 부정하고 싶어도 자신 또한 어쩔 수 없이 이 노인들과
한 부류에 속해 있음을 절감하지 않을 수 없었다. 인생은 까
닭 없이 분주하게 살다가 어느 순간 갑자기 시립 공원 어귀로

떠밀려 와 자신의 시체를 감쌀 수의나 만지작거리고 있는 음울한 과정일 뿐인가. 아아, 많이 배운 그 누구든 입이 있으면 말해보라, 이것이 정말 정당한 일인가. 인생이란 원래 그런 것인가.

권동구 씨는 더 비참해지기 싫어 자리에서 일어섰다. 그는 무엇보다 배가 고팠고 빨리 집에 가서 밥을 먹고 싶었다.

'내일은 어떻게든 막노동거리라도 잡아봐야겠어.'

권동구 씨는 무덤 속에서 빠져나오는 기분으로 총총히 공원 문을 나섰다.

완연한 봄이건만 밤공기는 아직 차가웠다. 정미는 담요를 어깨에 덮어쓰고 공단 거리를 내려다보았다. 건너편 전자부품 공장에는 아래층에만 불이 켜져 있었다.

"증미야, 니 태종대에 가봤나?"

곁에 앉은 선숙이 속삭였다.

"아니, 부산엔 가본 적 없어."

선숙이가 고향 생각이 나나 보다, 하고 정미는 생각했다.

사실 정미는 부산은커녕 충청도 아래쪽으로도 내려가 본 적이 없었다. 바다를 본 것도 재작년 여름에 가본 대천 해수욕장이 처음이었다.

"시방 이라고 앉아 있으이 밤바다 생각이 나는고마."

"태종대가 저렇게 구질구질해?"

정미가 공장 지붕들을 가리키며 웃자, 선숙은 팔짝 뛰었다.

"으대? 을매나 좋다고. 이라고 앉아 있으이 생각난다는 기지."

"뭐 달콤한 추억이라도 있었나 보지?"

"하모, 추억뿐이가. 밤만 되몬 동네 아아들이랑 태종대에 안 갔드나."

"니네 집 앞이 바다래매?"

"바다 볼라꼬 가는 기 아이고, 사람 볼라꼬 가는 기지. 신혼여행 온 부부들도 보고 데이트하는 사람들도 보고……."

"음마? 이 가시나가 어릴 때부터 발랑 까졌고마."

정미가 서투르게 선숙의 사투리를 흉내 내어 말하자, 선숙이 가볍게 정미의 어깨를 때렸다.

"그래. 아인 기 아이라, 참 부럽기도 했지. 내는 은제 저리되나 싶기도 하고…… 참 꿈도 많은 시절이었제. 그란데 시방 내 꼬라지가 이기 뭐꼬. 회사 옥상에서 몬생긴 가스나랑 앉아 공장 굴뚝이나 치다보고 있으이……."

선숙은 제법 한숨까지 포오, 내쉬었다. 정미는 그만 기가 막혀 서투른 사투리로 되쏘아 주었다.

"이 가스나가 암만 캐도 봄바람이 나도 단단히 났나 부다."

그때 선숙이 무엇을 보았는지 발딱 일어나며 목소리를 낮추었다.

"증미야, 저기 웬 사나아들이고?"

정미도 선숙이 가리키는 쪽을 바라보았다. 공장 바깥쪽 담벼락 한 귀퉁이에서 사내 서넛이 모여 이야기를 주고받고 있었다. 선숙이 호들갑스럽게 말했다.

"사무장한테 보고해야 하는 거 아이가?"

"글쎄……."

얼마 뒤 사내들은 흩어져 버렸고, 한참 동안 기다렸으나 다시 나타나지 않았다. 정미와 선숙은 버럭 무서운 생각이 들어 한동안 입을 다물고 있었다. 한참 만에 선숙이 말했다.

"암만 캐도 안 되겠다. 내가 사무장한테 퍼뜩 보고하고 오꾸마. 니는 계속 지키보고 있그라."

"나 혼자?"

"와? 무섭나?"

"응."

야무지고 당돌한 성격의 정미가 무섭다는 말을 하자, 선숙은 뜻밖이라는 표정으로 정미를 바라보았다.

"쟁의부장이 자리 뜨몬 안 된다꼬 했으이 같이 갈 수도 없꼬…… 그라몬 니가 보고하고 올래?"

"아, 아냐…… 네가 갔다 와."

"바로 아래층에 사람들이 있는데 무서울 기 뭐 있노? 갔다 퍼뜩 오꾸마."

선숙은 정미를 달래고는 부리나케 옥상을 내려갔다. 정미는 혼자 남아 사내들이 모여 있던 거리를 내려다보았다. 오소소 소름이 끼쳤다. 사람이 무섭지, 귀신이 무섭냐? 어릴 적 정미가 혼자 화장실에 갈 때 무서움을 타면 어머니는 이렇게 말하곤 했다. 재래식 화장실 변기에서 귀신 손이 툭 튀어나오며, 빨간 휴지 줄까, 파란 휴지 줄까? 어릴 적에는 이런 얘기들이 왜 그리도 무섭던지. 정미는 귀신보다 사람이 더 무섭다는 어머니 말을 쉽게 이해할 수가 없었다. 그러나 이제 정미는 사람이 더 무서운 존재임을 분명히 알 수 있었다. 사람들 가운데는 착한 사람과 나쁜 사람이 있다. 착한 사람들은 지금 잠에 곯아떨어져 있고, 나쁜 사람들은 언제 담을 넘어 쳐들어올지 모른다. 정미는 혼자 깨어 있기 때문에 두려웠다. 그렇다면 사람을 두렵게 하는 것은 외로움일까?

"정미야."

사무장 목소리였다.

"언니!"

정미는 반갑게 외쳤다. 사무장은 성큼성큼 다가와 아래를 내려다보았다.

"요즘 어째 교섭 자리에서 도도하게 굴더니만 다른 꿍꿍이가 있었던 모양이지."

"그라몬 그 사나아들이 겡찰인가 보지예?"

"모르지 뭐. 구사대일지도……."

사무장은 이런 일에 노련한 사람처럼 태연하게 말했다. 하지만 사실 사무장도 파업은 처음 겪는 일이라고 했다. 사무장은 사내들끼리 하는 것처럼 정미의 어깨를 탁탁 치며 말했다.

"무서워할 것 하나 없어. 우리가 뭐 죄졌냐?"

"언니는 안 무서워?"

정미는 사무장의 태도가 하도 당당해 보여 불쑥 물어보았다.

"아니, 나도 무섭다. 하지만 니들 앞에서는 안 무서운 척해야지. 그래야 너희도 덜 무섭지 않겠어? 안 그래?"

그 말조차 너무 태연해 정미와 선숙은 사무장이 무서워하는지 안 하는지 종잡을 수가 없었다.

"나도 처음에는 좀 무서웠는데 '내가 뭐 죄졌냐?' 하고 생각하니까 무서움이 좀 가시더라. 너희도 나를 따라 외쳐봐…… 내가 뭐 죄졌냐?"

정미와 선숙은 사무장을 따라 외쳤다.

"내가 뭐 죄졌냐?"

"내가 모 죄지있나?"

사무장은 싱긋 웃으며 말했다.

"그래, 이건 겁날 때마다 써먹는 주문이야."

정말 주문이 먹혔는지 묘하게도 정미는 어느 정도 무서운 생각이 사라졌다.

"지나치게 많이 생각하면 온갖 감정이 다 생기는 법이야.

내가 왜 여기 이러고 있나, 집에 가서 편하게 발 뻗고 자면 되는데, 공연히 위험한 곳에 있다가 봉변이나 당하면 어쩌나…… 이런 생각 안 했어?"

정미가 혀를 날름 내밀며 말했다.

"피, 아무리 언니 별명이 족집게지만 이번엔 틀렸어. 우린 태종대 밤바다 같은 낭만적인 얘기를 하고 있었다구."

"그래? 그렇다면 다행이고. 배 안 고파? 빵 남은 거라도 좀 올려 보낼까?"

"좋지!"

정미와 선숙은 박수를 치며 좋아했다.

"내가 조합원 몇 명 더 깨워 올려 보낼게. 무서우면 함께 노래라도 부르고 있어. 이쪽이 깨어 있는 걸 알면 저쪽에서도 호락호락 덤비지 못할 테니까."

사무장은 웃으며 옥상 계단 쪽으로 걸어가다가 좀 걱정이 되었는지 다시 돌아보며 말했다.

"우리가 뭐 특별난 일을 하고 있는 건 아냐. 살아가다 보니까 이런 일도 닥친 거지. 안 그래?"

이른 봄이었지만 새벽 공기는 차가워 권동구 씨는 검게 물들인 갑수의 야전 점퍼를 입고 집을 나섰다. 인력시장이 서는 시장 네거리는 집에서 다섯 정거장쯤 떨어진 곳에 있었다. 새벽이어서 버스에 승객은 별로 없었다. 그는 버스에서 내려 사람들이 옹기종기 모여 있는 곳을 향해 발걸음을 옮겼다. 으레 그렇듯 먼저 온 누군가가 라면 박스와 나무토막들을 모아 작은 모닥불을 피워놓고 있었다. 권씨는 그들 가운데 자신보다 더 늙어 보이는 사람들도 끼어 있다는 사실에 안도감을 느꼈다.

"일을 마치고 나니까 일당이 다른데 어쩌겠어요? 한번 나른 벽돌을 다시 짊어지고 내려올 수도 없고, 니기미."

"그런 못된 놈들은 한번 되게 꼬장을 피워주고 와야 한다니까."

모닥불에 엉덩이를 덥히며 사람들은 고개를 끄덕이기도 하고 정보를 교환하기도 했다. 그들 모두는 마치 공사판에 아무렇게나 던져진 연장들처럼 한결같이 표정이 없었다. 그러다 인력을 살 사람들이 나타나면 귀를 종긋 세우고 긴장했다.

"미장일할 수 있는 사람!"

"일당이 얼마요?"

권동구 씨보다 나이가 많아 보이는 두어 사내가 거래를 마치고 트럭을 타고 떠났다. 이렇게 일감을 지목하는 경우도 있었지만, 때로는 그냥 모인 사람들을 찬찬히 살펴보고는 젊은 축에게 다가가 "미싱 좀 배워볼래?" "배달 일 할 수 있어?" 하고 묻는 경우도 있었다. 물론 권동구 씨의 경우는 어디에도 낄 데가 없었고, 거리에 사람들이 드문드문 나타날 때까지도 그는 팔리지 않았다. 인력시장에 모인 사람들이 몇 명 남지 않았을 때는 모닥불도 사그라졌고, 마침내 너무 조건을 내걸다 팔리지 못한 젊은이 한 명과 권씨처럼 늙고 기술이 없어 팔리지 못한 사내 세 명만 남게 되었다. 출근 시간이 시작되면서부터는 그들마저 하나둘 흩어져버렸다.

권동구 씨도 하릴없이 다섯 정거장을 걸어 천천히 집에 돌아가는 수밖에 없었다. 젊은 시절 공장에서 익혔던 기술은 그의 나이에는 아무짝에도 쓸모가 없었고, 인력시장은 번번이 그가 헛살아 왔다는 느낌만 아프게 되새겨 주곤 하였다.

남녀를 연인이 되고 부부가 되도록 이끄는 사랑이란 무엇인가. 사랑이 자신도 알지 못할 어떤 불가사의한 힘이라 함은 옳지 못하다. 우리는 어째서 우리 자신도 모르는 일을 해야 하는가. 사랑이 어떤 형태로 우리에게 충족감을 주든, 사랑은 그 충족을 향한 기대이며 그 성취를 위한 몸부림이다. 그러므로 사랑이란 혹 즐거운 생활에 대한 희망의 꿈틀거림이라 해도 옳을는지.

30여 년 전, 방직공장 반장 권동구 씨와 방직공장 여공 정복향 씨를 사랑으로 이끈 것은 고단한 일상을 위안받고자 하는 희망이었다. 그들이 과연 그러한 희망을 충족시켰는지, 그렇지 못했는지 장담할 수는 없지만, 30년 뒤 그들의 아들 갑수 역시 그들과 똑같은 희망에 이끌려 사랑에 빠질 조짐을 보이고 있었다. 은희의 매력적이지 못한 얼굴에 친숙해지고 하루의 피로를 은희로부터 위로받고 싶다는 생각이 점점 간절해지는 것이 요즘의 갑수였다. 그래서 갑수는 은희를 더 자주 불러내고 싶어졌다.

그러나 은희 쪽은 달랐다. 갑수를 만날수록 불안감을 느끼는 까닭은 아마 갑수를 통해 자신의 미래를 보장받을 수 없다는 약삭빠른 계산이 앞선 때문인지도 몰랐다. 물론 은희는 인간 갑수가 싫다기보다는 별 볼일 없는 영세 공장 기계공인 갑수가 싫었던 것이지만, 인간 갑수가 기계공 갑수인 바에야 감정의 결과는 같았다. 사람은 밥을 먹고 사는 것이지, 사랑을 파먹고 살 수는 없지 않은가. 그러한 의미에서 은희는 갑수보다 더 현실적이었다. 그러나 은희는 어떻게 갑수와 절교 선언을 해야 좋을지 몰랐고, 그 감정은 우선 짜증으로 터져 나왔다. 갑수가 물었다.

"왜 말이 없지?"

지난 일요일 정평 나들이 뒤로 달라진 것은 말투였다. 정평에서 갑수는 처음으로 은희의 어깨를 감싸 안을 수 있었고, 그만큼 그들 사이는 연인으로 발전되었다고 믿었다. 그러나 은희는 그것이 좋으면서도 싫었다. 만일 남자가 장난감이라면 싫증 날 때 언제든 바꿔치울 수 있을 것이다. 하지만 일생에 한 남자밖에 선택할 수 없는 것이라면, 그 선택은 신중해야 한다. 은희는 그 선택의 신중함을 위해 상대와 되도록 거리를 두어야 한다고 생각했으나, 청평 나들이 때 느닷없는 감상에 젖어 그 거리를 좁혀버리고 말았다. 은희는 그것이 못내 후회스러웠고 스스로에 대한 혐오감에 휩싸이고 말았다. 갑자기 자신이 헐값으로 떨어져 버린 듯한 기분이 들어 자존심도 상했다.
마치 마누라라도 된 듯 반말을 하고 나오는 갑수의 태도에서
도 그런 느낌을 받았으며, 그래서 까닭 없는 공격 충동마저 느
꼈다. 따지고 보면 사랑 속에는 얼마나 치사한 계산들이 많이
숨어 있으며, 그것은 얼마나 피곤한 신경전의 연속인가.

"이 찻집, 답답하게 느껴져요."

은희는 정말 자신의 가슴을 답답하게 하는 것이 찻집 탓이
라 생각하며 중얼거렸다. 그러나 방금 차를 주문한 터라 갑수
는 선뜻 다른 곳으로 옮기자는 말을 못했다. 서로 한참 동안
말이 없었다. 갑수는 뭔가 대화를 나눠야 한다는 의무감에
사로잡혔다.

"우리 아버지가 또 엽전을 캐냈어."

"그래요?"

은희는 저번만큼 신기해하는 눈치가 아니었다. 은희가 심드
렁해하자, 갑수도 제풀에 시들해졌다.

"무슨 일 있었어?"

"아뇨, 좀 피곤해서요. 아까 물건 바꾸러 온 손님하고 좀
다퉜거든요."

요즘 은희는 백화점 의류 매장에 파견 근무를 나가고 있었다. 그 일이 얼마나 고된지 갑수도 잘 안다. 은희의 우울함이 하루 종일 서서 지내야 하는 고된 노동 때문이라 생각하자, 갑수는 위로해주고 싶은 마음이 들었다.

"있는 사람들이 더 인색하기 마련이야. 하긴 그러니까 있는 사람들 축에 끼었겠지만. 미친개한테 물렸다 생각하고 잊어버려."

정황도 잘 모르면서 갑수는 무조건 은희 편이 되어, 물건 바꾸러 온 손님을 미친개로까지 놀아붙였다. 은희는 갑수의 위로가 고맙기도 했지만, 한편으론 그 있는 사람 축에 끼지 못한 갑수가 초라해 보이기도 했다. 갑수의 모습은 오늘따라 더 구질구질해 보였다.

"머리 좀 감고 다닐 수 없어요?"

은희가 느닷없이 말했고, 갑수는 무심결에 머리를 만지며 어리둥절했다. 은희 역시 갑작스레 튀어나온 자기 말에 스스로 깜짝 놀라 서둘러 설명을 덧붙였다.

"거울 좀 봐요. 머리카락이 떡처럼 엉겨 붙어 있어요."

그러나 다행히 갑수는 은희가 문제 삼는 것이 머리카락이 아니라 그의 전부임을 눈치채지 못했다. 오히려 갑수는 그것이 자신의 외모에까지 신경 써주는 은희의 자상한 배려라고까지 생각했다.

"공장 수도가 고장 났지 뭐야. 그래서 손도 못 씻었어."

은희 역시 상대의 외모에 대해 이러쿵저러쿵 하는 것은 보통 이상의 연인 사이에서나 하는 말이라는 데에 생각이 미치자 다시금 짜증이 났다. 세상에 널린 게 남자다. 그런데 왜 하필이면 이 남자를 만남으로써 내 삶이 구질구질해져야 하는가. 이 남자를 계속 만난다는 것은 다른 수많은 새로운 삶의 가능성을 포기하는 일과 마찬가지이다. 사랑은 거미줄과 같아서 오래 머물수록 엉켜들기 마련이다. 더 늦기 전에, 더 늦기 전에…… 갑수가 보여주는 시꺼먼 손을 보며 은희는 이 남자와 정말 더 만나지 말아야겠다고 결심했다.

할머니는 울고 있었다. 처음에는 크고 탱탱한 몸을 가지고 있던 할머니가 눈에서 눈물이 빠져나갈 때마다 마른 명태처럼 점점 쪼그라들더니 급기야는 고향을 떠날 때 본 그 모습처럼 형편없이 쪼그라들어 버렸다. 권동구 씨도 눈물을 흘렸다. 눈물이 눈에서 자꾸 빠져나갈수록 자신의 몸도 쪼그라드는 것이 아닌가 하는 생각이 들었다. 너거 아부이다. 할머니는 태아처럼 작은 시체를 한 손에 달랑달랑 들고 말했다. 그것은 흡사 인삼처럼 보였다. 우따 묻으몬 좋으꼬. 할머니는 권씨를 데리고 자꾸 산으로 올라갔다. 어느 으슥한 숲속에 이르러 할머니는 손으로 땅을 파기 시작했다. 시체를 파묻으려나 싶었지만, 할머니는 오히려 땅에서 시체를 파내었다. 묵으라, 퍼뜩 묵으라, 누가 볼라. 권농구 씨는 고개를 저었다. 할머니는 태아처럼 조그만 시체를 그의 코앞에 들이밀었다. 묵으라카이!

이쯤 해서 잠이 깨었다.

마누라는 그에게 등을 돌린 채 몸을 동그랗게 웅크리고 잠을 자고 있었다. 고개를 들어보니, 마누라 곁에는 동미가 자고 있었다. 자식들이 성장하면서부터는 잠자리를 배치하는 일이 무슨 퍼즐 문제처럼 복잡해졌다. 둘째 아들 진수가 군에 입대하기 전에는 갑수와 진수가 건넌방에서 자고, 권씨 부부와 두 딸은 안방에서 잤다. 진수가 입대하고 나서는 갑수가 안방에서 자고, 두 딸이 건넌방에서 잤다. 그러다 정미가 기숙사로 들어가면서부터는 동미가 안방에서 자고, 갑수는 건넌방에서 잤다. 갑수가 야근으로 못 들어오는 날에는 동미가 건넌방에서 자고, 연휴가 끼어 정미가 집에 오는 날에는 갑수가 안방에서 잤으며, 진수가 휴가를 나오면……. 이렇게 생각하면 매우 복잡하게 여겨져도 그때그때 처리하여 별문제는 생기지 않았다. 자식은 자라면 부모 곁을 떠나기 마련인지라, 아마 조만간 방을 하나 줄여도 될 날도 올 것이었다. 권씨는 다시 잠을 청하려 했지만 머릿속 가득 잡념만 떠올라 이마가 지끈거릴 뿐이었다. 낮잠을 실컷 자두었으니 당연한 일이었다.

'이번에는 산삼 묻힌 곳이라도 일러주려나?'

권동구 씨는 꿈속에서 본 풍경을 잊지 않으려고 다시금 찬찬히 꿈을 떠올려보았다. 하는 일이 없으면 현실보다는 잠과 꿈에 더 매몰되기 마련이었다. 그는 잠자리에서 엎치락뒤치락하였다. 그의 생각은 아주 먼 과거로 흘러가기도 하고, 바로 어제 일로 흘러오기도 했다. 동미가 결혼하려 든다면 그 돈을 어떻게 마련할 것인가 하는 현실적인 문제도 떠올랐고, 그 생각에 꼬리를 물고 청년 권동구가 처녀 정복향을 유혹하여 동거하던 시절도 떠올랐다. 산동네 단칸방에 단 둘만 살 때의 추억은 지금 되새겨도 달짝지근하게 느껴졌다. 그때만 해도 인생에는 여러 갈래의 길이 있다는 생각을 했고 어떤 길로 진입할 것인가를 제법 망설이기도 했다. 그러나 갑수가 태어나면서부터는 인생의 여러 길들이 차단되는 느낌이 들었고, 동미, 진수, 정미순으로 자식이 줄줄이 태어나면서부터는 더 이상 인생에 대해 생각하지 않게 되었다. 지금 생각하건대, 그 이후 인생은 생각할 겨를도 없이 달려가야 할 외길이었을 뿐이다. 그는 한때, 그가 조그만 봉제 공장 주임으로 있던 시절, 가정에 대한 의무감이 지겨워 임시직으로 일하던 신씨라는 수줍음을 잘 타는 여자와 바람을 피우기도 했으나 얼마 가지 않아 제자리로 돌아왔다. 그것은 아마 권씨나 신씨나 자식까지 두엇 달린 나이에 인생의 다른 길로 진입함에 대한 두려움 때문이었을 것이다. 그 점에 관한 한 후회는 없었다. 그때 신씨와 새살림을 차렸다 해도 못하면 못했지 더 나아질 만한 구석은 없었을 터였다.

다른 갈래의 인생으로 진입했을 경우를 가정해 상상함은 그 나름의 짜릿한 즐거움이 있는 법이다. 그러나 그런 상상을 하기조차 어려울 만큼 그의 인생은 외통수의 연속일 뿐이었다. 그는 가족도 없고 물려받은 재산도 없고 배움이라곤 해방 직후 좌익계 청년들이 연 야학을 두어 달 다녀본 것이 전부였다. 그런 만큼 그는 그나마 최선의 길을 따라 살아온 셈이었고, 이런 가족이나마 꾸려놓은 것이 외려 신통하게 느껴질 지경이었다. 고작 떠오르는 것이 있다면, 그에게 같이 미국에 가자고 꼬이던 친구 정도일 것이다. 정말 갈 수 있어서 그랬는지 어쩐지는 몰라도, 만일 그때 미국으로 갔다면 그의 인생 판도는 크게 바뀌었을 것이다. 하지만 그게 더 나았으리란 것을 어찌 장담하겠는가. 미국에 가서 깡패 총에 맞아 죽었을지도 모르고, 거지가 되어 지하도 밑이나 어슬렁거리고 있을지도 모르는데 말이다. 권동구 씨는 슬그머니 손을 뻗어 잠자는 마누라의 엉덩이를 만져보았다. 푹신하다는 느낌 말고는 별다른 감정이 일지 않았다. 혹시 할머니의 계시로 산삼이라도 몇 뿌리 캔다면 인생이 크게 달라질지도 모르지. 그는 자신의 앞날에 아직은 변화할 수 있는 가능성이 남아 있다고 생각했고 또 그렇게 믿고 싶었다. 어렴풋이 새벽이 밝아오자, 권동구 씨는 잡념을 거두고 자리에서 일어났다.

"갑수야, 네 여동생이 병원에 입원했단다. 어서 가봐라."

점심을 먹고 들어오는데 주인아저씨가 소식을 전했다.

"예? 어느 동생이요?"

"글쎄, 어떤 아가씨가 그냥 병원하고 병실 호수만 일러주고 는 전화를 끊더라."

긴말할 것 없이 빨리 달려가 봐야 할 일임에 분명했다. 갑수가 가방 속에서 옷을 꺼내 바삐 작업복을 갈아입고 있는데 광호가 주인아저씨의 말을 듣고 달려왔다.

"나, 나노 가, 같이 가자."

광호는 갑수에게 동미 말고 또 다른 동생이 있는지 몰랐기 때문에 동미가 입원한 것이라 믿은 모양이었다. 광호가 눈을 끔뻑이며 옷 갈아입을 차비를 하자, 주인아저씨가 대뜸 핀잔을 주었다.

"남의 집 처녀가 누워 있는 병실에 니가 왜 따라가?"

그 말에 광호는 멈칫했다. 주인 아저씨는 다섯 명밖에 안 되는 공장에 두 사람씩 자리를 비우게 할 수는 없다는 속셈에서 만류한 것이겠지만, 어쨌든 말인즉슨 옳았다. 광호가 따라갈 일은 아니었다. 광호는 주인아저씨를 섭섭한 눈길로 힐끗 째려보고는 갑수를 배웅했다.

"크, 큰일은 아, 아니겠지?"

하지만 갑수는 동미가 아니라 정미이리라 생각했다. 동미야 다칠 일이 별로 없을 테니까.

병실 문을 젖히고 들어간 갑수는 동생을 얼른 알아볼 수 없었다. 여섯 개나 되는 침대가 나란히 놓여 있었기 때문이었다.

"오빠!"

정미가 불렀을 때야 갑수는 정미의 침대가 바로 문 옆에 있음을 알았다. 정미는 다리에 하얀 붕대를 칭칭 감고 있었는데 자세히 보니 깁스를 대고 있었다. 하지만 갑수는 정미가 상상했던 것만큼 심하게 다친 것 같지 않아서 일단 안심했다. 정미의 표정이 쾌활한 데 비해 곁에서 정미 시중을 들고 있던 아가씨의 표정이 오히려 굳어 보였다. 정미 또래의 아가씨는 갑수를 향해 어색하게 꾸벅 인사를 했다. 정미가 말했다.

"우리 회사 동료야."

갑수는 겉치레로 인사를 받고는 정미의 다친 발을 살폈다.

"무슨 일이야? 전화받고 깜짝 놀랐잖아."

"미안해. 다리가 부러졌어. 집으로 연락하기는 싫고……."

갑수는 어릴 적부터 정미를 무척 귀여워했고, 정미도 그런 갑수를 곧잘 따랐다. 하긴 정미로서는 집 말고는 갑수네 회사 밖에는 연락할 곳이 없었을 것이다.

"어쩌다 이렇게 되었어?"

정미는 어떻게 설명할까 망설이다가 대담하게 말해버리기로 결심했다.

"이 층에서 떨어졌어."

"가만히 있는데?"

갑수는 힐난하는 투로 말했다.

"농성장에 구사대가 들어왔어. 그러다가 밀려 떨어졌어."

"농성장은 뭐고, 구사대는 또 뭐야?"

"그동안 우리 회사 노조에서 파업을 하고 있었거든……."

"뭐? 니가 거기에 참가했단 말이야?"

미친 것, 하고 말하려던 갑수는 곁에 서 있는 아가씨를 의식하고 참았다. 정미는 입을 다물었다. 갑수는 어조를 좀 누그러뜨렸다.

"그런데 구사대란 사람들이 왜 너를 밀어 떨어뜨려?"

"그 새끼들은 아주 나쁜 새끼들이니까 그렇지."

갑수의 어조가 누그러지자 정미는 발끈해서 말했다. 곁에서 있던 아가씨도 흥분해서 참견했다.

"정미 말고도 많이 다쳤어요. 쇠파이프에 맞아 머리가 깨진 사람도 있구요."

"여자들을 쇠파이프로 때려요?"

"그 새끼들한테 여자 남자가 어디 있어?"

정미가 치를 떨며 코맹맹이 소리로 말했다. 이제 구사대는 갑수에게도 '새끼'가 되었다.

"그 쌍노무 새끼들이 뭐 하는 새끼들인데?"

"몰라요. 회사 사람들도 섞여 있었지만 못 보던 사람들이 많아요."

"그럼 순 깡패 아냐."

그렇게 말하면서도 갑수는 상황을 잘 이해할 수가 없었다. 그래서 정미를 위로해야 하는지, 야단쳐야 하는지 얼른 감을 잡기 어려웠다. 어릴 적에 정미를 괴롭히는 동네 꼬마는 갑수와 진수 형제가 쫓아가 혼찌검을 내주곤 했었다. 하지만 이건 어른들 일이 아닌가. 그래서 쫓아가 혼찌검을 내주는 일에 확신이 서지 않았다. 갑수는 눈앞에 보이는 정미부터 혼내기로

했다.

"그런데, 네가 뭘 안다고 파업을 하고 난리냐?"

제대한 다음 줄곧 영세 공장에서만 일해온 갑수는 파업이
니 노조니 하는 일과는 거리가 멀었다. 말은 많이 주워들었지
만 언제나 거리감이 있는 일들이었다. 그런 오빠에게 정미는
벽을 느꼈다. 이런 일이 일어나기 전에 대화를 좀 했어야 하
는 건데……. 그래도 식구들 중에 의논할 사람은 오빠밖에 없
었기 때문에 정미는 답답했다. 이 일을 어떻게 설명한담.

"오빠는 희망도 없어?"

"뭐, 희망? 뚱딴지같이 그건 또 무슨 소리야?"

갑수는 내심 뜨끔했다. 어제 저녁 은희한테도 똑같은 질문
을 받았기 때문이었다. 별 대수로운 말도 안 했는데,

− 갑수 씨는 희망도 없어요?

은희는 느닷없이 그렇게 쏘아붙이고는 가버렸다. 은희가 가
고 난 다음에 한참 동안 생각해보았지만 갑수는 어처구니가
없었다.

"말하자면 지금 우리 삶이 제대로 돼먹은 것이 아니란 말이
야. 그래서 우리는 그걸 바로잡아 보려고 파업을 하는 것이구."

정미는 설명이 충분하지 않다는 생각이 들어 덧붙여 말하려고 했지만, 딱히 떠오르는 말이 없었다. 은희에 이어 정미한테까지 잇달아 희망이라곤 씨알머리도 없는 놈처럼 취급받자, 갑수는 갑자기 기분이 고약해졌다. 갑수는 심통을 섞어 말했다.

"그래, 네 희망이 고작 파업하다 다리 부러지는 거냐?"

"칫! 오빠하고는 말이 안 통해. 오빠는 나중에 늙어서 아버지처럼 돼봐야 내 말을 이해할 거야. 하루 종일 구들장이나 지고 누워서 엽전 꿈에나 모든 희망을 걸고 있어보라구. 자식 새끼들 눈치나 살살 보면서 말이야."

정미의 당찬 공격에 갑수는 얼굴이 확 붉어졌다. 정미로서는 무심히 던진 말이었지만, 갑수한테는 가장 연약한 살을 바늘로 푹 찔린 꼴이나 마찬가지였다. 아버지는 나름대로 성실하게 살아오신 분이고 지금도 그러하다. 갑수는 아버지에 대해 장남들이 으레 갖기 마련인 경외심을 느꼈지만, 한편으로는 아버지를 볼 때마다 자신의 미래를 보는 듯싶어 내심 뜨악해지곤 하였다. 너, 아버지를 아주 깔보고 있구나. 장남답게 이렇게 정미를 꾸짖어주고픈 마음도 들었지만, 어쩐지 그렇게 말할 자신이 없었다. 갑수는 은희의 느닷없는 절교 선언으로 가뜩이나 울적해 있던 판이었다. 자신의 인생이 별로 찬란할 것도 없지만, 그렇다고 그렇게까지 비참할 것도 없다고 믿고 있었는데, 은희는 '네 인생은 아주 형편없고, 가능성 따위도 없어' 하고 쐐기를 박아버린 셈이었다. 인생이 별거냐, 다 그냥 그렇게 사는 거지, 하는 오기 어린 항변도 떠올랐지만 그런 생각조차도 갑수를 비참하게 만들었다. 망할 년! 얼마나 잘난 사내를 만나서 얼마나 찬란한 인생을 사나 보자! 갑수는 이렇게 악에 복받치기도 했으나, 그건 은희에게나 할 말이었다. 갑수는 떠듬떠듬 말했다.

"젠장, 그놈의 희망 두 번만 가졌다가는 다리몽댕이가 다 날아가겠다."

퇴근길 승객들이 빽빽하게 들어찬 만원 버스 안에서는 유행가가 시끄럽게 흘러나오고 있었다.

언제나 찾아오는 계절은 나에게 꿈을 주지이만

이룰 수 없는 꿈은 슬퍼요오.

나를 울려요오.

이룰 수 없는 꿈은 슬프고 우리를 울린다는데, 승객들 표정은 다소 고단해 보이기는 해도 슬퍼하지도 울고 있지도 않다. 그렇다면 그들은 모두 이룰 수 있는 꿈을 가지고 살아가고 있는 것일까? 만원 버스 안에서도 다행히 좌석에 앉은 갑수는 유행가를 들으며 이런저런 상념에 잠겼다.

'갑수야, 너는 꿈이 있느냐? 어떤 꿈이 있느냐? 그 꿈은 이룰 수 있는 것이냐? 만일 이룰 수 있다면 너는 어째서 은희나 정미에게 당당하게 말하지 못하였느냐? 만일 이룰 수 없다면 너는 어째서 슬퍼하지도 울지도 않고 있느냐?'

정미가 입원한 기회에 갑수는 오랜만에 동생과 많은 대화를 나눌 수 있었다. 공감할 수 있는 얘기도 있었고, 공감할 수 없는 얘기도 있었다. 갑수는 정미에게 파업이나 한다고 하루아침에 세상이 낙원으로 바뀔 리는 없다고 말했고, 정미는 갑수에게 우리가 희망을 갖고 노력하면 세상도 조금씩 바뀔 것이라고 말했다. 그 말에 갑수는 모든 사람이 저마다 다른 희망을 갖고 사는 만큼 그건 불가능한 일이라고 말했고, 정미는 그 말을 받아 이렇게 말했다.

"그래, 사람마다 꿈이 달라. 그래서 우리는 저마다 가지고 있는 희망들이 잘 어우러지도록 조직화해야 하는 거야."

정미와 나눈 대화는 갑수가 그동안 한 번도 나눠본 적이 없는 색다른 종류의 대화였다. 뭐랄까, 인생론이랄까? 갑수는 그런 심오한 대화를 나누는 일에 익숙하지 않아 좀 쑥스러웠지만, 쟤가 진짜 내 동생인가 싶을 만치 정미의 새로운 면들을 많이 알게 되었다. 사실 갑수는 그동안 이런 종류의 대화를 나누고 싶었지만 마땅한 상대가 없었다. 은희와 나눈 대화들도 고작 농담이 아니면 시시껄렁한 화젯거리들을 늘어놓는 식이었을 뿐이었다. '인생이란 무엇인가' 따위의 심오한 대화는 어쩐지 꺼내기조차 쑥스러웠던 것이다. 갑수는 갑자기 자신의 머리가 토실토실 살이 찌는 듯한 뿌듯한 느낌마저 들어 흡족한 기분이 되었고, 정미가 더없이 사랑스럽게 느껴졌다.

갑수가 집에 들어서자 부엌에서 설거지를 하고 있던 동미가 조그맣게 속삭였다.

"오빠네 공장 사람이 와 있어."

어째 동미 얼굴에 당혹스러운 기색이 어려 있었다. 그때 안방
문이 열리더니 미련 곰탱이 같은 광호 얼굴이 불쑥 나타났다.

"가, 갑수 와, 왔구나."

벌써 술을 몇 잔 걸쳤는지 광호는 뻘게진 얼굴로 헤벌쭉 웃
었다. 동미가 입원한 줄 알고 하루 종일 고민에 빠져 있던 광
호는 모질게 마음을 다져먹고 갑수네 집으로 곧바로 쳐들어
온 거였다. 권동구 씨도 뻘게진 우멍눈을 껌뻑이더니 입맛을
쩝쩝 다시며 말했다.

"뭐 하고 있냐? 왔으면 방으로 냉큼 들어오지."

갑수는 광호가 아버지와 술판을 벌리고 있는 장면을 보고
기가 막혔다.

"세수부터 좀 하고 들어갈게요."

"그래라."

권동구 씨는 마치 광호가 자기 손님이라도 되는 양 갑수 따
위는 안중에도 없었다. 하기는 권동구 씨로서는 심심하던 터
에 좋은 말상대 하나 만났다 싶었을 거였다. 안방 문이 닫히

자 갑수는 동미에게 소곤소곤 물었다.

"저 사람 언제 왔니?"

"응…… 저녁 먹기 전에……."

이상하게 동미는 말까지 더듬거리며 쩔쩔 매고 있었다. 갑수가 수돗가에서 발을 씻고 있는데 안방에서 이런 대화가 흘러나왔다.

"내가 할매가 일러준 대로 두 차례나 엽전을 캐내었거덩,"

"거, 거참, 시, 신기한 일입니다."

"그런데도 이놈의 집구석 사람들은 나를 도통 믿지를 않는 거야."

"자, 장인어른을요?"

"예끼, 이 사람아! 아직은 그렇게 부르면 안 돼."

"죄, 죄송합니다……."

"그래서 이번엔 할매가 산삼 묻힌 곳을 일러주었거덩."

갑수는 발을 씻다 말고 깜짝 놀라 안방 문짝과 동미의 곤혹스러운 얼굴을 번갈아 쳐다보았다. 아니, 저 주책 맞은 곰탱이가……. 갑수는 기가 막혀 그만 허허허 웃음을 터뜨렸다. 그러고 보니 아버지와 광호와 동미가 매우 잘 어울리는 풍경

같다는 생각도 들었다. 그때 갑수는 느닷없이 '희망을 조직화
해야 한다'는 정미의 말이 떠올랐다. 갑수는 그 말뜻을 어렴
풋이 이해할 것 같기도 했다. '나를 울리는 꿈'은 이룰 수 없
는 꿈이 아니라 한데 어우러지지 못한 꿈은 혹 아닐는지.

그날 밤 동미의 곤혹스러움엔 아랑곳없이 권동구 씨와 광
호와 갑수는 한데 어우러져 술이 얼큰하게 취하도록 밤새 잘
놀았다.

(1991)

코

사내가 무슨 구호를 외쳤는지 갑자기 군중들은

포기하라! 포기하라! 포기하라! 외쳤다.

강범태 군은 하는 수 없이 가위를 코에 갖다 대었다.

그래, 포기하자. 도저히 포기할 수 없는 이 자존심을 포기하자.

사무실은 5층이었다.

강범태 군은 갈색 타일이 군데군데 벗겨져 어쩐지 처연해 보이는 5층짜리 건물을 올려다보았다. 그는 약도를 꺼내 다시금 위치를 확인하였고 햇볕이 짜증 나도록 뜨거웠으므로 조금도 지체하지 않고 건물 안으로 들어섰다.

습기로 가득 찬 내부에는 화장실 냄새와 같은 악취가 풍겼다. 그는 계단을 올라 '사단법인 대한궐기협회'라는 두툼한 나무 간판이 걸려 있는 사무실 앞에 다다랐다. 그는 숨을 가쁘게 몰아쉬며 우선 옷매무새부터 가다듬었다.

강범태 군이 아르바이트 자리를 얻기 위해 찾아간 곳은 그곳이 처음은 아니었다. 고학을 하는 처지인 그로서는 서울에 올라온 이래 약간의 돈이라도 될 만한 일이라면 물불을 가리지 않던 터였다. 그도 그럴 것이 강범태 군에겐 등록금 걱정보다도 당장의 생활비와 한 달에 한 번 치러야 할 하숙비가 코앞에 닥친 문제였던 것이다. 이제 등록 철이 다가오고, 방학 중에 등록금을 마련해놓지 못한다면 다음 학기에는 영락

없이 휴학할 판이었다. 과외지도 금지조치가 내려진 이후 학생 신분으로 목돈을 마련하기란 여간 어려운 일이 아니었다. 더욱이 강범태 군과 같은 졸장부 성격으로는 그 흔한 몰래바이트조차 하기 어려운 터였다.

강범태 군이 제일 먼저 하게 된 아르바이트는 교내 벌목 작업이었다.

학교 뒷산 숲속에 보기 싫게 자란 아까시나무 등의 잡목들을 쳐내는 작업인데, 그렇게까지 많은 수입은 못 되어서 강범태 군은 곧 그만두고 말았다.

그러고 나서 하게 된 것이 서울 시내의 교통량을 조사하는 일이었다.

매연과 먼지로 가득 찬 거리에 서서 일정 시간 내에 그 지점을 통과하는 차량을 버스, 승용차, 택시, 트럭 등으로 나누어 기록하는 작업이었다. 다행히 차량 소통이 그다지 많지 않은 곳에 배정을 받으면 약간 여유가 있을지라도, 종로나 광화문 같은 곳에 배정을 받게 되면 눈알이 뱅뱅 돌 지경이었다. 각 차량 칸에 바를 정正 자를 써나가는 그의 손은 잠시도 쉴 틈이 없었다. 그래도 무릇 일이란 하다 보면 나름대로 익숙해지기 마련인지라 강범태 군에게 조금씩 요령이 생기기 시작했다. 같은 작업을 하는 동료에게서 배운 것이지만, 말하자면 곧이곧대로 하나하나 기록하는 것이 아니라 대충 어림짐작으로 때려잡는 식이었다. 그 친구 주장인즉, 지나가는 차량 숫자에 증거가 남는 것도 아니고 촬영을 해두는 것도 아닌 바에야 아무 숫자나 적어놓은들 확인할 도리가 있겠느냐는 거였다. 사실 맞는 말이었다.

강범태 군이 자판기에서 커피나 빼 마시며 빈둥거리다 대충 적은 숫자에 담당자들 또한 으레 그러려니 하고 눈감아 주었다. 강범태 군은 갑자기 허무해지기 시작했고, 세상의 통계란 것들이 모조리 거짓말같이 느껴졌다. 담당자들이 원하는 것은 정확한 숫자에 근거한 진실이 아니라, 그러한 조사 작업을 했다는 형식 자체였다. 말하자면 강범태 군이 받는 수당은 노동의 대가가 아니라 거짓말의 대가일 뿐이었다. 강범태 군은 곧 환멸을 느끼고 그 일을 때려치우고 말았다.

그가 세 번째로 하게 된 아르바이트는 교통정리였다.

재수 좋으면 학교 앞, 여의치 못하면 시내에서, 아르바이트 학생임을 당당히 증명하는 파란색 모자와 완장을 차고 서 있으면 그만이었다. 가끔 버스 노선을 물어오는 시민들에게 안내를 해주고 횡단보도가 아닌 곳에서 길을 건너는 사람들을 통제하는 일이었다. 그래도 그 일은 시민들에게 봉사한다는 나름의 보람이 있었고, 기회만 많다면 한 달에 10만 원 가량의 현금이 생기니 제법 실속도 있었다. 그런데 그 일 또한 오래 하지는 못했다. 어느 날 강범태 군은 길 건너편에서 줄곧 자신을 쏘아보고 있는 더벅머리 청년을 발견했다. 강범태 군과 자주 눈길이 마주치자 더벅머리 청년은 마침내 결심을 굳힌 듯 길을 건너왔다.

"불만이 있심더."

청년은 단도직입적으로, 그러나 시비조가 아니게 말하였다. 청년의 태도가 마치 우주의 보편적 진리에 대해 토론하자는 듯이 진지했으므로 강범태 군은 사뭇 당황스러웠다.

"지는 을매 즌까지 청계천 부근서 철공 일을 하고 있었심더."

강범태 군은 모름지기 친절해야 한다는 아르바이트 학생의 본분을 망각하지 않으려 애쓰며, 얼굴에 거짓 미소를 바르고 청년의 말에 귀를 기울였다.

"지 한 달 월급이 을맨 줄 아십니꺼? 죙일 쎄 빠지게 일해
도 제우 십만 원인 기라요."

"그래서요?"

"그래서나 마나, 대학생들 아르바이트한다꼬 하는 일이 모
있어예? 오도카니 서서 지나가는 자동차나 치다보는 기 다
아입니꺼?"

"그게 어쨌다는 겁니까?"

"어쨌거나 마나, 지가 다 알아봤심더. 그라고도 한 달에 10
만 원도 너 받는남서요?"

"그런데요?"

강범태 군은 청년의 말이 길어질 것 같아 다소 사무적인 말
투를 섞어 대답했다.

"그런데나 마나, 지 말은 우예서 누군 인삼 멕이고 누군 무
멕이느냐, 이런 말임더. 죙일 쎄 빠지게 일하는 놈 봉급이나,
몇 시간 오도카니 서 있는 놈 봉급이나 뭐 달라예?"

강범태 군은 '서 있는 놈'이라는 대목에서 울컥했지만 감정
을 억누르며 부러 비꼬아 말했다.

"그게 제 잘못이란 말입니까? 그렇게 억울하면 대학에 들

어오면 되는 거지, 누군 대학 공짜로 다니는 줄 압니까?"

"뭐라? 억울하면 출세하라 이 말입니꺼? 대학 등록금 속에 아르바이트 학생 봉급까지 포함돼 있어예?"

"그럴지도 모르죠."

강범태 군은 귀찮아서 잘라 말하였다. 청년은 포오, 한숨을 내쉬었다.

"맞심더. 돈 놓고 돈 먹기제. 없는 놈은 딸딸이를 쳐도 남의 좃 잡고 쳐야 하는 기라. 우야케든 대학 가는 놈이 장땡이제."

청년의 말에 강범태 군은 웃음이 나올 뻔하였지만, 그보다 그 역시 살아온 환경이 누구만 못지않은지라 청년의 태도가 그리 밉지만은 않았다. 그런 기색을 눈치챘던지, 청년은 구질구질한 제 사연을 늘어놓기 시작했다. 얼마 전 그나마 다니던 철공소도 허리 디스크가 생기는 바람에 때려치워야 했다, 이제 건강을 버렸으니 막일을 하기도 어렵고 어린 동생들 먹여 살릴 길이 아득하다, 해볼 만한 일거리를 찾아다니던 중에 우연히 교통정리 대학생이 눈에 띄었다, 이젠 집에 누워 굶어 죽는 일밖에 없으니 좀 도와주지 않겠느냐, 등등이었다.

청년은 자기가 강범태 군 대신 서 있어 줄 테니 일당을 삼

칠제로 나누자고 제의했지만 그것은 요구에 가까웠다. 사실 감시자가 매일 돌아다니며 일일이 대학생들의 얼굴을 대조해 보는 것도 아닌 바에야 가능한 일이었다.

강범태 군은 청년의 이야기를 듣는 동안 마치 자신이 기생충 같다는 비참한 느낌이 들었고, 청년에게 모자와 완장을 넘겨주고 그 자리를 떠나버렸다.

강범태 군이 네 번째로 하게 된 것은 어느 대학교수의 연구 논문을 위한 설문 조사 작업이었다.

〈문학과 성적 충동의 상호 관계 및 섹스 이미지의 문학적 형상화를 통한 감동 체계에 관한 일반적인 제고〉라는 어마어마한 제목에 '기존 문학비평의 통념적 틀을 벗어나기 위한 섹스 문학 연구'라는 무지막지한 부제가 붙은 논문이었다.

강범태 군이 한 일은 특정 여관을 출입하는 남녀를 대상으로 가장 감명 깊게 읽은 소설은 무엇이며, 소설을 읽으며 성적 충동은 몇 번 일어났고, 그 결과 수음을 한 경험이 있느냐 따위의 질문이 담긴 설문을 조사하는 것이었다. 강범태 군은 장미여관이라는 곳을 담당하게 되었는데, 출입 손님들에게 설문지를 내밀면 정신병자 취급 받기 일쑤인 데다가 기껏 응해주어도 노골적인 장난투여서 그는 곧 비참한 생각이 들기에 이르렀다. 강범태 군은 교통량 조사 작업 때와 마찬가지로 거짓말로 적당히 설문지를 작성하여 교수에게 제출하였고, 꽤 두툼한 봉투를 받아들고 교수 연구실을 나왔다.

아아, 교수님들은 저런 연구를 해도 연구비를 지급받는구나. 그러고도 안정된 생활을 보장받을 수 있으니, 저런 교수님들한텐 이 사회가 얼마나 고맙게 느껴질 것인가. 강범태 군은 꼭 다시 들르라던 교수의 간곡한 당부에도 불구하고, 그리고 꽤 많은 보수에도 불구하고 다시는 그 교수 연구실을 찾지 않았다. 많은 돈보다도 대학 자체에 환멸을 느끼게 될까 봐 두려웠던 것이다.

그가 다섯 번째로 하게 된 아르바이트는 대학생 방범대원이었는데, 새벽까지 방범 초소에 앉아 있다가 가끔 한 번씩 동네 순찰을 하는 일이었다.

그가 맡은 동네는 서울 도심에 자리 잡은 부촌이었다. 집집마다 높은 울타리에 각종 도난 경보기를 설치해둔 데다가 어떤 집은 사나운 도사견까지 기르고 있어서 굳이 순찰을 돌지 않아도 별 탈은 없었다. 강범태 군은 마치 아름다운 가옥 전

람회에라도 온 듯 두리번두리번 호화 주택들을 감상하고 다녔다.

그러던 어느 날 새벽 무렵 여느 때와 같이 동네 구경에 정신을 팔고 있던 그는 막 모퉁이를 돌려는 순간 마주 달려오던 여자와 쿵 소리가 나게 부딪치고 말았다. 강범태 군의 가슴을 들이받은 여자는 뒤로 벌렁 자빠지며 엉덩방아를 찧었다. 여자는 이내 당황하여 자신을 방어하는 몸짓으로 얼굴을 손으로 가렸다.

강범태 군이 여자에게 사과하며 손전등을 비추자, 그녀는 무엇인가 흩어진 물건들을 허겁지겁 줍기 시작했다.

"오매, 으쩌까이."

여자는 거의 울먹였다. 강범태 군은 흩어진 물건들이 보석과 금붙이 따위라는 것을 알았지만 워낙 부자 동네여서 으레 그러려니 생각했다. 여자는 물건을 다 주워 들고 골목 밖으로 허둥지둥 사라져 버렸다.

나중에 강범태 군은 방범대원 아저씨로부터 도난 사고 얘기를 들었다. 범인은 바로 그 집 가정부였으며, 그 여자는 평소에 행실이 좋지 못했다, 그래서 주인집 아들과 너저분한 관

계도 있었다, 그것을 눈치챈 주인 여자가 가정부를 자주 구박
했고, 마침 내쫓으려던 참이었다, 등등.

그 얘기를 듣고 강범태 군은 갑자기 이 일도 짜증스러워졌
다. 그 여자가 경찰에 붙잡혔다는 소식을 듣게 된 날, 강범태
군은 결국 방범 아르바이트도 그만두고 말았다. 호화 주택들
이 도열한 골목길 구석에서 엉덩방아를 찧고 넘어진 채 '오
매, 으쩌까이' 울먹이는 여자가 왠지 자신의 모습처럼 느껴졌
기 때문이었다.

여섯 번째로 하게 된 일은 책 외판원이었다.

출판사에서 팸플릿을 얻어 가정이나 사무실을 돌며 권하는
일이었는데, 책 한 질을 팔면 정가의 2할을 갖게 되었다. 주로
잘 팔리는 책은 《인생의 성공자들》이라는 소위 대재벌 기업주
들의 자서전 전집이었는데, 강범태 군은 이 책의 구매자들이
주로 '인생의 낙오자'에 가까운 사람들이라는 공통된 사실을
발견하였다. 그들은 무기력하고 권태로워 보였으며 그 책들을
읽는 것이 마치 그들을 구원할 유일한 희망이요, 보람인 양
굳게 믿는 것 같았다. 강범태 군에겐 이런 사람들을 만나는
것이 마치 미래의 자신을 만나는 것처럼 끔찍스러웠다.

그나마 책도 안 팔리게 된 여름날 강범태 군은 무려 열다섯 권이나 되는《인생의 성공자들》을 끈질기게 독파해버렸다. 그는 자신이 도저히 성공할 수 없으며, 그런 식으로는 별로 성공하고 싶지도 않다는 결론을 내리고 그 일도 때려치우고 말았다.

일곱 번째 아르바이트를 구할 때쯤엔 강범태 군의 형편은 더욱 어려워져 있었다. 그간 모은 돈으로 등록금을 치르고 나니 그의 수중엔 땡전 한 푼 안 남게 되었다. 엎친 데 덮친 꼴로 눈을 부릅뜨고 찾아봐도 아르바이트 자리는 도통 보이길 않았다. 마지못해 하게 된 일이 교내 부속병원의 안치실에서 시체 꿰매는 작업이었다.

교통사고나 폭력사고 따위로 손상된 시체는 염하기에도 곤란할 만큼 흉측했으므로, 입관에 앞서 시체의 손상된 부분을 대충 꿰매어 놓는 작업이었다. 가령 노출된 내장은 대충 잘라 내거나 다시 배 속에 쑤셔 넣어 굵은 봉합사로 꿰매고, 도출된 안구를 제자리에 박아놓는가 하면, 피범벅이 된 얼굴을 알코올 솜으로 깨끗하게 닦아놓기도 했다. 수당 자체가 시체 한 구에 얼마, 하는 식이어서 강범태 군으로서는 당장의 생활을 해결하는 데에는 도움이 되었다.

강범태 군은 늙수그레한 아저씨 두 사람과 함께 작업을 했는데, 일 자체가 워낙 비위 상하는 것이 되어서 그런지 그들은 늘 술에 취해 있었다. 그들과 친해지자 강범태 군은 그들 중 한 사람은 재봉사 출신이고 다른 사람은 미장공 출신이라는 사실을 알게 되었다. 강범태 군은 어디까지나 경건한 마음으로 시체를 다루었지만, 재봉사 출신은 찢어진 옷감처럼 다루었고, 미장공 출신은 땜질해야 할 벽처럼 취급했다. 일감이 들어오면 그들은 시체의 입을 벌려 금이빨이 있나 없나부터 확인했고, 있는 경우에는 서로 차지하겠노라고 치열하게 다투기가 일쑤였다. 그들은 마치 태어날 때부터 원수였던 양, 늘 서로 욕설을 퍼붓고 으르렁대며 심지어는 멱살잡이도 서슴지 않았다. 그러고는 강범태 군에게 중재를 호소했다.

"아, 근께, 저 싸가지 없는 놈이 말이시, 금니 판 돈을 똑같이 나눠 가지자 해놓고 몰래 금니 하나를 꼬불쳐 두지 않았겠어? 내 눈은 못 속인단께로."

"이 문디 같은 자슥아, 니가 봤나? 봤나? 송장한테 물어보그라. 도둑놈이 지 발 저린다 카드니…… 주디를 고마 칵 꼬매뿔라."

매사 이런 식이었다. 그러던 어느 날 만취한 미장공 아저씨
가 길을 건너다 교통사고를 당해 죽어버렸고, 공교롭게도 그
시체를 재봉사 아저씨가 꿰매게 되었다. 그의 눈에서 굵은 눈
물방울이 뚝뚝 떨어지더니, 마침내는 시체를 껴안고 엉엉 울
기 시작했다.

"이누마야, 내사 이리 될 줄 알았다. 그 주제가 어디 갈 끼
고. 이제 금이빨은 모두 내 차지인 기라. 약 오르제? 약이 올
라시 죽기노 싫제? 약 오르면 벌띡 일어나 보란 말이다."

그의 통곡은 끝이 없이 계속되었다. 강범태 군은 머지않아
그 일도 때려치우고 말았다.

여덟 번째로 하게 된 아르바이트는 방송국 스크립터였다.

방송국에서 원하는 기획 프로그램의 원고를 기일 내에 써
서 제출하는 일이었다. 그가 맡은 일은 〈아, 대한민국!〉이라
는 고정 프로그램이었는데, 방송국의 의도는 '건전하고 밝은
질서 사회 구현'이라는 측면에서 이 사회가 얼마나 살기 좋고
행복에 넘쳐 있으며 아름다운가를 거듭거듭 역설하라는 것이
었다. 강범태 군은 그 일이 시체 꿰매는 작업과 그리 다를 바

없다는 느낌을 받았다. 내장이 터져 있든 핏줄이 토막이 나 있든 그저 겉모습만 깔끔하게 만들어놓으면 그만이기 때문이 었다.

원고료는 꽤 넉넉하게 주는 편이었지만, 여러 스크립터들이 경합하여 쓰는 만큼 강범태 군의 원고가 매번 채택되기를 바라기는 어려운 일이었다. 더욱이 이런 형편이니 방송 담당자들의 태도는 오만했고, 경우에 따라서는 심한 욕설을 듣는 것도 감수해야만 했다. 강범태 군은 그들의 태도가 시체 꿰매는 아저씨들의 순박한 태도에 비길 바가 못 된다고 생각했다. 방송국은 하나의 거대한 미화美化 체계였고, 그 자체는 결코 아름다운 것이 아니었다. 강범태 군은 차라리 시체 꿰매는 일이 낫다고 생각하며 그 일도 그만두고 말았다.

갈수록 강범태 군의 생활은 절박해졌고, 그가 아홉 번째로 하게 된 일은 사진 모델이었다.

사진작가가 요구하는 갖가지 자세를 잡아주는 것이었는데, 중년 사진작가는 점차 그에게 누드를 강요했다. 이왕 내친김이라 강범태 군도 몇 번 요구에 응해주었는데, 어쩐지 갈수록 분위기가 달라지기 시작했다. 사진작가의 태도가 유별나게 친절하다는 점은 이미 느끼고 있었지만, 강범태 군의 몸에 자주 손이 가는 낌새가 어쩐지 심상치 않게 느껴졌다. 아니나 다를까. 어느 날 밤 사진작가는 강범태 군을 왈칵 덮쳐 왔다. 그 육중한 체구에 깔린 강범태 군은 발버둥쳐 가까스로 그를 밀쳐내고 옷가지만 주워 든 채 스튜디오를 뛰쳐나올 수 있었다. 다음 날 강범태 군은 불쾌한 감정을 억누르지 못하고 사진작가에게 전화를 걸어 욕설을 퍼부어주었다. 사진작가는 태연히 말했다.

"모든 예술엔 창작의 고통이 따르기 마련이라오. 허허허허!"

서울에 올라온 뒤 열 번째로 찾게 된 것이 이 사무실이었다. 온갖 일을 다 해본 강범태 군으로서는 어떤 일이 맡겨진다 하더라도 인제 별다른 감흥이 없었다. 때문에 5층 사무실 앞에서 비록 옷매무새를 가다듬었어도 그것은 거의 습관에 지나지 않았고 긴장한 탓은 아니었다.

바로 전날 강범태 군은 학교 장학복지과를 찾았고, 거기서 이 사무실을 소개받았던 것이다. 그가 맡게 될 일이 어떤 종류의 것인지 구태여 물어보지 않았던 까닭도 그 일이 어렵든 쉽든 지금 상황에서는 어차피 하지 않으면 안 될 형편이었기 때문이었다. 이 일 저 일 옮겨 다니는 동안 강범태 군은 그만큼 지쳐 있었고, 어느 정도는 될 대로 되라는 자포자기의 심정이 생겼던 것이다.

강범태 군은 사무실 문을 가볍게 두드렸다. "네." 하는 여자 목소리가 들렸고, 그는 곧바로 안으로 들어섰다. 건물의 우중충한 꼴에 비해 사무실 내부는 널찍하고 깔끔했다. 사무실 가구들은 마치 신입생 교복처럼 빳빳하면서도 뭔가 헐렁한 느낌이 들었다. 강범태 군은 누구한테 용건을 말해야 좋을지 몰라 잠시 머뭇거렸다. 창가의 커다란 책상 앞에 앉아 있던 중년 사내가 사람 좋은 얼굴로 웃으며 강범태 군을 반겼다.

"강범태 군?"

사내는 점잖게 확인하였고, 강범태 군은 어설프게 꾸벅 인사를 했다.

"학교로부터 벌써 연락을 받았네. 하하하하. 자, 자리에 앉게."

강범태 군은 소파의 한 귀퉁이에 엉거주춤 앉았고, 사내는 비서인 듯한 아가씨에게 차를 주문했다. 저런 종류의 사내는 믿을 수 없다. 강범태 군은 중년 사진작가의 모습을 애써 떠올리며 경계를 풀지 않았다.

"자네 형편이 어렵다는 얘기도 들었네. 하하하하."

사내는 연방 웃어댔지만, 강범태 군은 자신의 형편이 어려운 것이 어째서 우스운 일인지 이해할 수가 없었다. 그리고 저 웃음은 습관인가 보다 하고 단정을 내렸다. 본론을 꺼내려면 아직도 멀었다는 듯이 사내는 강범태 군의 집안 사정이며, 학교생활, 요즈음의 사회 현실 따위에 대해 호기롭게 얘기했지만, 강범태 군으로서는 고역이 아닐 수 없었다. 새로운 아르바이트를 구할 때마다 되풀이해야 했던 이야기를 그는 앵무새처럼 반복했다.

"그래, 그래, 젊어서 고생은 사서도 한다고들 하지. 하하하하."

진지하지 못해, 으레 하는 얘기일 뿐이야. 강범태 군은 생각했다. 그는 어서 일자리를 소개받아 자리를 뜨고 싶은 생각만 간절했을 뿐이었다.

"이 일은 좀 특수한 것이 돼서 말일세."

사내는 마침내 입가에 웃음을 거두고 버릇처럼 눈알을 굴려 주위를 두리번거린 다음 말을 꺼냈다.

"우리가 지금 어느 때보다도 어려운 상황에 있다는 건 자네도 잘 알겠지만, 그럴수록 우리는 이 현실을 깨쳐나가야 할 의무가 있는 것이네. 밖으로는 선진국들과의 치열한 무역 경쟁이 있고, 안으로는 경제 난관 타개의 시급한 과제가 눈앞에 있는 현실이지."

사내는 거듭 눈알을 굴리며 웅변하듯이 말했다. 본론은 언제 나올 것인가. 강범태 군은 끈기 있게 기다렸다. 현재 주변 정세와 시국 문제에 관해 일대 장광설을 늘어놓고 나서 사내는 덧붙였다.

"그런데, 그런데 말일세. 요즘 대학에 다니는 젊은 놈들이 이런 나라의 위급함을 아느냐 하면 그런 게 아니란 말일세. 천하에 황당무계한 슬로건을 내걸고 데모나 해대니 이게 될 법이나 한 일인가? 아, 물론 그 젊은 혈기는 좋아요. 하지만 한시라도 망각해서는 안 될 우리의 현실이 있다는 것을 깨달아야지."

사내는 드디어 이제부터 본론을 말하겠다는 듯이 목소리를 낮추었다.

"우리가 하려는 사업이 바로 이것이네. 범국민적으로 우리의 긴급한 현실을 깨우치는 일이지. 이해하겠나?"

강범태 군은 이해 못 하였다. 사내는 답답하다는 듯이 덧붙였다.

"전국적, 범국민적 애국 궐기대회를 갖는 것이지."

강범태 군은 마침내 입을 열었다. 말을 빙빙 돌리는 사내가 못마땅했던 탓이었다.

"그런데, 그 일이 제가 하려는 일과 무슨 관계가 있습니까?"

사내는 특유의 호기로운 웃음을 다시 입가에 떠올렸다.

"이 친구 조급하기는. 하하하하! 그래 본론을 말하지. 우리는 '백만 국민 애국 궐기대회'를 가질 예정이야."

강범태 군이 맡게 될 임무는 대학생 자격으로 궐기대회의 연단에 나가는 일이었다. 결국 누드모델 노릇이나 다를 바 없는 일이군. 강범태 군은 생각했다. 엉뚱한 흑심을 품고 나를 덮치지나 말아야 할 텐데. 그러나 단순한 모델이 아니었다. 사내는 다시 힐끔힐끔 눈알을 굴렸다.

"그냥 구호만 외치는 것은 어딘지 절박성이 없거든. 그래서 하는 말인데……. 왜, 궐기대회에서 우리 애국청년들이 손가락을 잘라 혈서를 쓰는 일이 있잖은가?"

강범태 군은 자신이 맡을 역할을 그제야 이해했다. 강범태 군은 이내 침울해졌고, 그 기색을 눈치챈 사내는 재빨리 덧붙였다.

"애국하는 길이 아닌가. 따지고 보면 일제시대에 할복자살을 했던 애국자들에 비하면 손가락 하나 자르는 일이야 어디 애국이라고 내세울 만한 일이나 되겠나? 물론 요즘 시대야 애국에도 보상이 따르는 시대이니 만큼……. 하하하하!"

사내의 제의는 엄청난 것이었다. 그 액수는 강범태 군이 대학을 졸업하고 유학까지 갈 수 있을 만큼의 것이었고, 생활 또한 적잖은 여유를 누릴 수 있을 정도였다. 손가락 한 개 값이 그토록 엄청나다면 누가 그 일을 마다하겠는가. 강범태 군은 수락했다.

"그럴 줄 알았네. 요즘 진정한 애국을 하기란 쉬운 일이 아니지. 하하하하!"

사내는 만족스럽게 웃었다.

"그런데, 그런데 말일세……. 우리는 이번 궐기대회에서 좀 색다른 행사를 해보려고 하네. 생각해보면 손가락 자르는 일은 인제 너무 진부한 것이 되어버렸거든."

사내는 웃음을 멈추고 눈을 반짝였다.

"그렇다면……?"

강범태 군은 묻지 않을 수가 없었다. 설마 분신자살을 하라거나 할복을 하라는 것은 아니겠지. 강범태 군은 긴장했다.

"자네도 우리 아이디어를 들으면 아마 탄복할 걸세."

강범태 군은 사내의 입만 빤히 바라보았다. 할복, 분신이라는 말이 금방 입에서 튀어나올 것 같았기 때문이었다. 사내는 입가의 웃음을 거두었고, 눈을 크게 뜨며 숨을 멈추었다. 그리고 비장하게 내뱉었다.

"코를 자르는 걸세."

집에 돌아온 강범태 군은 곰곰이 생각에 잠겼다. 사내의 애기인즉슨 '눈 감으면 코 베어 간다'는 우리 속담도 있듯 코란

인간의 경각심을 일깨우는 매우 중요한 상징물이라는 것이었다. 더군다나 코를 자르게 되면 군중들은 오죽 사태가 절박했으면 코를 자르랴 하는 동정과 감동을 갖게 된다는 말이었다.

강범태 군은 거울을 앞에 놓고 자신의 코를 들여다보았다. 인간의 신체에 있어서 코의 역할이란 무엇인가. 그것은 고작 빗방울이나 먼지가 호흡기로 곧바로 들어가는 것을 방지해주는 역할에 지나지 않는다. 그리고 더 있다면 안경을 쓸 때 받침대 역할을 해줄 뿐이다. 그 정도의 불편쯤이야 충분히 감수할 수 있는 일이 아닌가. 빗방울은 우산을 쓰면 막을 수 있고, 먼지는 마스크를 쓰면 막을 수 있다. 안경은 콘택트렌즈로 바꾸면 쓸 필요조차 없을 것 아닌가.

필요, 불필요는 생각하기 나름이다. 따지고 보면 코가 있음으로 해서 자주 코딱지를 후벼내야 하는 불편도 있을 법한 일이다. 외관상 보기 안 좋은 점쯤은 어차피 못생긴 얼굴이니 생각할 필요조차 없을 것이다. 그래, 사내의 제의를 수락한 것은 백번 천번 생각해보아도 잘한 일이야. 코 하나와 바꿀 수 있는 가치에 이만한 조건이 어디 있겠는가. 인제 시체를 꿰맬 필요도, 누드모델을 할 필요도 없을 것이다. 아아, 나는 이

제 행운을 잡은 셈이다. 강범태 군은 안심하고 만족하여 잠을
청하였다.

　드디어 궐기대회 날이 왔다. 강범태 군은 협회에서 보낸 승
용차를 타고 여의도광장으로 갔다. 광장에는 동원된 군중들
이 머리에 띠를 두르고 몸에 휘장을 감은 채 웅성거리고 있었
다. 곳곳에 하얀 현수막이 나붙어 있고 군중들은 흥분하여
마구 떠들어댔다. 그 모습을 본 강범태 군은 기가 질렸다. 그
의 눈에는 군중들의 모습이 자신을 집어삼키려고 도사리고
있는 한 마리의 거대한 짐승처럼 보였다.
　강범태 군이 차에서 내리자, 앞서 만났던 그 중년 사내가
반갑게 그를 맞았다.
　"강 군! 마음의 준비는 다 되셨소?"
　마치 애국 열사를 대하듯 그는 강범태 군을 존칭으로 깍듯
이 대하였다.
　"들어보시오! 강 군을 원하는 국민들의 저 뜨거운 환호를
말이오!"

그는 강범태 군의 어깨를 꽉 잡고 흔들었다. 강범태 군은 '원하는'이라는 말이 '잡아먹고자 하는'이라는 묘한 뉘앙스로 들려 기분이 상했다. 사내는 몇 번 더 '하하하하!' 웃고는 연단 위로 올라가 개회를 알렸다.

연단 아래 의자에 앉아 있던 강범태 군은 갑자기 소변이 마려워졌지만 꾹 참았다. 연사들이 차례로 연단에 올라가 열띤 웅변을 토하며 구호를 외쳤다. 그럴 때마다 군중들은 와! 와! 하는 소리로 답했다.

강범태 군의 귀에는 연사들의 연설이 하나도 들어오지 않았다. 마침내 사내가 군중들 앞에 강범태 군을 소개했다.

"다음 차례는 ○○대학 3학년에 재학 중인 강범태 군이 이 현실을 자각하자는 뜻으로 코를 자를 순서입니다. 우리 모두 애국 청년 강범태 군을 박수로 맞이합시다."

벼락 치는 소리와 같은 박수 소리가 쏟아졌고 그제야 강범태 군은 정신을 차렸다. 그는 비칠비칠 연단으로 올라갔다. 그리고 소변을 보지 않고 온 것을 후회했다. 단상 위에는 그가 코를 자를, 날이 시퍼런 가위가 놓여 있었다. 강범태 군은 주춤주춤 단상 앞으로 다가가 가위를 손에 들었다. 그러자 갑자기 사내가 소리를 질렀다.

"대학생들은 오늘의 현실을 직시하라!"

잇달아 "직시하라! 직시하라! 직시하라!" 하고 군중들이 따라 외쳤다. 그 소리에 강범태 군은 그만 가위를 떨어뜨릴 뻔했다.

"대학생들은 현실을 망각한 데모 작태를 즉각 중지하라!"

이어 "중지하라! 중지하라! 중지하라!" 하는 소리가 허공에 울려 퍼졌다.

강범태 군은 그제야 군중들의 모습을 바라볼 수 있었다. 그들은 거대한 하나가 아니라 개개의 하나들이 모인 다수였다. 강범태 군은 그들 모두가 저마다 한 개씩의 코를 가지고 있음을 새삼스레 깨달았다. 수만 개의 코가 강범태 군을 향하고 있는 것이었다. 갑자기 수치스러운 생각이 들었다.

"이봐, 강 군! 뭘 하고 있는 거야?"

구호를 외치던 사내가 나직이 속삭였다. 이미 늦어버렸어. 이제 빼도 박도 못 한다는 것을 강범태 군은 깨달았다.

"대학생들은 학생의 본분을 망각 말라!"

사내는 다시 구호를 외쳤고, 군중들은 복창했다. 망각 말라! 망각 말라! 망각 말라! 수만 개의 코들이 외치고 있었다.
아아, 모두들 저마다 한 개씩 코를 가지고 있구나. 강범태 군
은 그제야 비로소 인간에게 있어서 코의 중요성을 이해했다.
그것은 바로 자존심이었다.

"이 새끼, 너 정말 그럴 거야?"

사내가 신경질적으로 속삭였다. 강범태 군이 머뭇거리자 군
중들이 웅성거리기 시작했던 것이다. 사내가 다시 외쳤다.

"대학생들의 데모 작태를 사회에서 몰아내자!"

몰아내자! 몰아내자! 몰아내자! 강범태 군은 눈을 질끈 감
았다. 코 하나 없다고 인생이 바뀔 리가 있겠는가. 따지고 보
면 세상은 얼마나 많은 것들을 포기하고 살아야 하는가. 그런
데, 그런데 겨우 이까짓 코 하나쯤이야, 코 하나쯤이야…….

사내가 무슨 구호를 외쳤는지 갑자기 군중들은 포기하라!
포기하라! 포기하라! 외쳤다. 강범태 군은 하는 수 없이 가위
를 코에 갖다 대었다. 그래, 포기하자. 도저히 포기할 수 없는
이 자존심을 포기하자.

어서 코를 자르라고 군중들은 와와 소리를 질렀다. 강범태
군은 서서히 가위 손잡이에 힘을 가했고, 그의 눈에서는 아

품 때문인지 슬픔 때문인지 모를 눈물이 핑 돌았다. 흐린 시
야 속에 얼굴에서 떨어져 나간 코가 보였다.

거울을 통하지 않고 자신의 코를 보게 된 최초의 순간이었다.

(1986)

작가 후기

　나는 사우나탕에 가본 적이 없다. 아주 어릴 적 아버지를
따라 공중목욕탕은 자주 갔으나, 언제부터인가 동네 목욕탕
간판은 죄다 사우나탕으로 바뀌었고, 그 뒤로는 목욕탕이든
사우나탕이든 가본 적이 없다. 대기실까지는 가보았다. 친구
들이 우르르 몰려가는 바람에 얼떨결에 휩쓸려 간 것이다. 그
러나 대기실에서 우뚝 발길을 멈추었다.
　"왜 그래?"
　친구가 물었다. 나는 고개를 저었다.
　"나는 안 들어갈 테야. 목욕하기 싫어."
　"왜? 왜 싫어?"

"그냥. 그냥 싫어."

다른 친구가 큭큭, 웃었다.

"등짝에 용 문신이라도 새겼냐? 왜 싫어?"

"쟤 생전 목욕 안 하잖아. 욕조 오염될까 봐 못 들어가는 거야."

"아냐, 달거리 중이래. 흐를까 봐 그러는 거야."

그들은 너저분한 농지거리를 던지며 큭큭, 큭큭큭, 웃었다. 나는 신발 끈을 내려다보았다.

"난 여기서 기다릴게. 여기서 기다릴 테니까 너희끼리 하고 와."

그들은 옷을 훌훌 벗고 욕탕으로 들어갔고, 그들의 자신만만한 알몸을 바라보며 나는 한숨을 푸욱 쉬었다.

그러니까 그 사내를 만난 것은 그 사우나탕의, 그 대기실에서였다. 사내는 우리가 들어서기 전부터 대기실 소파 위에 앉아 있었고, 잡지를 뒤적이는 척하며 우리가 벌이는 실랑이를 도둑고양이처럼 살금살금 엿듣고 있었던 것이다. 내가 혼자 남기를 기다려 그는 말을 걸었다.

"아까 들어간 손님들이 친구들이죠?"

"그렇습니다."

"그분들을 기다리고 계신 거죠?"

"그래요."

"저도 마찬가집니다. 제 일행도 저 목욕탕 안에 있답니다. 저도 그들이 목욕탕에서 나오기를 기다리고 있는 겁니다."

"그렇군요. 그러니까 우리는 바로 그게 공통점이군요."

싱거운 놈. 나는 고개를 돌려버렸다. 사내는 잠시 머쓱한 표정을 짓다가 꾸울꺽, 침을 삼켰다.

"저는 형씨가 왜 그들과 함께 목욕탕에 들어가지 않았는지…… 아니, 그럴 수 없었는지, 이유를 알고 있습니다."

나는 얼굴을 찌푸렸다.

"아까 그들이 하는 말, 못 들으셨던가요? 달거리 때문입니다. 달거리를 하기 때문에 못 들어간 겁니다."

"그것도 좋은 이유입니다만, 저는 알고 있습니다."

"뭘 알고 있단 말입니까?"

"저는 조그만 납품업체에서 영업 일을 하고 있지요. 고객들을 접대할 일이 많기 때문에 사우나탕 자주 오는 편입니다. 탕에는 들어가지 않고 주로 여기에 앉아 있는 때가 많지요.

그래서 저는 형씨와 같은 사람들을 많이 만나게 되었답니다."

그는 잠시 숨을 멈추었다가 말을 이었다.

"우리 같은 사람들은 서로 알아보기 마련이지요."

"무슨 말을 하고 싶은 겁니까?"

그는 주위를 힐끔 둘러본 다음 손으로 입을 가리고 속삭였다.

"꼬리, 꼬리 때문이 아니던가요?"

나는 느닷없이 따귀를 맞은 것처럼 깜짝 놀랐다.

"그렇다면…… 형씨도……."

"왜 아니겠습니까. 실례지만 직업이……."

"글을 쓰고 있습니다. 그러니까…… 출입국 카드 같은 것을 작성할 때는 직업란에 '작가'라고 적습니다. 달리 적을 말이 없으니까요."

그는 한숨을 쉬었다.

"형씨는 행운아군요. 남들과 목욕을 자주 해야 할 직업은 아니니까 말입니다. 저도 곧 직업을 바꿀 생각입니다만, 남들과 목욕을 자주 안 해도 좋은 직업을 갖는다는 건 그리 쉬운 일이 아니더군요. 요즘 사람들의 생활은 서로 너무 얽혀 있어요."

그는 진심으로 부럽다는 표정으로 나를 쳐다보며 입맛을

쩝쩝 다셨다. 나는 꼬리를 달고 있는 사람을 처음 만났으므로, 내 관심은 당연히 직업 문제보다 꼬리에 있었다.

"꼬리는 언제부터?"

"군대를 다녀오고 난 다음부터입니다. 입대하기 전에 사귀던 여자가, 시쳇말로 고무신을 거꾸로 신어버렸어요. 이미 다른 남자와 결혼해버렸던 것입니다. 저는 미칠 듯이 화가 나서 사창가에 가서 제 순결을 아무에게나 줘버렸지요."

"순결? 지금 순결이라고 하셨습니까?"

"네, 그랬습니다. 저는 그때까지 한 번도 여자와 자본 적이 없었으니까요."

"여자와 자본 적이 없다 해서 순결하다고 할 수 있을까요? 아, 물론 여자도 마찬가집니다. 남자랑 자본 적이 없다고 해서 반드시 순결하다고 할 수는 없는 노릇이지요."

사내는 뜻밖에도 순순히 동의했다.

"그렇군요. 제 말대로 하면 우리 어머니 아버지 할아버지 할머니들은 모두 불순한 남녀가 되어버리겠군요."

"어쨌든 얘기를 계속하십시오."

"그런데 며칠 뒤부터 갑자기 꼬리가 돋기 시작했습니다."

"성병에 감염되었으리라 의심했겠군요."

"그랬지요. 하지만 저는 우리 같은 꼬리 달린 족속들을 몇 명 만나고 난 뒤에야 그런 게 아님을 깨달았습니다."

"그렇다면……?"

"포기하는 것입니다."

고지를 향해 돌진하라 외치는 소대장의 명령처럼 비장하고 쓸쓸한, 그리고 단호한 투로 그는 말했다.

"포기한 결과로 꼬리가 돋는 것입니다. 형씨는 그렇지 않단 말입니까?"

나는 고개를 끄덕였다.

"옳은 진단입니다. 저도 분명 무엇인가를 포기했습니다. 그리고 그 순간부터 꼬리가 생겼습니다. 역시 병은 자랑해야 빨리 낫는다는 옛말이 하나도 틀리지 않군요."

"형씨는 무엇을 포기하셨습니까?"

"그건 절대로 말하고 싶지 않습니다. 형씨가 설사 100만 명의 독자와 맞먹는 사람이라 할지라도!"

"백만 명의 독자와 맞먹는 사람?"

그는 내 말을 되뇌고는 덧붙였다.

"묘한 비유군요."

"이해하십시오. 제 직업이 그렇다 보니……."

"이해합니다."

"형씨의 경우라면, 백만 명의 바이어와 맞먹는 사람, 이라고 하면 되겠군요."

"아뇨. 저는 단 두 명의 바이어가 다그친다고 해도 전생의 비밀까지도 다 털어놓고 말 겁니다. 그건 직업 차이겠지요. 그나저나 꼬리는 언제부터 생기게 되었습니까?"

"아주 최근이지요."

그는 '호오' 하고 외쳤다.

"그렇다면 제가, 처음이겠군요."

"그렇습니다. 처음입니다."

"존경스럽습니다."

"뭐가 말입니까?"

"꼬리요, 꼬리가 늦게 돋지 않았습니까. 형씨는 제가 본 중에서 가장 꼬리가 늦게 돋은 사람입니다."

그는 진심으로 부럽다는 듯 나를 빤히 쳐다보았다.

"제가 본 중에서? 그럼 형씨는 다른 사람들의 꼬리를 많이 봤단 말씀인가요?"

"아뇨. 꼬리를 본 것이 아니라, 꼬리 달린 사람을 봤다는 뜻이었습니다. 형씨처럼요."

"그럼, 그들이 꼬리가 진짜 있는지 없는지 확인해보지는 못한 셈이군요."

"그야……" 그는 잠시 머뭇거리다 말을 이었다. "그렇지요. 하지만 달리지도 않은 꼬리를 달렸다고 실토하는 사람이 있을까요?"

그도 갑자기 나와 똑같은 의심이 들었는지 말꼬리를 어물거리고는 입을 다물었다. 우리는 얼마 동안 아무 말 없이 바닥만 멀뚱멀뚱 바라보며 앉아 있었다. 한참 뒤에 내가 말했다.

"우리끼리는, 그러니까, 우리끼리는 확인해볼 수 있을지도 모르겠군요."

"우리끼리? 그것 참 기발한 생각이군요."

그는 눈을 반짝이며 좋아했다. 그 또한 그 생각을 하고 있었음이 틀림없었다. 그리하여 우리는 사이좋게 화장실로 갔다.

그가 먼저 바지를 내려 엉덩이를 까 보여주었다. 나는 꾸울꺽, 침을 삼켰다.

"정말 놀랍군요!"

"역시 그렇지요?"

사내가 잔뜩 풀죽은 목소리로 말했다. 나는 천천히 일어나며 말했다.

"없습니다."

"네?"

"꼬리 따위는 없습니다. 저는 새빨간 거짓말에 넘어가 하마터면 생전 처음 보는 사람한테 제 엉덩짝을 까 보일 뻔했군요."

"무슨 말씀을……?"

그는 자기 엉덩이를 내려다보려고 끙끙거리며 고개를 돌렸지만, 양복 상의에 가로막혀 보이지 않는 모양이었다.

"그럴 리가 없어요."

"없습니다! 없어요! 그저 종기 자국만 두어 개 있군요. 형씨는 멀쩡한 엉덩이를 가졌어요."

멀쩡한 엉덩이? 표현이 이상하다고 생각했으나 개의치 않았다. 사내는 주춤주춤 바지를 추켜올리고 혁대를 채웠다. 그는 당혹감에 얼굴이 시뻘게져 있었다.

"이제 형씨 차렙니다."

"뭐라고요?"

"형씨 차례라고 말했습니다."

"무슨 소립니까. 그럴 수는 없습니다."

"어째서요? 우리는 서로 보여주기로 약속했잖습니까?"

"천만에요. 우리는 꼬리를 보여주기로 약속한 것이지, 엉덩이를 보여주기로 약속한 것은 아닙니다."

"아뇨! 꼬리가 달린 엉덩이를 보여주기로 한 것입니다. 게다가 형씨는 먼저 제 엉덩이를 보지 않았습니까."

"아뇨, 아뇨." 하고 나는 완강히 고개를 저었다. "우리는 꼬리가 달린 엉덩이를 보여주기로 한 것이 아니라, 엉덩이에 달린 꼬리를 보여주기로 한 것이지요."

"그 차이는…… 단지 제가 먼저 엉덩이를 보여줬다는 데서 비롯된 것일 뿐입니다. 그러니까 제 말은 형씨 엉덩이에 또한 꼬리가 달려 있으리란 장담을 할 수 없다! 그래요, 장담할 수 없는 일입니다."

그는 완강하게 말했다.

"천만에요. 저는 꼬리가 달린 진짜 엉덩이를 가지고 있는 사람입니다."

"그럼 제 엉덩이는 가짜란 말입니까?"

"어쨌거나 저는 보여드릴 수 없습니다."

사내의 표정이 험상궂어졌으므로 나는 힐끗 문 쪽을 살폈다.

"어서 보여주십시오!"

"하지만 저는……, 꼬리를 달고 있지 않은 사람에게 제 꼬리를 보여준 적이 한 번도…… 물론 그렇다고 꼬리를 달고 있는 사람에게 보여준 적이 있다는 얘기는 아니지만, 어쨌거나 저는 할 수 없습니다."

사내는 눈을 부릅떴다.

"안 돼요! 약속을 지키세요!"

"꼭 봐야 합니까?"

"꼭 봐야 합니다."

"죽어두요?"

"죽어두요!"

나는 재빨리 몸을 돌려 화장실 밖으로 후다닥 뛰쳐나갔다. 그러나 한발 늦었다. 사내가 번개처럼 몸을 날려 내 웃옷 자락을 붙잡았던 것이다. 나는 화장실로 다시 끌려 들어왔다.

"이 사기꾼!"

그는 내 목을 겨드랑이 사이에 끼고 힘을 주었다.

"아! 아! 보여, 보여 드릴게요!"

그는 손을 늦추었다. 나는 목을 쓸며 캑캑거렸고, 그는 시뻘건 얼굴로 식식거렸다.

"빨리 보여줘! 이번에도 허튼수작하면 죽여버릴 거야!"

"한 번만 봐주세요."

"안 돼!"

"꼭 봐야 해요?"

"꼭 봐야 해!"

나는 눈을 찔끔 감고 바지를 내려 알궁둥이를 드러내었다. 그의 놀란 표정, 동그란 눈, 그 눈앞에서, 내 꼬리가 살랑살랑 흔들리고 있었다.

"없습니다."

사내는 골동품 감식을 막 끝낸 감정가처럼 고개를 좌우로 저었다. 나는 뜨악했다.

"없어요?"

"그렇습니다. 없습니다."

이건 가짭니다, 교묘하게 위조된 모조품이지요, 사내는 그런 말투로 말하고 있었다.

"그럴 리가 없습니다."

"그럴 리가가 없는 게 아니라 꼬리가 없습니다. 형씨 또한 무난한 엉덩이를 가지고 있습니다."

무난한 엉덩이? 나는 사내의 얼굴을 물끄러미 쳐다보았다.

대기실 소파에 앉아 있는 동안, 우리는 더 이상 아무 말도 나누지 않았다.

얼마 뒤 사내의 고객이라는 사람들이 목욕을 끝내고 나왔다. 그들은 쾌활하고 즐거워 보였으며, 사내 또한 쾌활하고 즐거운 태도로 그들을 맞이했다. 조금 전의 침울함은 조금도 찾아볼 수 없었다. 그는 자신의 고객들을 인솔하여 밖으로 나가며 나를 힐끔 돌아보았다. 그 눈빛 속에는 미안함과 서글픔 같은 것이 담겨 있었고, 아마 내 눈빛도 분명 그러했으리라. 막내딸을 시집보내는 아버지의 심정처럼, 정체 모를 심란함에 나는 눈물이 핑 돌았다.

살아가는 동안 많은 것들을 포기하고, 상흔처럼 달고 있던 포기의 흔적마저 사라지고, 나는 세상에 또 책을 내보낸다. 내 나름대로 작은 싸움의 기록이었다 우기고 싶지만, 까발려 보면 그것은 그저 멀쩡하고 무난한 알궁둥이만 덜렁 드러낸다. 치부를 내보인 듯 부끄럽고 민망해도 드러낼 것은 드러내고 가자 싶었다. 꼬리를 끊고 달아나는 도마뱀처럼.

2005년 1월

위기철